云南文史书系

滇海联吟诗笺

李孝友 著

生活·讀書·新知 三联书店

图书在版编目（CIP）数据

滇海联吟诗笺 / 李孝友著. —北京：生活 · 读书 · 新知三联书店，2014.10
（云南文史书系）
ISBN 978－7－108－05121－9

Ⅰ. ①滇…　Ⅱ. ①李…　Ⅲ. ①对联－作品集－中国－当代　②诗集－中国－当代　Ⅳ. ①I269.7　②I227

中国版本图书馆 CIP 数据核字（2014）第 168332 号

选题策划　朱利国　曹永平
责任编辑　龚黔兰
装帧设计　薛　宇　蔡立国
责任印制　宋　家
出版发行　生活 · 讀書 · 新知 三联书店
（北京市东城区美术馆东街 22 号 100010）
网　　址　www.sdxjpc.com
经　　销　新华书店
印　　刷　北京鹏润伟业印刷有限公司
版　　次　2014 年 10 月北京第 1 版
2014 年 10 月北京第 1 次印刷
开　　本　787 毫米 × 1092 毫米　1/32　印张 10.5
字　　数　154 千字
定　　价　72.00 元
（印装查询：01064002715；邮购查询：01084010542）

目录

关于《竹枝词》（代前言）

《竹枝词》又叫《竹枝》，是乐府“近代曲”中的一种。其特点是咏风土、记时事。本来是流传在巴渝（今四川东部）一带的民歌，唐朝诗人刘禹锡，因和柳宗元参与王叔文的“永贞革新”，事败贬朗州司马，行经湘川之间，听到“里中儿歌《竹枝》，吹短笛，击鼓以赴节”，认为这些“下里巴人”式的民歌俗曲，“含思宛转，有淇濮之艳”，于是模拟其调改作新词，歌唱三峡风光和长江两岸青年男女的爱情。如刘著九首《竹枝词》中有一首就写道：“杨柳青青江水平，闻郎江上唱歌声。东边日出西边雨，道是无晴却有晴。”这种“竹枝体”的诗歌，七言四句，平白明快，爽朗清新，具有表现民情的现实主义风格，于是更加流行，“武陵夷俚悉歌之”。此后各代诗人写《竹枝词》的确不在少数，如唐代著名诗人白居易就写过“瞿塘峡口冷烟低，白帝城头日向西。唱到竹枝声咽处，寒猿晴鸟一时啼”的《竹枝词》。宋代著名学者叶适，为记永嘉风土，曾写过“蜜满房中金作皮，人家日短挂疏篱。判霜剪露装船去，不唱杨枝唱桔枝”的《桔枝词》。明代的冯小青曾写过“新妆竞与画图争，知是昭阳第几名？瘦影自怜清水照，卿须怜我我怜卿”的《竹枝词》，以寄托闺中无人相怜，只好顾影自怜之怨。清代官至直隶总督的方观承，在《卜魁竹枝词》中，也写过“诺尼江上水潺潺，五月冰消艾辉山。流到混同天更碧，松花一派白云间”的歌咏齐齐哈尔风光的名篇。乾隆年间舒位有《竹枝词》五十一首，其中的《牂牁》写道：“且兰江上战船闲，南去庄豪竟未还。留得瓢笙作歌舞，一条冷水万荒山。”充分反映了黔楚文化一脉相承。

云南自古和四川在经济、政治和文化上都有密切的联系，因此《竹枝词》随着文人南来，也相应传到滇中。从明朝初年的郭文开始，以后写作《竹枝词》者颇不乏人，杨升庵、施武、张九钺、吴应枚、吴仰贤、谢文荣、黄炳堃、张履程、杨丽绌、杨载彤、牛焘、杨品硕、盛雯、许宪、王芝、范仕义、舒熙盛、张辅受、陈伟勋、赵廷玉、董正官、尹鸣盛、尹艺、何蔚文、韦履洁、龙文、文源、段位、周榛、黄君钜、贾杰、赵藩、方树梅等，均有所作。如昆明高峣人郭文，隐居青草湖中，以舟为家，别号“舟屋”，经常啸歌泽畔，以诗画自娱，曾作《滇中竹枝词》，其中一首这样写道：“金马何曾半步行，碧鸡那解五更鸣。侬家夫婿久离别，恰似两山空得名。”可说是较早以地方掌故为题材写作的《竹枝词》。明代中叶因“议大礼”而谪居云南永昌卫的杨升庵，也写过《滇海竹枝词》：“罗汉孤峰祇树林，梁王辇道海中心。海埌青青堪牧马，海眼只今无处寻。”崇祯年间无锡人施武，亦因谪戍云南，游于滇西，眼见大理集市贸易，便写下了一首《街子》：“猪街才罢又龙街，蛮女牵羊入市来。背上担儿常惯负，胭脂落尽小桃开。”另外张九钺于乾隆间幕游至滇，也写过《昆明竹枝词》：“归化寺前茶花红，花开日日西南风。碧鸡原不催郎去，金马如何又向东。”这些《竹枝词》，内容多叙滇中的风土人情，广记云南古今掌故轶事，歌咏边疆山川风物，通俗易懂，格调清新，乡土气息浓郁，可谓别具一格。总计不下数百首，仅就知见者，大体可分以下几类。

一是描写云贵高原山川形势及自然气候特点的。云南省会昆明，气候温和而宜人，是个“四季如春”的城市。明代冯时可在他所写的《滇行纪异》中讲道：“云南最为善地，六月如中秋，不用挟扇衣葛；严冬虽雪，而寒不浸肤，不用围炉服裘。”故前人佚名有一首《竹枝词》写道：“昆明腊月可无裘，三伏轻棉汗不流。梅绽隆冬香放满，柳舒新岁叶将稠。”反映了昆明的气温不仅“夏无溽暑，冬不祁寒”，而且春天来得特别早，确实是国内有数、温凉适宜的“春城”。在昆明城郊有一片波光浩渺的湖水，俨如高原上镶嵌的一颗璀璨晶莹的明珠，这就是古老的“滇南泽”，即人们熟悉的五百里滇池。滇池周围不仅群峰耸翠，而且是六河所归，故有一首《竹枝词》描写道：“昆池千顷浩溟濛，浴日滔天气量洪。倒映群峰来镜里，雄吞六河入胸中。”通过形象思维的语言及艺术手法，把滇池的自然景观，写得雄浑瑰丽，波澜壮阔。由于古人认识上的局限性，又说它“水源深广，而末更浅狭，有似倒流，故谓之滇池”。于是诗人以滇池起兴，在写《竹枝词》时也说：“绿柳荫中放小舟，近华浦接大观楼。郎心何似滇池水，一出西山便倒流。”另一首又说：“滇海西流不起潮，照见妾肠只一条。郎心莫学六河水，一到秋风渐渐消。”以最平易朴实的比喻，道出了对负心郎君的埋怨。在滇池边上，还有赋予优美神话传说的“金马碧鸡”，唐代樊绰在《蛮书》中介绍：“金马山，在拓东城螺山南二十余里，高百余丈，与碧鸡山东南西北相对。”又说：“碧鸡山，在昆池西岸，从东来者，冈头数十里已见此山，山势特秀。”由于两山矗立对峙在池水清澹的昆明湖两岸，故诗人常以金马碧鸡作比兴，抒发自己离合悲欢之情，写下了许多优美的《竹枝词》。如：“金山日出碧山雨，一半多晴一半无。若使君心如妾愿，宁化昆明水一湖。”“金马比郎妾碧鸡，不须芳草怨萋萋。愿郎驰驱万里去，妾自守更报晨曦。”流入滇池的昆明六河中的金汁、银汁二河，早在大理国时期已筑成“春登”“云津”二堤，“捍御蓄泄，灌溉滋益，大有殊功”，而且分别种植迎春柳、素馨花于二堤之上，黄花白花落英入河，如同金汁银汁一般，从而便以“绕道金棱”及“萦城银棱”而富览胜之名，一向是人们游憩之所。骚人墨客无不以之起兴，于是《竹枝词》的作者又写道："金汁河比银汁长，嫁郎愿嫁金汁郎。一朝金汁源流竭，纵是良人也不良。"以自然的沧桑来比喻家庭情事之嬗变。历史名城大理，坐落在苍洱之间，屏立在城西的点苍山，一共有十九座山峰，十九峰之间又夹着十八条清澈的溪水，向东注入洱海。早在唐会昌元年（公元 841 年），丰祐曾派大将军晟君在大理筑横渠道，利用苍山溪流灌溉东皋及城南之田。在点苍山玉局峰顶之南修筑陂池，潴山泉溪流，称为"高河"。又开凿山泉泄流为川，灌溉数万顷，为南诏后期农田水利的发展提供了条件。元朝初年郭松年到大理见到后，在他的《大理行纪》中概述说："若夫点苍之山，条冈南北，百里有余，峰峦岩岫，萦云载雪，四时不消。上则高河窦海，泉源喷涌，水镜澄澈，纤芥不容。"据此曾赴大理巡视教育的诗人吴应枚在《竹枝词》中写道："十九峰凹十八溪，溪溪溪水漾流漓。崖阴定有蛟龙卧，喷出清流灌稻畦。"古老的叶榆水——洱海，烟波浩渺，碧水蓝天，风帆点点，与苍山相映成趣。登临苍山远眺，湖面风光尽收眼底，于是诗人又写道："宛转红墙棕树萦，感通佳处且登临。望中洱海开奁影，照出山腰玉带横。”既写海水的柔，又写山色的秀，特别是半山云起云合，犹如玉带横系山腰，个中深趣，非心性高人一等者，品味不出。云南自古以来交通不便，又有金沙江、澜沧江天堑，水流湍急，舟不可渡，乃以铁索为桥，像保山跨江者三十余丈，其他均不下二十余丈者，车马行人往来，袅袅浮动，行其上者惊心动魄；又设有“溜绳”，余庆远《维西见闻录》记载：“其法对岸栽石，横江系竹缆，江阳至上而下江阴自下而上，一以通往来之渡，渡则携一竹片如瓦者，两旁有孔系绳，人畜缚于绳，竹冒于缆，如梭掷而渡之。或可系一缆，两岸高悬，中焕而低，往来皆渡于此，至低处，则手挽缆，递引而上，渡物则人前物后，引而渡焉，皆曰溜筒江。”对这种因地制宜的特殊交通工具，诗人在《竹枝词》中写道：“百太奔湍势击撞，铁絙贯石驾成杠。驱车径历秋千板，悬渡遥连溜筒江。”或谓“滇中为五金之地”、“滇水之产金者曰金沙江”。刘昆的《南中杂说》记载：“采江金之法，土人没于水，取泥沙以漉之，曰可得一二分，形皆三角，曰狗头金。”但这种采金，由于江水湍急，“取利甚微，而其害甚大，江深而水驶，或遭漂没，或遇水怪则以性命相殉”。诗人见此感慨系之，作《竹枝词》云：“金沙春暖浪淘沙，日日江头数浪花。人比黄金易淘尽，沙随浪去似年华。”既写淘金人只爱钱不惜命，也写世味人情，犹如江头浪花，忽起忽落，变幻易逝。

二是描写各族人民劳动生产的。云南各族人民自古以来，在云贵高原这块土地上生活栖息，用自己的辛勤劳动，开发边疆，写下了灿烂的劳动生产篇章。早在南诏时期，除了南区的农田“浇田皆用源泉，水旱无损”外，还在山地开垦“梯田”。《蛮书》讲：“蛮治山田，殊为精好。”以后还总结出“田在山巅，水寒，下种宜迟；田在山脚，水暖，下种宜早”的种植经验。这类梯田主要是“靠天吃饭”，所以又叫“雷响田”。清人吴应枚的《竹枝词》写道：“梯田百级计双耕，曲直高低地势成，芒种未过秧出水，山农日日盼雷鸣。”如遇雨水充沛之年，这种梯田的生产便有保证，故清代诗人舒熙盛的《元江竹枝词》也写道：“攀枝花树照村庄，布谷声催农事忙。喜趁年后春雨足，齐上梯田早插秧。”许宪的《漾水竹枝词》同样描写说：“山腰石径带梯田，插稼农多野林边。一曲山歌齐口唱，声音嘹亮彻云天。”用形象的思维，展现了开垦种植梯田的情况。在某些落后边远山区，人们仍然习惯于刀耕火种的原始劳动生产，耕作既粗放，收成也不多，故诗人写《竹枝词》道："斤斧难施旦旦樵，山根绿树达山椒。无端野烧燔空起，遮莫年来好种荞。"用诗的形式，谴责了这种"烧荒"的做法。云南有的地方属亚热带气候，除种植水稻以外，还种植棉花，保山诗人范仕义在《木棉竹枝词》中写道："宾川土性最宜棉，男妇携锄雨后天。除去繁芜佳蒩茂，嫩含青叶绿云边。"既写了棉农精心管理棉田，也写了棉花长势良好。又有："万顷平田绕径斜，辛勤灌溉水番车。梧桐枝缀芙蓉蕊，到处铃摇吉贝花。"水是农田的命脉，强调了灌溉的重要，水能跟上，就保证结出硕大的棉桃。辛勤的劳动，带来了丰收的喜悦，诗人为此又写道："茅舍槿篱曙色开，丰收人喜满筐回。弓统弹出云成絮，铁轴翻来玉作堆。"诗人认为农民要富裕，还得农副业相结合，以所收棉花进一步从事加工纺织，因此又写道："一年农事近如何，生计唯凭纺织多。衣被万家勤报赛，遥祈申浦祀黄婆。"

三是描写风俗习惯的。云南自古以来，与中原政治、经济、文化均有紧密联系，水乳交融，因此风俗习惯也深受中原影响，但又有自己的地方民族风格。如过春节都叫“过老年”，除了贴春联还要铺松毛，为此昆明朱芳田的《岁时竹枝词》写道：“门换新联户换朱，还春饵块备香厨。华堂草舍春都到，碧绿松毛匝地铺。”昆明的老年人在春节期间，还喜欢蹲茶馆听清唱，边品茶，边吃松子，边听戏，可谓怡然自得。清人黄丹崖在另一首《竹枝词》中写道：“停午楼馆试分茶，普洱毛尖胜锷嘉。清歌一曲灯夹戏，且食松子听琵琶。”春节的昆明街上，过去在三牌坊、大南城等市中心，游人熙熙攘攘，节日气氛洋溢。市内多设摊卖吃食与玩具，如面具、木制刀枪剑戟、小巧精致的打击乐器等应有尽有。最为别致者要算“蹦硐”，系用玻璃吹泡如葫芦形状，上延一管，以口吹之，底部因气灌入，伸缩成凸凹状，同时发出“蹦硐”声音，由是而得名。春节每一入市，则爆竹声与“蹦硐”声相噪填耳，《竹枝词》写道：“玩具摊摆满琳琅，面具铜锣与刀枪。压岁钱花样样买，‘蹦硐’吹过三牌坊。”大理系古叶榆之地，往昔所辖四州三县，山川虽然各异，而风俗大略相同，且又多沿蒙段遗习，如春节在仪式上虽与其他地方无异，但仅在除夕夜晚餐上备“春盘子”和一味烧烤猪肉的“主菜”，所以清人张止斋的《岁除竹枝词》介绍说：“叶榆七郡采民风，女织男耕大约同。每遇岁除欢宴饮，火烧猪肉脍盘中。”在滇南通海，旧时春节较为突出的习俗，是要在正月初一或初二去游秀山和三元宫，特别观看三元宫怒放的山茶花。清人王芝有一首《竹枝词》云：“抚仙湖畔是妾家，平日不喜把桡划。新正日暖春风里，约尔同船赏茶花。”丽江纳西族人民过春节，旧时除跳“阿哩哩”和唱“阿舍子”之外，青年男女相悦者，多相约往游象山之麓的黑龙潭。清人杨品硕的《花马竹枝词》写道：“正月初一玉泉游，士女如云过水楼。无数春风花树下，意中人去又回头。”在民族地区，由于各族人民自古以来在一起劳动生息，团结战斗，经济文化交融，因此对春节习俗也同样重视。如滇西、滇南的白族和彝族，在除夕前几天，都要“设酒食，燃炬歌舞，照耀田庐，以示驱逐来年之疫疠及预祈丰收”。清代黄炳堃的《诸族竹枝词》中写道：“酒杯风雪峭寒天，火树交辉照大千，数指岁除余六日，大傩歌舞送残年。”在民族地区，每年农历六月廿四日，被定为“星回节”，石屏许印芳的《星回节考》讲：“滇中士大夫谓六月廿四日为星回节，取‘星回于天’之义，考之民俗，是日但称火把节耳。”因届时都要“斫松为燎，高丈余。入夜，争燃之。村落用以照田，以炬之明暗占岁丰歉”。此日溯源，在滇池地区认为是纪念汉代曼阿娜的夫人阿南，在大理则认为是追思赕诏宁北妃慈善。佚名的《竹枝词》写道：“斫松为炬以照田，来年丰歉看明暗。滇南为祭汉阿南，苍洱追思唐慈善。”在大理古代士子中，还借是日火把以占文士科名有无。因此李照的《星回节观炬竹枝词》写道：“向晚村村燃火把，坟庐园亩照通红。年来玉局峰头寺，可有神光出夜中。”清人叶观国的《竹枝词》也写道：“滇中节物重星回，松炬荧荧照酒杯。何不禁烟差减痛，也如寒食吊之推。”将其与中原“寒食禁火”相提并论。除了上述两种节日习俗之外，在大理地区，每年农历四月廿三至廿五日，白族人民要盛装打扮，成群结队游逛三个风景名胜区，俗称“绕山灵”，也叫“观上览”，实际上是在农忙栽插前的一种游春活动。对此习俗，清末邓川学者杨倞在《滇中琐记》中讲：“大理有绕山灵会，每岁季春下浣，男女坌集，殆千万人，十百各为群……男者犹执巾秉扇，足踏口歌，或拍霸王鞭。相传起于南诏。”为此诗人段位作《竹枝词》描写道：“南乡北去北乡南，月届清和廿四三。一样时装新结束，来朝相约拜伽蓝。”点明“绕山灵”的时间及内容。“繁华梵宇已成空，三塔依然虎踞雄。小坐塔盘将进酒，夜香人影太匆匆。”指出“绕山灵”的重点。“金钱鼓子霸王鞭，双手推出臀转旋。最是小姑歌僰调，声声唱入有情天。”介绍“绕山灵”载歌载舞的盛况。有的民族地区也过端阳节，照样划龙船，佚名的《纪腾越竹枝词》写道：“蛇首楼船十丈长，船头铙鼓乐笙簧。篙师百橹齐摇出，阿瓦城边水似汤。”

四是反映民族风情的。云南是一个多民族、多山区的边疆省份。各族人民自古以来和睦相处，在开发边疆、建设边疆和保卫边疆方面，都做出过贡献。特别是共同创造了绚丽多彩的民族文化，在祖国文化宝库中，增添了瑰丽的篇章。云南各族人民，在漫长的历史发展中，有个逐渐递进演变的过程，据谢肇淛的《滇略》记载，明代初年的一些民族，还是“风土上湿下热，皆起竹楼而居，刀耕火种，将所收稻谷悬于竹棚之下，日旋捣而食”。到了明代中叶以后，由于各族人民的相互促进，据顾炎武的《肇域志》记载，已发展成“男耕女织，无异中土”，而且是“俱以耕织为业，获稻和秸储之”，并“刳木为臼，长四五尺，号曰‘椎塘’，每临炊，始取稻把入臼舂之，其声叮咚，抑扬可听”。对这样的生活情况，诗人作《竹枝词》描写说：“八番女儿日夜忙，耕田织布胜于郎。长腰鼓敲老虎市，今年稻香满椎塘。”在云南民族当中，彝族不仅支系众多，而且历史非常悠久，从他们的服饰风习，可推知他们的先民就是《史记·西南夷列传》中说的“编发，随畜迁徙，毋常处”的昆明人。尽管由于他们“拙于生计”，过的是“养牧多居高阜巅，布衣火草质唯坚”的生活，但却注意道德情操的修养，“耻取不义之财”。为此建水诗人张履理曾作《竹枝词》称许道：“峻山千重水一湾，牧畜贩薪自忘艰。谋生耻作梁间客，夜户凭君不上关。”特别是人与人之间最讲交谊，一家有难，则全寨凑钱出力协助，诗人又作《竹枝词》写道：“簇簇衣裳取样新，腰围百褶柳丝裙。醵金不减麦舟谊，应是夷中俗最淳。”这些彝族支系，不仅生性勤劳勇敢，而且衣着服饰优美，人民多才多艺，“男作鹊帽，女戴鸡冠，喜作皮屦踏歌为乐，男吹芦笙，女穿缉衣，跳舞而歌，皆有其节”。这种民族风习，正如诗人所写的：“勤奋勇为易捐躯，鹊帽尖冠服制殊。男子吹笙女跳舞，相将踏踏试歌呼。”白族在云南各民族中，由于与汉族经济文化交流更加密切，白族中不少人会说汉语，通晓汉文，文化水平较高。地方文献记载：“多与汉人杂居，居处饮食衣服悉如汉人，居家简朴，性情和纯，且知读书。”有一首《竹枝词》写道：“平原靠海业桑田，又见芸窗手一编。莫怪迎人饶善气，饮和食德已多年。”傣族崇信南传上座部佛教，小孩长到七八岁，便要送入佛寺出家，学佛法，身披袈裟，犹如汉人送子弟进学校读书，否则就得不到社会承认，到一定时间后学成再还俗，叫作“变人”，故诗人在《竹枝词》中吟咏道：“稽首慈悲佛一尊，袈裟新著不胜情。他年学成就还俗，见说人才出梵门。”傣族男女双方恋爱，别具一格，有的是通过抛绣球，在每年二、三月间，傣族少女手持绣球，视合意少年抛掷，中者结为夫妻。诗人对此作《竹枝词》道：“时样衣裳趁体妍，绣球抛掷早春天，邻家姊妹齐声贺，恰中多情美少年。”有的是通过捕蝉，于三四月间，傣族少女手持火把从小伙子家门前晃过，跑往林中捕蝉。小伙子一见便奋起追赶，到了密林深处，则同声歌唱于溶溶夜色之中，唱到情投意合，便私订终身。诗人作《竹枝词》描写道：“夜色清凉四月天，相思无邪不成眠。手持火把林中去，可有同心共捕蝉。”纳西族即古代的“么些”人，其族源于我国古代西北游牧民族氐羌的一支，后来往南迁徙，从川南越雋地区进入云南。据地方文献记载，古代“么些”人于“正月五日登山祭天，岁暮竞杀牛相邀，请一客不至则以为耻；少不如意，鸣鼓相攻，妇女投场和解乃罢”。因此诗人作《竹枝词》道：“正月登山祀事修，迎宾每念客来否？如何征鼓相攻击，欲解郎围待女流。”至于纳西族妇女的衣着服饰与其他民族还有所不同，人们将其特点概括为“披星戴月”四个字，故诗人作《竹枝词》具体介绍说：“大耳环垂大响铃，裙裁毛布着红青。短衣半截羊皮系，上有红丝绣七星。”藏族在云南多居住在滇西北一带，以种青稞和养牦牛为业，常以酥油茶调炒面捏糌粑为主食，并以之待客，对此诗人也作

《竹枝词》介绍说:“酥油半盏泡春茶，炒面调和号糌粑。款待嘉宾称上品，蔓菁鸡黍斗奢华。”苗族衣着服饰特异，绚丽多彩,《苗俗纪闻》记载:“裙百褶，亦五色，无帛者以花布代之，间以纯青，仅及膝干。”又说:“妇人髻高一尺，膏以脂，光可鉴人，婀娜及额，类叠而锐，所谓乌蛮髻。”很像唐代妇女的装束，因此舒位在《竹枝词》中写道:“半臂青青织锦阑，浅裙百褶不知寒。一梳飞上昆仑月，便若君家黑牡丹。”苗族人民还精于纺织，每家必备织机，纺织为妇女唯一之生业，虽织机比较简单和原始，工序也系手工，但纺织出的布质量并不太差。如红苗妇女所织的“斑布”，就很精致古雅;“东西苗”所织的斜纹布一般称“顺水斑”，不仅质地细密，还摹印有铜鼓花纹;“仡佬苗”妇女所织的“铁笛布”，张澍称道说“其纤美似蜀之黄润，其精致似吴之白越，其柔软似波戈之香荃，其缜密似金齿之缥叠”，并断定“缉桑为之”；此外，谷蔺苗族女子所织的布最为精密，经久耐穿，称为“谷蔺布”，“每遇入市，人争购之”。当时里谚云“欲作衫和裤，须得谷蔺布”。产这种布的地方，每一入夜，村村寨寨机杼之声相闻，次日日中则将所织布匹送入市上换取盐巴及生活日用品，因此清人舒位的《竹枝词》写道："织锦簇簇花有痕，织布缕缕家无襟。月中织布日中市，织锦不如织布温。"苗族人民除织布以外，还能织锦，以手帕最为精美，张澍亦称其"以五色绒线为之，亦有花木禽兽各样，精者甲他郡，冻之水不败，渍之油不污"。特别是民族地区小孩患传染性麻疹时，以此"襁为卧具以活之"，相传为诸葛亮南征时教民纺织此种比较柔软之锦并加强护理，曾拯救了不少小生命，后人感念其德，咸称"诸葛锦"。为此清人杨文莹作《竹枝词》道："旗鼓侵疆止取残，教裁卧具病儿安。锦名今尚传诸葛，上策攻心此一端。"苗族在文化上深受汉族影响，苗人还使用"六十甲子，皆如汉制"，每逢节序，击铜鼓，吹唢呐欢聚赛神，故诗人又作《竹枝词》道："婚姻宛似结朱陈，垦土诛茅傍水滨。六甲六书皆汉制，独将铜鼓赛神明。"各族风情虽然不同，居住地区的气候也迥异，但由于云南是个多民族的省份，不论走到哪里，民族特点都较为突出，民族风情也颇为浓郁。因此诗人作《竹枝词》道："六诏遗民概已非，河山风景尚依稀。匏笙芦笛家家吹，白雪梅花处处飞。”可谓是对民族地区独特民族风情的高度概括。

五是以文字图画湖山，描写风景名胜的。云南风景名胜不仅众多，而且别具一格，因此这类状物写景的《竹枝词》也不在少数。其中以描写大观楼的几首最为杰出。大观楼自清康熙年间建成后，又因乾隆间昆明孙髯所撰大观楼一百八十字长联不胫而走，与中原的名楼俱称，真所谓“与岳阳黄鹤相衡，一样雄奇，各有大名垂宇宙”，为此人们无不乐于选胜登临。清人杨丽绌的《近华浦竹枝词》描写道：“太华山下水如油，云净沙明逼晚秋。第一风光谁识得，背人先上大观楼。”仅用“云净沙明”四字，就点出了晚秋时节大观楼的旖旎风光，逗人情怀，使人不由得独自登楼，以先睹为快。大观楼的风景所以引人入胜，还在那耀眼的盈盈一水，尤其是那亭亭荷叶深处，更是藕香芬芳，沁人心脾。风平浪静的湖面让你心旷神怡，而在那惊涛拍岸、风卷渔船的雨天，当“一竿风浪，满蓑烟雨”中的老渔翁，驾着一叶扁舟，无畏地向湖心驶去，又勾勒出一幅水墨“烟雨图”。无怪诗人对此饱含深情地描写说：“秋水盈盈照眼明，芙蓉深处最怡情。老渔惯见江湖险，故向风波起处行。”当人们荡着轻舟，顺流驶到湖心时，往往聆听轻歌一曲，使你不得不停桡坐听玉箫声。曲终人不见，寻至芙蓉深处，惊起对对鸳鸯，插翅飞过桥去，这又是多么优美的湖上风光。故诗人又描写道：“歌罢采莲韵最娇，玉箫声里试停桡。惊人对对鸳鸯起，飞过秋江第一桥。”傍晚，碧绿色的波浪，吹皱一池湖水，淡云、微雨、斜阳，把大观楼、近华浦的景色，点缀得更加美丽，在这样诗情画意的境界里，给人的印象是滇池的湖光山色也像美人那样“淡妆浓抹总相宜”，正如诗人吟咏的：“碧浪风吹皱晚塘，淡云微雨界斜阳。湖光一派情无那，也学秋娘作淡妆。”通过这样一些形象思维的状物写景，把云南的湖山装点得更加妩媚和引人入胜。

当然也还有一些流寓诗人或土著诗人，由于他们深入生活，在不同程度上了解到当时的一些民间疾苦，也利用《竹枝词》来揭露社会黑暗，对处在残酷压迫剥削，连年自然灾害，战祸频仍下的老百姓寄以无限的同情，对满目疮痍的现实发出拯救的呼吁。如清末杨溯濂的两首《竹枝词》就写道：“遑遑终岁少安居，汗满裳衣泥满裙。菜粥豆羹常不饱，租徭输后粟无余。”“旱伤禾稼雨伤籼，急值旱年又涝年。朝出披星夕戴月，夜归儿女哭灯前。”又如光绪末张舜笙有两首《竹枝词》写道：“老翁扶病自耕锄，借问当年子有无。连连战事无终结，两儿今已变白骨。”“农不得耕桑不行，民穷财尽更增兵，萑苻满地无人问，总为私心起战争。”虽系《竹枝词》，但读了之后，使人自然想到诗人是继承了《三吏》、《三别》的现实主义创作手法，因而也就能针砭时弊。

从上面所列几类云南《竹枝词》来看，这些作品表现了一定历史时期的社会状况及人们的生活风貌，有的紧密结系劳动生产，有的表现劳动人民的智慧情操和美德，有的大胆暴露现实，有的状写边疆地域形胜，有的描写民族风情。一句话，在思想内容上，比较注意社会效果，它不粗俗低级，鄙俚黄色，而是通俗高雅，明白平易，善于起兴，先言他物而后引出所咏之辞。例如：“高山头上三丘田，斑鸠筑巢进林间。斑鸠希望巢筑好，静女唯盼有晴天。”既表达了情窦初开少女的情思，又不落俗套。

云南《竹枝词》，在某种意义上讲，不但是“神”

来之唱，也是“神”来之作。无论是情、理、事、物，举目所见，思虑所至，心里所感，无一不是《竹枝词》的题材，顺口可唱，拈来即成。李白在《春夜宴桃李芳园·序》中讲“大块假我以文章”，云南《竹枝词》由于有广泛坚实的创作源泉，何尝不是如此！从上面所列举的云南《竹枝词》来看，在诗歌创作中，对人、事、地、物，都能分别达到寓教于乐、于唱、于诗的境界。

从云南《竹枝词》的创作艺术手法来讲，它源于诗又有别于诗，对云南各地的地理形胜、风物习俗和常见琐事，着力进行艺术形象的塑造、概括与提炼。作者选择感受最深的题材进行讴歌，调动各种艺术手法形成深远意境，并以明晰清新的语言为读者构成画面，句虽短而意无穷，特别讲求明白流畅，通俗易懂，读起来，使人有身临其境的感觉。

云南《竹枝词》还善用双关语和比喻，从而也就增添了《竹枝词》意境上的“蕴涵”气氛。善用双关语和隐比，比直截了当、开门见山耐人寻味。因为《竹枝词》是韵文，手法上与散文应有所区别。从双关语讲就是用同音异字的字眼来影射别种事物，或者就以一个字眼作别种不同的解释，来发挥歌词的真正含义。如“太阳落山山脚黄，燕子衔泥过干塘。干塘无水空无燕，伊人无心空留郎”就是用双关语句来表达感情的。

对于《竹枝词》，清代王渔洋在《师友诗传录》中概括说：“竹枝咏风土，琐细诙谐皆可入，大抵以风趣为主，与绝句迥别。”云南《竹枝词》正是这样，它从不同的侧面，通过各种题材，歌咏边疆风土，表现各族民情，格调清新爽朗，语言朴实无华，淳厚韵致，妙趣横生，不仅给人以一定的艺术享受，也给我国文学宝库中增添了一颗晶莹璀璨的明珠。

清代诗人咏孙髯翁三首

追思孙髯翁一首

铁版铜琶鞺鞳声，髯翁才气剧纵横。
楼头一百八十字，黄鹤留题万古名。

此诗录自清人吴仰贤《小匏庵诗集》中的一首七言绝句。作者吴仰贤字牧驺，浙江嘉兴人，清咸丰壬子二年（公元1852年）进士，由云南县知县擢升迤东道。此乃吴氏以诗的形式，“偶论滇南诗人”时所作，诗篇对孙髯做了高度评价。

铁板铜琶：指铁拍板与铜铸琵琶。《文献通考》记载：“九部乐有铁拍板”；又说，“元行充为太常卿时，有人于古冢中得铜物，似琵琶而身正圆，莫有识者，元视之曰：此阮咸所造乐器”。古人评苏轼词比较豪放，曾有“学士词如关西大汉执铁板唱‘大江东去’”。后演为“抱铜琵琶、执铁绰板”，因以“铜琶铁板”形容豪爽激越的文辞。这里援引此典形容孙髯翁所撰长联及诗的气势宏大。鞺鞳：指钟鼓之声。白居易《敢谏鼓赋》“音锵锵以鞺鞳”。形容孙髯翁的诗读起来铿锵悦耳。剧：尤其的意思，引申为特别显示出。黄鹤：指唐代诗人崔颢的《黄鹤楼》诗。

对于孙髯翁的诗，当时人们的评价是“能手动笔，句无泛设，筋节分明，大气流转”。这首诗的作者也认为：孙髯翁所撰写的一百八十字长联及诗篇，气势磅礴，才气纵横，声韵响亮，犹如铁板铜琶奏出的铿锵之声一般，他的作品完全可以和唐代诗人崔颢的名篇《黄鹤楼》齐名、媲美，成为千古不朽之作。

过圆通寺怀孙髯翁先生一首

垂老谈诗更有神，曾于早岁荷陶甄。
匆匆二十年来事，几见时流制作新。

此诗录自清代师范的《二余堂诗稿》中的一首绝句。师范字端人，号荔扉，赵州（今弥渡）人，乾隆甲午三十九年（公元 1774 年）举人，初官剑川州训导，以卓异擢升安徽望江知县，著有《滇系》、《二余堂诗稿》、《抱瓮轩诗文汇稿》、《金华山樵诗稿前后集》等。

垂老谈诗更有神：指乾隆三十三年（公元 1768 年）秋天，师范路经昆明，前往圆通寺咒蛟台上的“夕佳阁”看望孙髯翁，“互相询问，乃以诗请”，孙髯翁“拍案敷陈，目光炯炯射人”，故言“垂老谈诗更有神”。陶甄：《文选》张华《女史甄》说“散气流形，既陶既甄”。李善注：“陶人作瓦器谓之甄。”意思可引申为造就、培养解。此指师范年轻时在诗歌创作上曾得到孙髯翁的指点。

孙髯翁的诗，傅应台评论说：“其乐府不规于古，至其近体气韵沉雄，音节浏亮，一时同社中皆为之敛手。”袁文揆评论是：“髯翁乐府虽不逮汉魏之高古，亦几入香山崆峒之室。”师范早年承教于孙颐庵，既见孙之诗作，亦聆其论诗，因此一直认为他的诗是“穿穴汉魏三唐诸大家，自成一子”。由于诸家如此推许，故有“匆匆二十年来事，几见时流制作新”的吟咏。

咏壁立堂遗址一首

君不见，孙髯翁，卜居依螺峰。老梅杈桠千树古，新诗险怪七言工。人才仅以布衣终，壁立堂址今蒿蓬。

此诗系清代云南诗人戴淳《书李即园诗抄后》一诗的开头几句，因单独亦可成章，故加转录。戴淳字古村，呈贡人，道光乙酉五年（公元1825年）拔贡，参加廷试罢归，绝意仕途，悬壶济世，赋性恬静，博览群书，工诗及古文，为“五华五子”之一。

卜居依螺峰：孙髯翁晚年，寓居昆明圆通寺后面的咒蛟台，更号“蛟台老人”，卜易为生。当时他居住的小屋名叫“夕佳阁”，取《陶诗》“山气日夕佳”之意，他自己也曾写过《寓夕佳阁》诗：“万古一书卷，乾坤七尺床。卧游宗炳宅，吟依费公房。石矗经台翠，云流涧谷香。夕阳山气好，天海入苍茫。”这间小屋也称“壁立堂”，似取“家徒四壁之意”。

老梅杈桠千树古：孙髯翁曾自号“万树梅花一

布衣”。

孙髯翁原籍陕西三原，由于他的父亲来云南做武官，遂落籍昆明。年轻时见参加乡试的士子入考场时要被搜身，认为是对知识分子的侮辱，便矢志终身不应科举，以诗文自娱。诗工五七言，故袁文揆称他“五七律规模唐明，时有佳作”。孙髯翁虽系清初名士，傲然不群，但仍讲求经世致用之学，如他“尝读书（盘龙）江上，系目江流”，深感水患之危害百姓，经过“穷岁月之跋涉”，进行实地考察，又“披《禹贡》、《桑经》、《郦注》之书”，参考历史地理文献，写成水利专著《盘龙江水利图说》，以有裨于治。可是这样一位有才华的人物，竟毕生郁郁而不得志。他寓居咒蛟台卖卜时，往往“求百钱不可得，恒数日断炊”，连起码的生活都无法维持。他死以后，这位名士、诗人寓居的“壁立堂”也就日渐荒芜了，只落得“咒蛟台上松风冷，犹如孙登起啸吟”。道光年间，戴淳过此，不禁感慨系之。

（原载《云南文史》1998 年第 2 期）

《落落轩诗抄》咏“二女”曲二首

阿襤、杨娥虽异代不同时，实属滇云有名二女，历来骚人墨客吟咏颇多。晋宁宋嘉俊有《阿襤曲》及《杨娥曲》各一首，收入其别集《落落轩诗抄》，知者甚少，刻画人物手法圆熟精到，用韵独具一格，读之清新隽永感人，谨笺注以供同好。

阿襤曲

红巾战罢入甥馆，洞房心醉合欢盏。虎将情痴恋蛾眉，苍洱才归旆复返。妾父爱才兼忌才，惊心又报平章来。鄯阐从此杀机伏，劝君西归归不速。通济桥头马逸走，鲁桓竟死彭生手。夫生妾生亡妾亡，忍饥不食妾断肠。玉碎西山珠沉海，贞心烈魂照千载。君不见：避暑宫殿埋烟萝，异代独传《铁立歌》。

红巾战罢：元至正二十三年（公元1363年），明玉珍陷云南围昆明，梁王把匝剌瓦尔密奔威楚（今楚雄），求助于大理总管段功，败明二于关滩，追至回磴关，大破红巾军，复中庆路。入甥馆：甥馆谓赘婿所居之室。《孟子·万章》："舜尚见帝，帝馆甥于贰室。"明玉珍自楚入蜀攻滇，进逼中庆之时，诸部悉乱，赖段功讨平，梁王为感谢段保境存家之恩，除表段为云南平章政事外，又将爱女阿禚嫁给他，招赘为婿。合欢盏：合欢杯，洞房里新婚夫妇同饮的交杯酒。宋之问《花烛图》："莫令银箭晓，为尽合欢杯。"虎将：将军之名，本王莽时所置官，后用为勇将之通称。陈造《狩猎诗》："身著邦君小队中，纵观虎将万旗红。"此指段功。蛾眉：蚕蛾之触髯细长而似人眉，比喻美人。高适《塞下曲》："荡子从军事征战，蛾眉婵娟守空闺。"此指阿禚。段功入赘留居中庆，安乐不思叶榆（今大理），部将杨渊海以诗讽之不悟，故言情痴恋蛾眉。苍洱才归旆复返：旆本系古代旗末形状如燕尾的垂旒，后泛指旌旗。张衡《东京赋》：“旆已反乎郊畛”。段功与阿禚结婚后，原配夫人高氏居住大理，见丈夫久留中庆不归，寄乐府一章云：“风卷残云，九霄冉冉促。龙池无偶，水云一片绿。寂寞倚屏帏，春雨纷纷促。蜀锦半床间，鸳鸯独自宿。珊瑚枕冷，泪滴针穿目。好难禁，将军一去无度，身与影立，影与身独。盼归来，只恐乐极生悲冤鬼哭。”催功返家。段功乃于至正二十四年春返回大理。居家不久因思念新欢阿禚，便借口为梁王祝寿，带上乳扇、弓鱼及护从，兼程返回中庆，故言苍洱才归旆复返。妾父爱才兼忌才：梁王虽感段功保境存家之恩，结为亲眷，但由于奸佞进谗，对段便顿生疑忌，忧心忡忡。惊心又报平章来：元顺帝曾授命段功为云南平章政事，既回中庆，王后斛律斤及左丞彻里的金等乘机挑拨说：“段平章此次回来，气焰甚大，有吞金马、咽碧鸡之心。”鄯阐从此杀机伏：由于翁婿之间隔阂日深，梁王欲杀段功，将“孔雀胆”一瓶交付阿禚，命趁机鸩殪之。劝君西归归不速：阿禚不敢违抗梁王，又爱怜段功，于是“雀胆阳收全父命”，同时又于当晚“兰缸挑尽劝夫归”，而段功全然不信，掉以轻心，迟迟不肯逃离中庆。通济桥头马逸走：通济桥又名奏功桥，盘龙江支流上之小桥，在城东南（后之书林街口）。梁王为杀段功，借邀段至东寺演梵。二人并马而行，至通济桥，伏兵使段马失前蹄，梁王乘机下令杀段于桥下。鲁桓竟死彭生手：鲁桓即春秋时鲁国国君，名轨，与夫人姜氏入齐。齐襄公通于夫人，公怒，夫人以告，襄公宴请桓公，酒醉，使公子彭生杀之。借春秋故事，隐喻梁王谋杀段功。忍饥不食妾断肠：指段功遇害阿禚绝食以殉夫。避暑殿里埋烟萝：西山原为梁王避暑行宫。清代诗人吴梅村曾有“碧鸡台榭乱云中，旧是梁王避暑宫”的诗句。烟萝：雾中之茑萝。赵蝦诗有“雾浓如水洒苍台，洞口烟萝密不开”之句，此指昔日梁王避暑宫殿，而今竟置于荒烟蔓草间，翁婿相残，伦常之变的历史悲剧已为陈迹。《铁立歌》记载，段功死后，阿禚哀悼丈夫作挽歌云：“吾家住在雁门深，一片闲云到滇海。心悬明月照青天，青天不语已三载。苹花历乱苍山秋，误我一生踏里彩，吐噜吐噜段阿奴，施宗施秀同奴歹。云片波粼不见人，押不芦花颜色改。肉屏独坐细思量，西山铁立风潇洒。”也称《吐噜歌》。

阿禚乃才貌双全的蒙古族女子，段功又系六诏驰名的英雄，结为夫妇，堪称佳偶。但由于段功对元朝统治者抱有幻想，希望以自己对元室的忠诚来求得梁王的信任，从而改善蒙、汉、白各族之间的关系。他的这种主观愿望，由于元朝统治者的种族偏见和所奉行的民族压迫政策，不仅无法实现，反而因此遭到梁王的疑忌，被害于昆明的通济桥下，造成了“孔雀胆”的历史悲剧。令人唏嘘凭吊无穷，正像前人诗中吟咏的“我望西山铁立时，北风吹就断肠诗。苦绪幽情谁更见，愁云千里压滇池”。通济桥虽然早已不复存在，但“梁段之争，翁婿相残”之史事，却让后人为此写过不少诗文。除了宋荩臣的这首《阿禚曲》外，呈贡秦光铭曾撰联云：“祸变起伦常，夫也何辜？父也何仇？泣尽千行血泪；奇冤含肺腑。羌兮休怨！宝兮休怒！怜此一片贞心。”作者代阿禚立言，把祸变之后，对丈夫的万分哀怜，对父亲的无比怨恨，对儿女的乞求宽恕谅解，如泣如诉地披露于楹联之上，可谓字字看来都是血，声声何尝不为泪，文意完全道出了这位蒙古女子的心曲。云南文史研究馆老馆员由云龙往昔过柳坝村阿禚庙，亦填有一阕《柳梢青》："芳草晴沙，阿姑旧庙，杨柳参差。风景不殊，山河已异，飞燕谁家？香魂杳杳天涯，诉幽恨，空闻暮鸦，凭吊凄然，半轮凉月，一树梅花。"而郭沫若根据这段史事所写的话剧《孔雀胆》，更是人们所熟知的了。

杨娥曲

杨家有女在闺阒，一时色艺称双绝，兄夫扈从走朱波，殉主边隅永离别。失巢孤雁无所依，束装草草昆华归，誓雪大仇入藩府，刺虎恨无双翼飞。锁烟溪前室如斗，少妇当垆学沽酒，茅店卖余瓮头春，击破瓮头嵌户牖。纨绔子弟出吴宫，齐来赌酒气如虹，境入醉乡恶态出，调笑胡姬酒肆中。蛾眉见说娇嗔起，举手提挈投瓮里，汤鼎腾沸火光红，浇汝肌肤痛欲死。群起离座攻婵娟，飞身跃出天街前，道旁观者聚如蚁，只手能御诸少年。玉臂约金履锢铁，触之身首一齐裂，恶少报复来诘朝，莫敢与娥较优劣。技如越女腾一乡，老濞由此闻红妆，待聘阿娇贮金屋，讵意二竖侵膏肓。壮志未遂赴黄路，彼苍有意促娥数。我来凭吊过城西，空见夕阳笼芳树。芳树何处寻佳城，追维往事伤余情。滇南巾帼足千古，而今竹帛书其名。

闺阒：幽静的内室。朱波：朱指永历帝朱由榔，波指黔国公沐天波。刺虎：引用费贞蛾刺罗虎故事。费本系明思宗之宫人，年十六明亡，自投眢井中，为人所救。李自成以之适部将罗虎，侍罗酒醉以刀杀之，亦自刎。锁烟溪：相传在昆明城西蒲草田附近。当垆：谓卖酒。《汉书·司马相如传》颜师古注："卖酒之处累土为垆，以居酒瓮，四面隆起，其一面高，形如锻炉，故名。"纨绔：古代贵族子弟之服。《汉书·叙传》颜师古注："纨，素也，绔，今细绫也，并贵戚子弟之服。"后指富家臣室子弟不学无术者。杜甫《赠韦左丞文诗》："纨绔不饿死，儒冠多误身。"胡姬：辛延年《羽林郎》："胡姬年十五，春日独当垆。"因杨娥于市西当垆卖酒，故称胡姬。婵娟：本指色态美好，后引申为美丽的女子。杜荀鹤《春宫诗》："早被婵娟误，欲妆临镜慵。"老潩：潩原指汉初吴王刘濞，此借喻吴三桂，因当时吴已受清朝封为平西王。红妆：妇女装饰，每多红色，故称红妆。李白《江夏行》："正见当垆女，红妆二八年。"此指姿色艳丽的杨娥。阿娇：原为汉武帝后，即陈婴的曾孙女，后因事废居长门，数年卒，故有"金屋藏娇"之成语。李白《妾薄命》诗有"汉帝宠阿娇，贮之藏金屋"之句。这里引用汉武典故，指吴三桂将杨娥纳为妃。讵意：岂料。二竖：春秋时晋景公疾，延秦医缓来治，未至，梦二竖子相问答，后因以二竖为病魔之称，见《左传·成公十年》。膏肓：指病情极为深重。古代医学家把心间脂肪叫"膏"，心脏与膈膜之间叫"肓"。《左传·成公十年》："疾不可为也，在肓之上，膏之下。"黄路：黄泉路上，指人死葬于地下。芳树：指花木。李白《送友人入蜀》诗："芳树笼秦栈，春流绕蜀城。"巾帼：古代妇女头上用以束发的装饰，以后引申为妇女。元稹《酬乐天东南行》诗："椎髻抛巾帼，镰刀代辘轳。"竹帛：谓简策与缣素，古代用以记载文字的书写载体，引申为史册。《史记·文帝纪》："然后祖宗之功德著于竹帛。"

杨娥本系贵州杨鹅头之小妹。鹅头世为沐府武艺教习，因此杨娥自幼受家庭熏陶，对十八般武艺，件件精通，色艺双全。年十六嫁给与哥哥同事的沐府武卫张某。黔国公沐天波西走，娥与丈夫、兄长追随逃亡。后吴三桂擒永历帝，张某与杨鹅头为之殉国。她只身逃回昆明，痛其夫与兄长之惨死，恨吴三桂入骨。不久永历被缢死五华山悯忠寺，娥遂以杀吴报仇为念，但苦于无法接近。杨娥姿色本来美艳，便打算牺牲自我，蛊惑行刺，于是乃效卓文君当垆，卖酒于昆明城西。那时吴藩府中多纨绔子弟，见少妇靓妆，颇具姿色，便成群结伙，天天来肆中饮酒，乘机任意戏谑。杨娥窥其中之骄悍者，投入狗洞，用断瓮套其足，以沸汤浇其胸，使一群恶少，大惊失色，于是群起奋臂捉娥。不料她已跳了出去立在街心，奋其技勇，与前来围攻者搏斗，使挡之者无不披靡，一群恶少被打得焦头烂额，负痛逃走。吴三桂因是得知藩府附近有此色艺双全少妇，便想娶之为妃，杨娥为报国仇家恨，亦为之应允。无奈纳宠佳期将近，杨娥忽染伤寒病死。除奸未遂，赍志而殁，滇人哀之，多为诗以悼。

（原载《云南文史》1999 年第 1 期）

昆明岁时节令《竹枝词》二十二首（上）

昆明的自然环境，据戴絅孙撰辑的（道光）《昆明县志·风土志》记载："冈峦环绕，川泽渟泫，沟渎通流，原田广衍。夏无溽暑，冬不祁寒。四时之气，和平如一，虽雨雪凝寒，晴明旋复暄燠，以地列坤隅，得土冲气故耳。"至于人文环境，尽管"百里不同俗"，风俗习惯往往随地而异，但由于昆明人多徙自江南、荆楚，因此于节令俗尚，与内地大同小异，特别是"岁时之礼，来往之仪，一本中原"。从昆明的老百姓来讲，对农历中岁时节令的观念较深，一年当中的重大节日习俗多沿袭其旧，为此清代诗人广东黄丹崖、博白朱庆椿及昆明朱芳田，秉平易之笔，含情远之思，分别写下了咏昆明岁时节令《竹枝词》多首，现辑录注析于后，以供旅昆者"入境问俗"参稽。

一

时近年节且上街，玉溪街口买花回。

撇见子间兜裙裾，市上传呼饵块来。

年节：指除夕，一年最后一天的夜晚，旧岁至此夕而除，次日即新岁。晋周处《风土记》：“至除夕，达旦不眠，谓之守岁。”且：将要。唐柳宗元《三戒·黔之驴》：“以为且噬己也，甚恐。”玉溪街口：近日楼前顺成街口，清代为昆明花市。撇见：忽然看见。子间：子间族，彝族的一支，多数住在官渡农村，与汉族杂居。兜裙裾：兜本指拉动，此引申为摆动。裙裾指裙子。唐常建《古兴》诗：“石榴裙裾蛱蝶飞，见人不语颦蛾眉。”传呼：传声呼喊。此指叫卖，吆喝着招揽买主。清潘荣陛《帝京岁时纪胜·时品》：“至于街市小儿叫卖小而黑者为酸葡萄，品斯下矣。”饵块：云南民间传统食品，将蒸熟的大米碓舂人工揉压或机制成小枕头状，食用时切成小片或丝，可炒煮、烘烤，加以佐料，食法多样，为云南特产，以官渡子间族所制者最佳。清桂馥《滇游续笔》：

“大理人作稻饼若蝶翅，呼为饵块。”并引《周礼·天官·笾人》解释说，“合蒸曰饵”，即用粳米和糯米适当配搭合蒸舂成。

岁暮年关，届除夕，昆明从三牌坊到大南城年货摊摆琳琅，异常热闹。家家户户，为在大年三十“频听银签，重燃绛蜡，饯旧迎新”增添节日气氛，都要到玉溪街口的花市上购买鲜花插瓶，以便守岁时“掩清尊，多谢山花，伴我微吟”；到云瑞坊下专买官渡子间人舂制的饵块，这种米白、禁煮、口感好的风味食品，将在迎年时全家品尝。正像肖三在《昆明游记》诗中所写：“更喜人们春节最愉快，吃着过桥米线和饵块。”

二

门换新联户换朱，还舂饵块备香厨。
华堂草舍春都到，碧绿松毛匝地铺。

新联：春联。春节时用红纸书写吉祥或祝颂语句贴于门上，谓之春联，其源出于古之桃符。清富察敦崇《燕京岁时记·春联》:“春联者，即桃符也。自入腊以后，即有文人墨客，在市肆檐下，书写春联。……或用硃笺，或用红纸，唯内廷及宗室王公等例用白纸，缘以红边，非宗室者不得擅用。”朱：指窗纸，用红纸镂花装饰窗户的剪纸。香厨：本指香积厨，僧家的厨房。唐杜甫《岳麓山道林二寺行》诗:“塔劫宫墙壮丽敞，香厨松道情凉俱。”此指世俗人家备有珍馐美味的厨房。华堂：富贵人家的厅堂。草舍：茅屋。唐刘长卿《寻龙井杨老》诗:“柴门草舍绝风尘，空谷耕田学子真。”此指穷苦人家的住房。松毛：松树的别称，松叶如针，繁盛如毛，故称。明李时珍《本草纲目·木·松针》:“余岁必亲至其园买橘，宁迟、宁贵、宁少，购得之，用黄砂缸，藉以全城稻草或松毛收之。”匝地：遍地。唐王勃《还冀州别洛下知己·序》:“风烟匝起，车马如龙。”宋赵崇嶓《蝶恋花》词:“风旋落红香匝地，海棠枝上莺飞起。”

大年初一，在“爆竹声中一岁除，春风送暖入屠苏，千门万户曈曈日，总把新桃换旧符”的氛围里，昆明人家多张灯结彩，堂柱门楹无不贴上红色春联，有的还用红笺剪纸镂花贴在窗上加以装饰，屋内满地铺上松针，于青葱绿缛之上，再衬以红毡，显得既清雅又华贵。亲友前来贺年，则接待坐于上面，献香茗一杯，以胡桃、松子、蜜枣食之；陈设黄果、干柿花、米花团、南糖等以待客。初一早上，一般都要蒸米糕一盘，掺以糖屑，嵌上蜜饯干果，并备茶点及炒饵块，全家相聚而食，以示团圆贺年。

三

玩具摊摆满琳琅，铜锣面具与刀枪。
压岁钱花样样买，“蹦砽”吹过三牌坊。

琳琅：本指美好的事物，此作琳琅满目，谓眼前所见都是好玩有趣的东西。压岁钱：旧俗阴历除夕以彩绳穿钱置床脚，谓之压岁钱；尊者长辈在过阴历年时给小孩者，也称压岁钱。清富察敦崇《燕京岁时记·压岁钱》：“以彩绳穿钱，编作龙形，置于床脚，谓之压岁钱。尊长之赐小儿者，亦谓之压岁钱。”蹦砽：玻璃烧制，能吹响的玩具，为春节应时节物。三牌坊：往昔修建在丽正门内，今正义路上的天开云瑞坊、滇南首郡坊及南国文明坊，简称“三牌坊”。

春节昆明的街上，过去在三牌坊、大南城等市中心，游人熙熙攘攘，节日气氛洋溢。街道两旁多设摊摆点，卖风味小吃和儿童玩具，如面具、木制刀枪剑戟，以及小巧精致的打击乐器等等，应有尽有，最为别致者要算“蹦硐”，采用玻璃吹泡如葫芦形状，上延一管，以口吹之，底部因气灌入，伸缩成凸凹状，同时发出“蹦硐”声音，由是而得名。春节时每一入市，则爆竹声与“蹦硐”声相噪填耳，使过年气氛更为浓郁。

四

停午楼馆试分茶，普洱毛尖胜锷嘉。

清歌一曲灯夹戏，且食松子听琵琶。

停午：正午、中午。停通“亭”。北魏郦道元《水经注·江水二》：“（三峡）重岩叠嶂，隐天蔽日，自非停午夜分，不见曦月。”宋梅尧臣《庖烟》诗：“湿薪烧尽日停午，试问霏霏何处浮。”楼馆：本指豪华的房屋或客舍。元张翥《为临州王伯达三画求题》诗：“楼馆云晴空翠湿，汀洲花暗夕阳多。”此指茶楼或茶馆。试：尝试。唐杜甫《去矣行》诗：“未试囊中餐玉法，明朝且入蓝田山。”分茶：本指宋元时煎茶之法，注汤后用箸搅茶乳，使汤水波纹幻变成种种形状。宋陆游《临安春雨初霁》诗：“矮纸斜行闲作草，晴窗细乳试分茶。”此指茶楼选用好水、名茶及精美茶具沏的清茶。普洱毛尖：云南省西南部出产的一种茶，多压制成块，因产地的部分地区在清代属于普洱府而得名。清赵学敏《本草纲目拾遗·木部》：“普洱茶膏黑如漆，醒酒第一，绿色者最佳，消食化痰，清胃生津，功力尤大也。”阮福《普洱茶记》：“（普洱茶）名遍天下，味醇酽，京师尤重之。”锷嘉：元代于双柏县锷嘉街设锷嘉县。此指双柏所产的老苍茶。灯夹戏：指茶楼清唱，既唱云南花灯，又唱滇戏。

昆明的老年人，在春节期间，还喜欢蹲茶馆，听清唱，边品普洱毛尖，边吃葵花松子，边听花灯及滇戏唱段，可谓怡然自得。

五

春游女伴屧翩翩，东岳烧香袂共连。

相约斜穿庙后去，金棱河畔看秋千。

屧：行走。唐杜甫《北鄰》诗："时来访老疾，步屧到蓬蒿。"翩翩：行动轻快。魏巍《东方》："晨风吹拂着她长长的飘带，翩翩走来。"东岳：指东岳庙。戴炯孙（道光）《昆明县志 · 祠祀志》："云津桥之东，曰东岳庙，庙前有白塔。"袂共连：袂指衣袖。《易·归妹》："帝乙归妹，其君之袂，不如其娣之袂良。"王弼注："袂，衣袖，所以为礼容者也。"此指联袂而行，牵着衣袖同行。斜穿：向偏离正路移动，抄小路便道前进。金棱河：金汁河，在昆明官渡区西部，大理国时，段素兴筑春登、云津二堤，分种黄白花于其上，有金棱、银棱之称，河以此称金棱，后演变成金汁河。由盘龙江东堤分水，蜿蜒南流至南郊六甲入滇池。秋千：亦作"鞦韆"，我国民间传统体育运动。在木架或铁架上悬挂两绳，下拴横板，人在板上或站或坐，两手握绳，利用蹬板的力量身躯随之前后向空中摆动。相传为春秋时齐桓公从北方山戎引入。《古今艺术图》："以彩绳悬木立架，士女坐立其上，推引之，谓之秋千。一云当作千秋，本出汉宫祝寿词，后人倒读，又易其字为鞦韆耳。"宋苏轼《寒食夜》诗："漏声透入碧窗纱，人静秋千影半斜。"清陈维崧《减字木兰花 · 过惠山九华庵》词："些事销魂，剩有秋千断板存。"

过去，到了正月初七，按惯例在白塔附近的东岳庙要举行庙会，实际上是借庙会举行新春郊游。特别要在庙后的金汁河埂上，立起若干架秋千，让群众自发进行荡秋千的体育竞赛，观者如堵，市人云集，新春休闲活动又别具一格。

六

金殿游归日未阑，鹦鹉山下且盘桓。
一丝一竹碟烧酒，好唱时新"打草杆"。

金殿：在昆明市区东北鸣凤山上，为太和宫主体建筑。原殿建于明历三十年（公元 1602 年），崇祯十年（公元 1637 年）被巡抚张凤翮移建于宾川鸡足山金顶，后毁。现殿为清康熙十年（公元 1671 年）吴三桂所造。重檐歇山式，高 6.7 米，面阔三间宽 7.8 米，进深三间长 6.15 米，梁柱、屋面、门壁、斗拱、藻井及外檐装饰等全部仿木结构建筑形式，用青铜铸件装配而成，并贴金饰面。所奉神像、台座、帷幔亦全用铜浇铸，因名金殿，又称铜瓦寺。门窗用镂空及浮雕手法，刻铸龙、凤、草纹图案。瓦当滴水亦均雕云龙纹。下为两层大理石台基，围以大理石栏杆。殿前有小铜亭一双及铜制日月七星旗。金殿占地 180 平方米，重约 250 吨，为全国最大的铜殿，全国重点文物保护单位。鹦鹉山：又称鸣凤山，在昆明市区东北十里。（康熙）《云南府志》称："山光灵爽，境物葳蕤，九龙奔朝，双凤翔舞。上有太和宫诸胜。"盘桓：徘徊、逗留。班固《幽通赋》："承灵训其虚徐兮，伫盘桓而且矣。"李善注："盘桓，不进也。"一丝一竹：丝竹，弦乐器与竹管乐器之总称。《礼记 · 乐记》："德者，性之端也，乐者，德之华也，金石丝竹，乐之器也。"唐韦应物《金谷园歌》："洛阳陌上人回首，丝竹飘飘入云天。”碟烧酒：指下酒菜。时新：应时而鲜美的东西，犹时髦。唐元稹《离思》诗：“红罗着压逐时新，杏子花纱嫩麴尘。”打草杆：昆明民间小调。

正月初九，传说为玉皇的生日，作为昆明主要道观的金殿，照例要举行庙会，而且热闹非常。在林木深秀的鹦鹉山上，游人络绎不绝于途。走过迎仙桥，便可看见为庙会所组织的各种杂耍：有借舞十八般兵器的卖艺，有以传统折子戏为内容而装饰的高跷，有勇健矫捷的狮舞，有妙趣横生的大头宝宝，还有模拟轻舟荡漾的“车车灯”。加以此时殿中古老山茶盛开，放花千朵，烂漫如锦，“树头万朵齐吞火，残雪烧红半个天”的自然景观更是吸引游人。特别要提及的是，这个庙会与其他庙会不尽相同，进香的善男信女或一般游人，都要自带饮食，在此进行野餐，席地饮酌，而且对酒当歌，伴以丝竹，互唱昆明小调。

七

金吾弛禁久相仍，放夜嬉游记也曾。

三市街头箫鼓遍，儿童争买走马灯。

金吾：本指掌京师治安的武职官员。此指“金吾不禁”，古代由掌管京城警卫的金吾禁止夜行，唯于正月十五日开放夜禁，称“金吾不禁”。唐韦述《西都杂记》：“西都京城街衢，有金吾晓暝传呼，以禁夜行，唯正月十五夜，敕许金吾弛禁，前后各一日。”唐苏味道《正月十五夜》诗：“金吾不禁夜，玉漏莫相催。”清和邦额《夜谭随录·傻白》：“值上元节，金吾不禁，灯月交辉。”相仍：相沿袭。明沈德符《野获编·吏部二·大计纠内阁》：“每年初冬，朝审罪犯，俱太宰主笔，相仍已久。”放夜：旧时都城有夜禁，街道断绝通行。唐代起正月十五夜前后各一日暂时弛禁，准许百姓夜行，称为“放夜”。宋高承《事物叙原·岁时风俗》：“唐玄宗先天二年正月望，初弛门禁。”宋周邦彦《解语花·元宵》词：“因念都城放夜，望千门如昼，嬉笑游冶。”嬉游：游乐、游玩。宋梅尧臣《野鸽》诗：“一日偶出群，盘空恣嬉游。”三市街：在昆明市五华区东部，北起近日公园，南至金碧路。因地处珠市、马市、羊市之中，故名，两旁多旧时街巷。箫鼓：箫与鼓，泛指乐器。清昭裢《啸亭续录·端午龙舟》："乾隆初，上于端午日，命内侍习竞渡于福海中，皆画船箫鼓、飞龙鹢首。"宋张孝祥《水调歌头·桂林集句》："家种黄柑丹荔，户拾明珠翠羽，箫鼓夜沉沉。"走马灯：一种供玩赏的灯，中置一轮，轮周围置纸人纸马等像。轮下燃烛，热气上腾，引起空气对流，使轮转动，纸像随而旋转，又称"马骑灯"。清富察敦崇《燕京岁时记·走马灯》："走马灯者，剪纸为轮，以烛嘘之，则车驰马骤，团团不休，烛灭则顿时止矣。"

正月初十以后，据戴炯孙（道光）《昆明县志》记载，"城内于三牌坊，城外于通济桥西，忠爱坊南，皆为灯市"，各种彩灯殊形异制，绚丽多彩，琳琅满目，美不胜收。有的模拟水族，有的仿走兽飞禽，惟妙惟肖，栩栩如生；以楼台亭阁为造型的各式宫灯，玲珑剔透；走马灯徐徐旋转，别具匠心。每一入夜，灯火辉煌，锣鼓喧阗。游人观灯购灯，拥挤不堪，通宵达旦，此种盛况，一直要延续到正月十五元宵节，算是进入高潮。

八

旌旗飘扬翠云斜，几座春台个个夸。

村前村后人上万，东风簇做一团花。

旌旗：旗帜的总称。《宋书·谢晦传》："旌旗相照，蔽夺日光。"翠云：碧云。宋曹勋《绿头鸭》词："喜雨薰泛景，翠云低柳。"春台：春台戏，新春佳节祈农祥之戏，常于旷野搭台演出。清欣宗《清嘉录》："二三月间，里豪市侠，搭台旷野，醵钱演戏，男女聚观，谓之春台戏，以祈农祥。"蔡云《吴歈》云："宝炬千家风不寒，香尘十里雨还干，落灯便演春台戏，又引闲人野处看。"东风：指春风。《礼记·月令》："（孟春之月）东风解冻，蛰虫始振，鱼上水。"唐李白《春日独酌》诗："东风扇淑气，水木荣春晖。"簇：围着、拥着。清冒襄《影梅庵忆语》："姬云：始至止，不知何故不见君，但见婢妇簇我登岸，心窃怀疑，且深恫骇。"此指看春台戏的观众围着戏台。

正月上半月，昆明附近农村，都要演唱滇戏或花灯，剧目多系群众喜闻乐见者，如《送京娘》、《花田错》、《孔明拜灯》、《马房放葵》、《补缸》、《打枣》、《驼子回门》和《隔河看亲》等。戏则搭台演出，灯则在晒场就地表演。观者云集。

九

莲华院里进香来，梵呗清音夜色开。

闲出小西门外望，蜿蜒灯火照楼台。

莲华院：翠湖内寺庙。清嘉庆间，昆明倪士元、倪诱叔侄与雨庵和尚合作，争取工部侍郎蒋予浦的支持，在园内建“莲华禅院”，从此“梵宇宏深，花木幽邃”，真是“城市别开仙佛界，楼台妙在水云乡”。云南府候补知府陈鹍有联云：“杨柳映楼台，南诏山川扫慧眼；莲花开色相，西湖水月证初心。”禅院之前曾凿有放生池，成为“濠上观鱼”的一景观。这样，“绿水一泓，睡莲三五，放生之鲤鲋，常俟游人之饵”，使翠湖景色更加宜人。梵呗：为梵册贝叶之省称，泛指佛经。清田雯《病愈早起成诗》："凭几理素琴，焚香诵梵呗。"此指诵经。清音：清越的声音。晋左思《招隐诗》："非必有丝竹，山水有清音。"小西门：在昆明五华区中部，武成路、大观街、东风西路、人民西路交会处。明、清云南府城西南门，明代称洪润门，清代称威远门，俗称小西门。蜿蜒：萦回屈曲貌。唐孟郊《石淙》诗："蜿蜒相缠制，荦确亦回旋。"此指入夜之后城中民居高高下下的灯光。

二月十九日传说为观音菩萨圣诞，往昔在翠湖海心亭的莲华禅院要做观音庙会，阖城善男信女要至院中礼佛诵经，赶斋之后顺便到洪润门观夜景，借此游览。

十

三三佳节耍西山，侵早乘舟薄暮还。

天半风烟罗汉寺，石室穿处白云端。

三三佳节：指每年农历三月初三耍西山，原系昆明地区各民族的传统节日。它的起源一是祭祀性的，朝拜西山三清阁真武大帝和龙门石崖观音；二是春游性的，是日天朗日丽，百花吐艳，春深如海，西山葱绿。昆明的彝族、白族和滇池周围的渔民、农民和城市居民，身着节日盛装，成群结队，从四面八方登上西山，游览名胜古迹。在林荫道上，绿树丛中，对唱山歌小调，从朝至暮不绝于耳。为此明代学者杨慎在《滇南月节词》中描写道："三月滇南游赏竞，牡丹芍药晨妆竞，太华华亭芳草径，花饾饤，罗飞锦地歌声应。"侵早：天刚亮，拂晓。宋华岳《骤雨》诗："牧童家住西北曲，侵早骑牛牧西北。"薄暮：傍晚，太阳快落山的时候。唐韩愈《感春》诗："清晨辉辉烛霞日，薄暮耿耿和烟埃。"风烟：景象、风光。宋刘过《行香子·山水画面》词："无限风烟，景趣天然，最宜他，隐者盘旋。"此指罗汉山上诸寺风光。石室指罗汉山峰峭壁龙门的老石室与新石室。由三清阁拾级蜿蜒而上，就石壁开凿成石坊、石室、石像、石联、石栏、石神龛、供桌、香炉、烛台、供瓶等。工程始于清乾隆四十六年（公元1781年），讫于咸丰三年（公元1853年），历时72年。初由道士吴来清手创，邑人杨际泰、杨汝兰于道光间继续开凿完成。石坊高耸，镌字龙门，取如大禹凿龙门之意。有云海、石林、慈云洞、云华洞、达天阁等石室，分别凿成文昌、魁星、侍立者及游龙、金蟾等像，体态生动，工艺精湛。石栏外危壁千仞，俯临滇池，游人至此，似置云端。

农历三月初三，昆明人家除在门上插荠菜花外，主要活动则为出城至西山游览，“谒罗汉壁”，所谓“三月三，耍西山”，阖城士女，咸集华亭、太华诸寺，并上龙门观海，作整日游，游人如织。

（原载《云南文史》2004 年第 3 期）

昆明岁时节令《竹枝词》二十二首（下）

十一

门前尽插柳枝斜，郊外遍开金雀花。

玉案山头携酒醉，龙潭水好试新茶。

插柳：古代寒食节的一种风俗。见宋人吕原明《岁时杂记》。宋赵鼎《寒食书事》诗："寂寞柴门村落里，也叫插柳纪年华。"金雀花：郊外野花之一种。《醒世恒言·灌园叟晚逢仙女》："那园边周围编竹为篱，篱上交缠蔷薇、荼蘼、木香、刺梅、木槿、棣棠、金雀。"玉案山：在昆明西郊十余里，又名列和蒙山，通称棋盘山。《徐霞客游记》："山有棋盘寺，寺东有棋盘石。"为昆明人家祖茔或坟地。龙潭：指墨鱼龙潭，在西山区团结乡。

新茶：指谷雨前采制的普洱毛尖细茶，其色莹碧，清香如荷，不殊于杭之龙井。

三月清明，昆明俗同中原，据泸西陈度《昆明近世社会变迁考略》记载，“清明日插柳于门，儿童亦以柳为冠”，对扫墓“往昔人家颇郑重，办火锅一具，肴馔多种，或延亲友同往撦帐墓地，祭后欢饮，亦踏青意也”。所不同的是热食，而不是冷餐“寒食”。

十二

菰叶青青角黍香，彩丝续命是端阳。
连朝忙采相思子，好趁佳晨赠与郎。

菰叶：菰为多年生草本植物，生长于池沼里，地下茎白色，地上茎直立，开紫红色小花，有的地方用其叶裹粽子。角黍：粽子，以箬叶或芦苇叶等裹米蒸煮使熟，状如三角，古用黏黍，故称。《太平御览》引晋周处《风土记》：“俗以菰叶裹黍米，以淳浓灰汁煮之令烂熟，于五月五日啖之。一名粽，一名角黍。”宋周邦彦《齐天乐·端午》:“角黍包金，香蒲泛玉，风物依然别楚。”彩丝：色彩染制丝线。习俗端阳节以彩色丝线编制菱角等装饰物，挂在身上祝吉祥安康。相思子：红豆别名。唐李匡义《资暇集》:“豆有圆而红其首乌者，举世呼为相思子，即红豆之异名也。”此指昆明往昔习俗，少女于五月五日以红豆装入绣荷包赠予情人。

五月五日端阳节，昆明习俗与中原大体相同，家家户户插蒲剑艾虎于门，以菰叶裹糯米为角黍，于当天早上解食，谓之“解粽”，系祭三闾大夫屈原遗意。

十三

倒影楼台映绿杨，九龙池上好烟光。
一湾活水曹家馆，引入荷风酒更香。

绿杨：指绿色垂杨丝缕。前蜀韦庄《遇寒食城外醉吟》:“满街杨柳绿丝烟，画出清明二月天。”九龙池：指翠湖。清倪蜕《滇云历年传》:“九泉所出，汇而成池，故名九龙池。”烟光：本指云霭雾气。此指春天的风光。

唐黄滔《祭崔补阙》:“闽中二月，烟光秀绝。”活水:有源头流动之水。宋苏轼《汲江煎茶》诗:“活水还需活火烹，自临钓石取深情。”曹家馆:指在翠湖畔曹炳堂开设的酒馆，以烧制烹饪“锅贴乌鱼”出名。荷风:从荷塘吹来的带有清香的微风。

往昔滇中人士，于春三二月，杂花生树，群莺乱飞之时，多呼朋唤友，往翠湖边上曹家酒馆聚会，饮酒赋诗，共赏龙池风景。每当微风过处，送来沁人心脾的荷花清香，更是惬意无比。

十四

两岸人声笑不休，满河箫鼓闹龙舟。

日斜画舫归何处，撑过官庄古渡头。

闹龙舟:指竞渡，划船比赛。相传战国楚屈原于农历五月五日投汨罗江以死，民俗因于是日举行龙舟竞渡以示纪念。一说竞渡之戏始于越王勾践，为纪念伍子胥。南朝梁宗懔《荆楚岁时记》:“按五月五日竞渡，俗为屈原投汨罗日，伤其死所，故并命舟檝以拯之。邯郸淳《曹娥碑》云:‘五月五日，时迎伍君，逆涛而上，为水所淹。’斯又吴之俗，事在子胥，不关屈平也。《越地传》云起于越王勾践不可详矣。”《隋书·地理志》:“屈原以五月五日赴汨罗，土人追至洞庭不见，湖大船小，莫得济者，乃歌曰:‘何由得渡湖？’因尔鼓櫂争归，竞会亭上，习以相传，为竞渡之戏。”画舫：此指竞渡船，竞渡用的彩船。《资治通鉴·唐敬宗宝历元年》:“己未，诏王播造竞渡船二十艘。”胡三省注:“自唐以来，治竞渡船，务为轻驶，前建龙头，后竖龙尾，船之两旁，刻为龙鳞而彩绘之，谓之龙舟。”官庄：在官渡区前卫镇，为明代屯兵驻地，故名官庄。附近即为古渡口，为士大夫游乐缆船的渡头。

端午佳节，在滇池中也像全国其他地方一样，有龙舟竞渡，锣鼓喧天，艘艘彩绘舟楫在烟波浩渺的昆明湖中疾驶，湖畔观者如堵，摇旗助阵者如云。

十五

斫松为炬以照田，来年丰歉看明暗。

滇南为祭汉阿南，苍洱追思唐慈善。

斫松：砍松枝。丰歉：指农业的丰收或歉收。汉阿南：指汉代滇中地区部族首领曼阿娜之夫人。（道光）《昆明县志·岁时纪》云：“汉之时，有夷妇阿南，其夫为人所杀，南誓不从贼，即于是日（农历六月二十四）赴火以死，国人哀之，因为此会。”唐慈善：白洁圣妃。（道光）《昆明县志·岁时纪》又云：“南诏皮逻阁会五诏于松明楼，将诱而焚杀之，遂并其地。邆赕诏妻慈善，谏夫勿往，夫不从，乃以铁钏约夫臂。既往，果被焚。慈善迹钏得夫尸以归。皮逻阁闻其贤，欲委禽焉，慈善闭城死。滇人以是日（农历六月二十四）燃炬吊之。”

六月二十四日星回节，据（道光）《昆明县志·岁时纪》记载：“斫松为燎，高丈余，入夜争燃之，村落用以照田，以炬之明暗占岁丰歉。”溯源此日，在滇池地区认为是纪念汉代曼阿娜的夫人阿南，在银苍玉洱的大理则认为是追思邆赕诏宁北圣妃慈善。

十六

织女牵牛逢佳期，月上柳梢星渐稀。

夜半投针看沉浮，祈得夫婿有所依。

织女牵牛：织女星与牵牛星。《岁华纪丽》引汉应劭《风俗通》佚文："织女七夕当渡河，使鹊为桥。"《月令广义·七月令》引南朝梁殷芸《小说》："天河之东有织女，天帝之子也，年年机杼劳役，织成云锦天衣，容貌不暇整，帝怜其独处，许嫁河西牵牛郎，嫁后遂废织纴，天帝怒，责令归河东，但使一年一度相会。"唐杜甫《牵牛织女》诗："牵牛出河西，织女处其东，万古永相望，七夕谁见同。"柳梢：柳树的末端。宋欧阳修《生查子》词："月上柳梢头，人约黄昏后。"投针：指丢绣花针入水碗中。夫婿：丈夫。唐王昌龄《闺怨》诗："忽见陌上杨柳色，悔教夫婿觅封侯。"

七月初七，实为古代之"妇女节"，按照一般习俗，"妇女穿针乞巧，以瓜果祀织女星"。此种风习在昆明不太盛行，只有女孩子于当夜置杯水投针，看针之浮沉以占婚姻得失。

十七

霜露兴嗟恨靡涯，盂兰会上忆还家。

乡风祭奠三朝毕，送祖先抛洗手花。

霜露：此指“霜露之悲”，系对父母先祖的悲思，非言自然下霜或下露。北齐颜之推《颜氏家训·终制》：“若报罔极之德，霜露之悲，有时斋供，及七月半盂兰会，望于汝也。”兴嗟：引起感叹。南朝梁简文帝《答湘东王书》：“临歧有叹，望水兴嗟。”靡涯：没有尽头。盂兰会：旧俗于农历七月十五日，由佛教僧人及信众举行法会，超度亡灵，称盂兰盆会。盂兰盆为梵文“ullambana”，译意为“救倒悬”，旧传目连从佛言，于农历七月十五日置百味五果，供养三宝，以解救其亡母于饿鬼道中所受倒悬之苦。此见于《盂兰盆经》。南朝以降，成为民间超度先人的节日，是日延僧尼诵经施食。明王叔承《宫词》：“女僧闻作盂兰会，乞假中元施宝簪。”唐孙思邈《千金月令》:“七月十五日营盆供寿为盂兰会。”清富察敦崇《燕京岁时记·盂兰会》:“中元日各寺院设盂兰会，燃灯唪经，以度幽冥之沉沦者。”洗手花：鸡冠花之别名。宋袁褧《枫窗小牍》:“鸡冠花，汴中谓之洗手花。中元节则儿童唱卖，以供祖先。”昆明旧俗中元“送祖”，以此花导前，先抛却，叩首再焚纸烧包。

农历七月半中元接祖，以往滇中习俗最为重视。届时“祀先于家庙，无家庙者祀于中堂”，以“果实之新成熟者及鸡冠花作供养”，礼俗颇多，事死如事生，实为“慎终追远”之意。佛教徒于是日举行盂兰盆会，入夜则于水边放荷灯。

十八

八月中秋献月公，冰轮涌出正当中。
切瓜也仿油花卜，手未操刀预祝红。

中秋：指农历八月十五日，亦即“中秋节”。宋吴自牧《梦粱录·中秋》："八月十五日，中秋节，此日三秋恰半，故谓之中秋。"唐白居易《效陶潜体诗》之七："中秋三五夜，明月在前轩。"带有团圆之意。元关汉卿《望江亭》第四折："俺两口今年做一个中秋八月圆。"冰轮：指明月。唐王初《银河》诗："历历素榆飘玉叶，涓涓清月泾冰轮。"宋苏轼《宿九仙山》诗："夜半老僧呼客起，云峰缺处涌冰轮。"油花卜：古代民俗，三月上巳节，以油点水占卜，称为"油花卜"。五代张泌《妆楼记·油花卜》："池阳上巳日，妇女以齐花点油，祝而洒之水中，若成龙凤花卉之状，则吉，谓之油花卜。"宋洪迈《夷坚志·肖县陶匠》："萧沛土俗，多以上巳节群集郊野，倾油于溪水不流之处，用占一岁休咎，曰油花卜。"操刀：持刀、执刀。《左传·襄公三十一年》："犹未能操刀而使割也。"此指执刀切剖西瓜。

八月中秋，昆明人家亦盛行赏月，大家小户无不备办月饼、瓜果、青苞谷和煮毛豆于庭前，祭月之后合家团坐而食，谓之"人月双圆"。吃前要请长辈执刀切西瓜，以祝吉祥顺利。

十九

重阳登高圆通山，道是螺峰尚可攀。

石磴层层叠叠转，山前上去山后还。

重阳：农历九月节令，古以九为阳数之极，九月九日故称“重九”或“重阳”。魏晋后，习俗于此日登高游宴。南朝梁庾肩吾《九日侍宴游乐苑应令诗》：“献寿重阳节，回銮上苑中。”宋张孝祥《柳梢青》词：“重阳时节，满城风雨，更催行色。”登高：指重阳登高的风俗。南朝梁吴均《续齐谐记·九日登高》：“汝南桓景随费长房游学累年。长房谓曰：‘九月九日汝家中当有灾，宜急去，令家人各作绛囊盛茱萸系臂，登高饮菊花酒，此祸可除。’景如言，齐家登山，夕还，见鸡犬牛羊一时暴死。长房闻之曰：‘此可代也。’今世人九日登高饮酒，妇人带茱萸囊，盖始于此。”唐王维《九月九日忆山东兄弟》诗：“遥知兄弟登高处，遍插茱萸少一人。”圆通山：在昆明市区北隅，原称螺峰山，以山色深碧，盘旋如螺髻得名。遍山林木葱茏，绿草如茵，旧时称“螺峰叠翠”，为昆明八景之一。南麓有元代所改建之观音道场圆通寺，故称圆通山。螺峰：圆通山。石磴：指上山之石级。山后还：指从圆通山后“一窝羊”返回。

九月九日为重阳节，各家皆以面簇诸果为花糕，叫“重阳糕”，除全家共食外，还“亲友酬馈”。在这一天，昆明人还要饮菊花酒，往圆通山上的采芝径、明月石登高，然后由山后的“一窝羊”返回。游人络绎不绝。

二十

年年都说又适春，乐岁归还力穑人。

腊八家家酿白酒，猪头煮熟赛农神。

适春：恰好遇到春节将属。乐岁：指丰年。《孟子·梁惠王上》：“是故明君制民之产，必使仰足以事父母，俯足以畜妻子，乐岁终身饱。”力穑人：努力耕作的人。《书·盘庚》：“若农服田力穑，乃亦有秋。”宋苏轼《次韵段缝见赠》：“季子东周负郭田，须知力穑是家传。”腊八：农历十二月初八，相传为释迦牟尼成道日，寺院于是日诵经，举行法会，民间亦视为盛节。宋吴自牧《梦梁录·十二月》:“此月八日寺院谓之腊八。”按习俗要喝“腊八粥”。宋孟元老《东京梦华录·十二月》:“初八日，诸大寺作浴佛会，并送七宝五味粥与门徒，谓之腊八粥。都人是日各家亦以果子杂料煮粥而食。”白酒：非指烧酒，而是指蒸糯米拌以甜酒曲而酿成的甜白酒。农神：亦作“农皇”，指传说中教民稼穑的神农氏。南朝梁沈约《郊居赋》:“原农皇之攸始，讨厥播之云初。”

农历十二月初八，俗称“腊八”，昆明人家多以糯米熬“五味粥”，杂以糖屑干果，全家共食，叫“腊八稀饭”。此时由于秋收冬藏的农事大体完毕，人们开始准备过年，以庆丰收，特别是在农村，无不宰年猪，酿甜白酒，舂饵块，迎接新春佳节的到来。

二十一

岁华如驶去迢迢，今夕明年仅隔朝。

压岁钱分儿女喜，等过灯节买元宵。

岁华：时光、年华。后蜀毛熙震《何满子》词:“寂寞芳菲暗渡，岁华如箭堪惊。”宋梅尧臣《次韵任屯田感子飞内翰旧诗》:“岁华荏苒都如昨，世事升沉亦苦多。”此指时间过得很快。迢迢：本指道路遥远，或水流绵长。晋潘岳《内顾诗》:“漫漫三千里，迢迢远行客。”此指时间流逝日逾久长。灯节：农历正月十三至十七日，民间张灯游乐，谓之灯节，亦特指元宵节。清富察敦崇《燕京岁时记·灯节》:“自十三以至十七均谓之灯节，唯十五日谓之正灯耳。”清孔尚任《桃花扇·选优》:“今日正月初九，脚色尚未选定，万一误了灯节，岂不可恼。”元宵：汤圆的别名。旧俗元宵节要吃汤圆，所以称汤圆为元宵。清富察敦崇《燕京岁时记·灯节》:“市卖食物，干鲜俱备，而以元宵为大宗，亦所以点缀节景耳。”

农历十二月三十为除夕，昆明人家无不“选购酒肉蔬菜之属”，合家老小聚食会餐，谓之“团年饭”。并置火炉于庭，烧桦木及皂荚，同时燃放爆竹，谚云“三十夜的火，十五的灯”，实沿古代“设庭燎”之遗意。此外还有“饮酒曰‘分岁’；俵钱赐卑幼者曰‘压岁’”。

二十二

酒杯风雪峭寒天，火树交辉照大千。

数指岁除余六日，大傩歌舞送残年。

酒杯：亦作“酒盃”，喝酒用的杯子。宋沈遘《次韵和少述秋兴》诗：“胜事只随诗句尽，壮怀犹向酒杯舒。”此指在数九寒天饮酒。火树：指繁盛的灯火。宋张宪《鹊桥仙》词：“星桥火树，长安一夜，开红莲万蕊。”大千：大千世界的省称。晋道桓《释驳论》：“故神晖一震，则威动大千。”宋苏轼《端午遍游诸寺得禅字》诗：“忽登最高塔，眼界穷大千。”岁除：年终。旧俗于腊岁（冬至后三戌之后）前一日击鼓驱疫，谓之逐除，故有是称。唐孟浩然《岁暮归南山》诗：“白发催年老，青阳逼岁除。”后来多称一年的最后一天。刘国钧《辛壬之间杂诗》：“故园南望渺鸿鱼，京洛飘零感岁除。”大傩：古代的一种风俗，迎神以驱逐疫鬼。傩礼一年数次，大傩在腊日前举行。《吕氏春秋·季冬纪》：“命有司大傩，旁磔，出土牛，以送寒气。”高诱注：“今人腊岁前一日击鼓驱疫谓之逐除是也。”

云南是一个多民族的省份，昆明为省垣首善之区，系各民族人民聚会的中心。各族人民自古以来，在一起劳动生息，团结战斗，经济文化交融，因此对过年的习俗也像汉族人民一样同样重视。昆明地区有的兄弟民族，在除夕前几天，都要“设酒食，燃炬照耀田庐；戴面具，举行大傩歌舞，以示驱逐来年之疫疠及预祈丰收”，使“傩声方去疫，酒色已迎春”的气氛洋溢在村前村后。

每个地区都有着相沿积久而成的风尚、礼节、风俗等，不仅体现当地悠久的历史文化积淀，而且在一定程度上可以成孝敬、厚人伦、美教化，陶冶人们的心灵，提高人们的心理素质。宋代司马光曾写过“洛阳风俗重繁华，荷担樵夫亦戴花”的诗句，反映出当时的洛下，爱美之心，人皆有之。当然随着时代的发展，社会的进步，像以上所记述的岁时节令中的习俗和仪节，早已成为历史陈迹。但通过回眸注析这些《岁时节令竹枝词》，在某种程度上，还反映出往昔滇池地区各族人民的风土人情和传统习俗，表现了一定历史时期老昆明人的生活风貌，对研究滇中民俗史来说，还是具有某些意义的。

（原载《云南文史》2004 年第 4 期）

《大理咏史诗》六首

大理古叶榆之地，群峰耸翠，河海晶莹，苍山十九峰顶白雪皑皑，如玉管插云，十八溪泉水倾泻而下，涓涓始流，淙铮成韵，可谓奇山异水天下独绝。太和城、羊苴咩城之遗址有迹可寻，《大理行纪》、《南诏野史》等史料尚存人间，历史文化可谓源远流长。自汉唐以下，当地土著民族诗人及从内地流寓来滇之骚人墨客，览胜之作颇多，但咏史诗篇却不易见。清朝乾隆年间，福建闽县人叶观园，号毅庵，乾隆辛未（十六年，公元1751年）进士，入词垣，授编修，二十二年（公元1757年）出任云南提学使，著有《绿筠书屋诗抄》十八卷，中有《大理咏史诗》六首曾收入云南地方文献《历代滇游诗抄》存稿未刊，现抄出笺注以公同好。

一

瑟瑟生金贡不通，唐家辛苦事和戎。

长安天远梨园断，愁绝开元老笛工。

瑟瑟：珠玉的名称，系碧绿色的宝石。《正字通》："瑟瑟，珠类，即水料烧珠。"明沈德符《野获编 · 乌斯藏》："其官章饰，最尚瑟瑟。瑟瑟者，绿珠也。"《元史·仁宗纪》："皇庆元年（公元 1312 年），启金州，献瑟瑟洞。"事和戎：指封建王朝与边境少数民族统治者结亲修好。马明銮《明妃》诗："安边无策始和戎，箫鼓含情出禁中。"此指南诏国主世隆死，子隆舜继位，国号"大封民"。广明元年（公元 880 年），攻陷安南，西川节度使陈敬瑄表请与之和亲，唐王朝乃以宗室女为安化公主许婚，遣宗正少卿李龟年使南诏送往。梨园：乐部别名。《新唐书 · 礼乐志》："玄宗既知音律，又酷爱戏曲，选坐部伎子弟三百人教于梨园，声有误者，帝必觉而正之，号'皇帝梨园子弟'。"后以"梨园"泛指戏班或演戏之所。《长生殿》"听赏梨园新乐"，此指唐玄宗的歌舞班子。

作者来云南做官，不久便到了洱海之滨，苍山脚下，古老的大理景观，把作者带回到六七世纪中叶，抚今追昔，往事频添，百感交集：想到了开元、天宝之际，唐王朝对南诏的三次非正义战争，导致了贡纳之断绝，丧失了多年对南中经营的成果；想到了“困兽当猛虎，穷鱼饵奔鲸”的两军力量悬殊下，唐朝军队全军覆没，主将鲜于仲通“仅以身免”，李宓阵亡；也想到在前线惨败的情况下，唐玄宗受杨国忠的蒙蔽，仍歌舞升平，而乐工们却和老百姓一样，为战事的失利而发愁。于是通过诗篇，对唐朝统治者进行揭露和鞭挞。

二

山川鹤拓古“蛮”陬，九姓兴亡几度秋。
罗凤断碑风雨蚀，谯门犹署五华楼。

鹤拓：梵语译音，大理古称。《南诏野史》记载：“大理又称鹤拓，相传未开发前，有鹤栖于此，后人沿鹤迹披荆斩棘，遂成住地。”唐时已有此称，唐人胡曾《代高骈回云南牒》:“不知鹤拓，唯认羊苴咩，尚呼南诏之佳名，岂见天朝之美号。”《新唐书·南蛮传·南诏》:“南诏，或曰鹤拓。”陬：一隅、角落的意思。《甘薯疏序》:“山陬海澨”。九姓：指蒙（细奴逻）、郑（买嗣）、赵（善政）、杨（干贞）、段（思平）、高（升泰）、段（正淳）、元（可也木铎）、明（沐英）。罗凤断碑:《南诏德化碑》，又称《蒙国大诏碑》。唐玄宗天宝年间，派遣大将鲜于仲通、李宓将兵先后击南诏，双方激战，唐军全部覆没，史称“天宝战争”，阁罗凤虽暂附吐蕃，但深知叶榆久为中华国土，国之统一，乃人心所向，一时交恶，岂顾前非，而忘大礼，于是派人收拾唐军阵亡将士，祭而葬之，以存恩旧；同时让清平官王蛮盛撰文，蜀人杜光庭手书，详记战争起因及经过，“揭碑国门，留指唐使”，表达不得已而叛唐的苦衷，于公元766年立于王都太和城国门外。谯门：建有瞭望楼的城门。《汉书·陈胜传》:“攻陈，陈守令皆不在，独守丞与战谯门中。”颜师古《注》:“谯门，谓门上为高楼以瞭望耳。”五华楼：唐宣宗大中十年（公元856年），南诏王晟丰祐所建，以会西南夷十六大国君长，楼方广五里，高百尺，上可容万人。

诗人在榆城见到了《德化碑》，又漫步“五华楼”下，千年往事，注到心头。南中虽地处边陲，而开发颇早，随着历史发展的进程，在各个时期，边疆与中原的经济、政治及文化，无不水乳交融，即使在南诏、大理时代，关系同样紧密。阁罗凤所立的《德化碑》，尽管经受风雨剥蚀，仅存八百余字，但仍立于大理草帽街上；署有“五华楼”三字的匾额，尚悬之于谯门，清晰可辨。虽历经九姓更迭，云南历史仍见诸文物和史册。

三

滇中节物重星回，松炬荧荧照酒杯。
何不禁烟差减痛，也如寒食吊之推。

星回：星回节。许印芳于《星回节考》中说：“滇中士大夫谓六月二十四是为星回节，取‘星回于天’之义，考之民俗，是日但称火把节耳。”荧荧：火光或烛光闪烁貌。汉秦嘉《赠妇诗》：“飘飘帏帐，荧荧华烛。”禁烟：禁火。旧时寒食停炊称“禁火”，南朝梁宗懔《荆楚岁时记》:“去冬节一百五日即有疾风甚雨，谓之寒食，禁火三日。”又相传春秋时介之推从晋文公流亡国外，后文公回国即位，赏赐跟随臣属，没有赏到他，介之推遂与母亲隐居绵山（山西介休县东南），文公找寻不到，便放火烧山，逼他出来，但介之推母子二人抱木烧死，后人为了纪念他，便于这天禁火寒食。

作者在大理期间，正逢一年一度的民族传统节日星回节，自然想起“火焚松明楼”的历史故事，诗人从民间传说中得知：皮逻阁约五诏祭祖，进行谋并，邆赕诏妻慈善，预知其谋，临行以铁钏约夫臂，待南诏焚五诏于松明楼上，唯其能辨认夫骸，舁尸归葬。南诏又欲夺妻而强娶慈善，于是白洁夫人婴城固守，不屈而死。在对这位白族女杰深表同情和崇敬之余，从人们燃炬联想到禁火，从宁北妃而想到介之推，虽然时移世异，而矢志不移的节操却是同样值得讴歌的。

四

阿襪无心坐肉屏，平章春梦几时醒。

也应学取韩凭冢，并对西山铁立青。

阿禚：又名阿袷，元末梁王不花铁木耳之女，因大理总管段功破红巾军明二，保境安民有功，梁王乃以女妻之，后又听信王后及左臣彻里的斤的挑拨，猜忌段功有“吞金马咽碧鸡之心”而杀之，阿禚乃绝食殉夫，演成“孔雀胆”历史悲剧。平章：指段功，梁王以女妻功的同时，又奏请朝廷封功为云南平章政事。韩凭冢：冢同“冢”，指坟墓。战国时韩凭为宋大夫，娶妻何氏，色美艳，宋康王夺之，凭被囚自杀，其妻乃阴腐衣，与王登台，自投于台下，王遽牵衣，衣裂，遗书于带，愿求以尸与凭合葬，王怒，令两冢相望，经宿，忽有樟木生于二冢，根连于下，枝连于上，有二鸟如鸳鸯，常栖其上，旦暮悲鸣，时传为韩凭夫妇之精魂。铁立：指松树。阿禚有《铁立歌》云：“西山铁立风潇洒。”

作者在叶榆（大理）访古，段氏大理之遗迹，唯段功墓尚可指辨，《南诏野史》及《滇考》亦有记载，翻阅披览，想到阿禚系才貌双全的蒙古少女，段功亦大理驰名的英雄，在元末云南发生的历史事件中，以偶然机会结为夫妇，堪称佳偶，未料祸变起伦常，竟演成“孔雀胆”的历史悲剧。在唏嘘凭吊之余，寄情诗篇，冀期阿襤、段功亦像韩凭夫妇之精魂，化作鸳鸯，旦暮悲鸣于潇洒的“铁立”之上。

五

掩雉张罗事可悲，冤情填海竟无期。
伤心弱女银台畔，红泪多年湿绣旗。

掩雉：掩指关闭，雉本指城墙尺度。《广韵》：“城高一丈曰堵，三堵曰雉。”此引申为保卫自己管辖的城池。张罗：筹划，料理，安排。元张养浩《新水令·辞官》套曲：“自相度，图个甚，谩张罗，得磨驼且磨驼。”银台畔：原指银台司，宋门下省所辖官署。《宋史·职官志》：“银台司，掌受天下奏状案牍，抄其目进御，发付勾检，纠其违失而督其淹缓。”此引申为显贵住地。羌娜诗：“冰鉴银台前长大。”红泪：指血泪。温庭筠《达摩支曲》：“红泪文姬洛水春，白头苏武天山雪。”绣旗：绣有文字的锦旗。此指段功被杀后，其女羌娜悲愤之余曾亲手绣制锦旗一面，敦促弟弟段宝替父报仇。

作者漫游至浪穹（今洱源），在石窦村石壁上见到《段信苴碑》，对大理第十代总管段宝和他的姐姐羌娜的不幸遭遇，极为哀怜。特别是对那在“冰鉴银台前长大”的弱女，当父亲段功被杀之后，逃回大理，在照看幼弟的同时，多年饱含血泪，亲手绣成“替父报仇”的锦旗，在临出嫁前送给弟弟，提醒他“应知含恨点苍低”，并希望段宝“收拾东兵，飞檄西洱”，早日兵伐中庆，讨还梁王谋杀父亲的血债。作者更是十分崇敬，于是因物及人，即景生情，将哀怜、崇敬、赞美及歌颂通过诗的语言，洋溢于纸上。

六

久著南冠汗漫游，聊凭著述遣牢愁。
光华为忆簪毫地，寂寞应怜写韵楼。

南冠：南方楚国人戴的帽子。《左传·成公九年》：

“晋侯观于军府，见钟仪而问曰：‘南冠而絷者谁也？’有司对曰：‘郑人所献楚囚也。’”此引申为有罪之人。汗漫游：世外之游，形容漫游之远。唐杜甫《奉送王信州崟北归》：“复见陶唐理，甘为汗漫游。”仇兆鳌注引《淮南子》：“若士谓卢敖曰：‘吾与汗漫游于九垓之外。’”此指嘉靖间杨慎因“议大礼”而谪戍滇云。光华：指才华。清刘大櫆《与左君书》：“夫以足下之汲汲于古人，立志行身，几皆可以无愧，而櫆方坐于暗昧之中，思一追足下之光华不可得。”此指杨慎才华横溢。簪毫：谓插笔于冠或笏，以备书写，古代帝王近臣，书吏及士大夫均有此装束。《汉书·赵充国传》：“（张安世）本持橐簪笔事孝武帝数十年，见谓忠谨，宜全度之。”颜师古注引张晏曰：“近臣负橐簪笔，从备顾问，或有所纪也。”引申为充当文学侍从之臣。写韵楼：在大理城西南十二里感通寺之班山，明杨慎于此撰《六书转注》。后担当和尚又卓锡于此。大理学者杨载彤有对联云：“担当和尚老班山，得毋感杨太史先生，孤臣遣戍；升庵状元曾写韵，那知道唐大来后代，才子出家。”

作者在大理时，曾到过圣应峰南麓、莫残溪北岸的感通寺，这里峰峦四合，林木掩映，溪声成韵，其景色之优美不仅吸引着诗人，那富有文坛掌故色彩的“写韵楼”，更使他浮想联翩：想到献白马茶花的释无极；想到“荒寒真率，多写剩水残山”的释担当；想到“谈诗雅契新都叟，来往苍云洱月间”的李元阳，自然也就想到了杨升庵。特别对杨慎因“议大礼”，遭廷杖，贬谪入滇，过着楚囚般的生活，予以无限同情。同时对这位卓有见地的正德状元，才华恣肆洋溢的明代中叶诗人，南冠屈谪迤西，不能持橐簪笔参与国事，仅孤寂地栖息此楼之上，从事《六书转注》的写作，又深为惋惜。

叶观国在乾隆年间的诗坛上，虽非名家，但从他所纂辑的《绿筠书屋诗抄》中可以看出，叶氏为诗，一归平正典则，或摅抒性灵，或关怀民瘼，或怀古咏史，皆流露于章句之间。从其诗风格而言，古体沉雄苍遒，颇见振拔，有昌黎风韵；近体诸什，气格清刚，溯其宗派，殆瓣香于东坡。至于选胜登临的诗篇，皆清雅隽爽，颇饶逸气。及宦游滇云，诗笔愈老，诗境愈高。以上六首咏史诗，作者以大理史事为题材，追思往事，评骘人物，既是地方风情所寄，又多怀古咏叹之词，其辞质直，其情饱含，且求实存真，论断公允，堪称咏史诗之名篇佳什。

（原载《云南文史》2000 年第 2 期）

《大理月节竹枝词》十二首

大理古叶榆之地，可谓奇山异水，天下独绝，地灵人杰，典籍荟萃。自汉唐以下，记载大理史事之书与叶榆乡人著述之书，卷帙繁富，插架缥缃，特别是诗文之作，代有传人，堪称“文献名邦”。大理众多的诗人中，清末民初的宋锡昌也系名家之一。宋锡昌字晋初，光绪间举于乡，两赴秋闱未售，回乡后终身不入公门，勤勤恳恳尽瘁地方教育，数十年如一日，闲暇则与二三故旧谈诗论学，或漫游山川形胜，以寄幽思。晚年潜研自然科学，于化学原理化工技术尤有深契，试制肥皂、牙膏等生活必需用品，研制颇见成效，长子宋明章传其术。执教之余，与子筹设小型工艺社，规模甫具，竟不幸婴疾溘逝，享年八十。生平著有《醉春楼诗稿》三卷，又别辑《云南竹枝词选》，原稿均未付刊而散佚，今仅存

《醉春楼残稿》古近诗十五首,《大理月节竹枝词》十二首,乃其次子宋禾章所辑者。所谓月节,指旧历一个月,因月相变化的节律为农历一个月。《太平御览》卷四引《范子计然》:"月行疾二十九日三十日间，一与日合，取日之度，以为月节。"《参同契》卷下:"月节有五六，经纬奉日使。" 蒋一彪《集解》引彭晓曰:"月节有五六乃三十日也。"《乐府诗集·清商曲辞四·西曲歌下》有《月节折柳歌》，一月一歌，共十二歌，叙一年十二月的节令。宋著与此歌相类似，只是一月一词叙大理风俗节令罢了。现录出笺注以公同好。

正月竹枝词

高烧红烛照人家，铺地松针撥细芽。
首祚迎宾无别味，甘香可口米花茶。

红烛：红蜡。唐皮日休《春夕酒醒》:"夜半醒来红烛短，一枝寒泪作珊瑚。" 铺地松针：戴絅孙纂辑(道光)《昆明县志 · 风土志 · 岁时纪》:"岁元日……堂中皆取松针铺地如毯，族党间往来贺年。”此为云南年节特殊风俗。掇：摘取，选取。《采草药》：“采掇者易辨识耳。”首祚：一年的开头。晋王羲之《月议》：“日月往来，元正首祚。”米花茶：取冻米微炒成米花，加糖冲水，泡成“米花茶”待客。

农历正月初一，也就是春节，大理地区人家多张灯结彩，堂柱门楹无不贴上红色春联，堂上红烛高烧，满地铺上松针，于青葱绿缛之上再衬以红毡，显得既清雅又华贵，亲友前来贺年，则接待坐在上面，并献“米花茶”。诗人之《正月竹枝词》，既展现叶榆古老习俗，又显示岁首节日气氛，与宋人王安石《元日》异曲同工。

二月竹枝词

十九峰前多墓田，年年拜扫仲春天。
炊锅四簋时羞荐，哭向新茔化纸钱。

十九峰：点苍山在大理府城西五里，最高峰海拔4122米，其余均在3000米以上，盘亘百余里，介龙首、龙尾两关之间，前襟榆江，背环漾水，又称灵鹫山，有十九峰，即，斜阳峰、马耳峰、佛项峰、圣应峰、马龙峰、玉局峰、龙泉峰、中和峰、观音峰、应乐峰、雪人峰、兰峰、三阳峰、鹤云峰、白云峰、莲花峰、五台峰、苍浪峰、云弄峰，下与洱海相接，环列内向，如驰弓然。墓田：坟地。《晋书·忠义传·嵇绍》："帝乃遣使册赠侍中、光禄大夫、加金章紫绶，晋爵为侯，赐墓田一顷，客十户，祠以少牢。"明徐渭《春日过宋诸陵》诗："过客悲山鸟，王孙种墓田。"仲春天：亦称仲阳，春季的第二个月。《初学记》卷三引南朝梁元帝《纂要》："二月仲春，亦曰仲阳。"四簋：古代圆形食具。古代祭祀时盛黍稷的器皿，有四耳。《诗·权舆》："于我乎每食四簋。"陆德明释文："内方外圆曰簋，以盛黍稷，……皆容一斗二升。"此指食具，用以盛菜肴。时羞：应时美味。羞通"馐"。《魏书·崔光传》："半厨喜醴，罄竭时羞。"唐韩愈《祭周氏侄女文》："维年月日，十八叔叔母具时羞清酌之奠，祭于周氏二十娘子之灵。"荐：上供的祭品。《窦娥冤》："只当把你亡化的孩儿荐。"新茔：新坟，为新近死者修筑的坟墓。化纸钱：亦称"化纸”，焚烧纸钱、纸锭。迷信认为：可供死者在冥中使用。《西游记》第四五回：“唬得那满城人，户户焚香，家家化纸。”

大理人上坟扫墓在清明前后十天之内，坟地多在苍山脚下，每到清明节，处处是上坟人家，烟雾缭绕。有上新坟与上老坟之分：新坟指新近死者，上坟时要宴请亲友；老坟指祭扫年代久远祖先亡灵，不宴客，只系家人踏青野餐。泸西陈度《昆明近世社会变迁考略》记载：“（扫墓）往昔人家颇郑重。办火锅一具，肴馔多种，或延亲友同往撍帐墓地，祭后欢饮，亦踏青意也。”在大理地区也有类似风俗，与内地不同的是热食，而不是“寒食”。

三月竹枝词

观音古市郡城西，云集行商百货齐。
供给农村欣采购，游人逛到夕阳低。

观音古市：三月街，农历三月十五日至二十日，在大理举行的规模盛大的集市贸易和赛马、射箭、歌舞等文化交流活动。相传古代观音在农历三月十五日来到大理，阖城士女焚香礼拜，洱海地区善男信女闻讯前来瞻仰，并带来农副产品互市，就形成这个为期六天的传统集市，故称观音市。郡城西：三月街在苍山中和峰麓《元世祖平云南碑》前举行，距大理城约1公里，故称郡城西。行商：外出经营的流动商人，“坐商”的对称。清顾炎武《钱粮论》：“今若于通都大邑行商云集之地，虽尽征之以银，而民不告病。”宋范成大《题南塘客舍》诗：“君看坐贾行商辈，谁复从容唱《渭城》。”

观音市由来已久，见诸地方文献，是明代万历年间李元阳纂修的《云南通志·地理志·大理府·风俗》，其记载说：“观音市，三月十五日在苍山下贸易各省之货。自唐永徽间至今，朝代累更，此市不变。知是观音至大理，后人至日烧香，四方闻风，各以货来也。”崇祯九年（公元1636年），著名的地理学家、旅行家徐弘祖来到云南，在其《滇游日记》中写道：“十五日。是日为街子之始，盖榆城有观音街子之聚，设于城西演武场中，其来甚久，抵十九日而散。……十二省物无不至，滇中诸夷物亦无不至。”同时还记载到“入演场，俱结棚为市，环错纷纭，其北为马场，千骑交集”，又说“观场中诸物，多药、多毡布及铜器木具”。对于观音市，清人释同揆在《洱海丛谈》、近人杨琼在《滇中琐记》中均有记述。赵州师范在《滇系》中还写诗描述说：“乌绫帕子凤头鞋，结队相携赶月街，观音石畔烧香去，元祖碑前买货来。”近代为《满江红》谱曲的李燮羲也用《竹枝词》描写月街盛况说：“昔时繁盛几春秋，百万金钱似水流，川广苏杭精巧货，买卖商场冠亚洲。”宋锡昌之《三月竹枝词》亦此类型专咏风物之作。

四月竹枝词

流传已久绕三灵，遍地歌声倾耳听。

顺海沿山作僰舞，红男绿女不留停。

绕三灵：亦作绕山林，简称绕灵，即逛山林之意，白语称观上览，为白族的传统节日。每年农历四月二十三日至二十五日，人着盛装，由男女二人持柳引导，边唱边舞，循苍山，经崇圣寺、圣源寺、神都金圭寺、洱河祠本主庙、瓦村本主庙，至马久邑村绕灵祭祀神祖，祈求风调雨顺，人寿年丰。顺海沿山：绕三灵的路线，系循苍山之麓而进，至五台峰下的圣源寺集中。翌日会集于洱海灵帝庙。第三天沿洱海之滨的林荫小道，到达马久邑村保国景帝公主的本主庙，故称“顺海沿山”。僰舞：此指白族舞蹈，有如白文称“僰文”一样。红男绿女：指着白族民族服装的群众。

绕三灵系大理地区白族群众崇拜本主，缅怀纪念段赤城、段宗榜的传统民族节日活动，也带有在春耕栽插前向神灵祈求风调雨顺，祝愿五谷丰登的性质，活动的时间长，地点多，流动性大，载歌载舞，民族气息浓郁，同时也是当地青年男女联结感情，促进交谊的一种方式。为此有人用形象思维的语言概括说：“四月里来绕三灵，一绕绕到大理城。绕到东门唱一调，绕到西门停一停。绕到湾桥歇一歇，绕到喜洲谈谈情。绕到庙头才住下，一夜唱到大天明。”清人段位在《绕三灵》一诗中也写道：“金钱鼓子霸王鞭，双手推敲臂转旋。最是小姑歌白调，声声唱入有情天。”以上援引宋氏《四月竹枝词》乃此类乐歌尾随之作。

五月竹枝词

生皮角黍过端阳，美酒雄黄斟满觞。
百病提防须出走，名园古寺好徜徉。

生皮：指凉拌菜。角黍：粽子。以箬叶或芦苇叶等裹米蒸煮使熟，状如三角，古用黏黍，故称。《太平御览》卷 851 引晋周处《风土记》："俗以菰叶裹黍米，以淳浓灰汁煮之令烂熟，于五月五日及夏至啖之，一名粽，一名角黍。"明李时珍《本草纲目 · 谷四 · 粽》："俗作粽。古人以菰芦叶裹米煮成，尖角，如棕榈叶心之形，故曰粽，曰角黍。近世多用糯米矣，今俗五月五日以为节物相馈送。或言为祭屈原，作此投江，以饲蛟龙也。"清赵翼《连日竞渡再赋》诗："竞渡传从楚岁时，为投角黍吊湘累。"端阳：端午。明冯应京《月令广义 · 岁令一 · 礼节》："五月初一至初五日名女儿节，初三日扇市，初五日端阳节。"清富察敦崇《燕京岁时记 · 端阳》："京师谓端阳为五月节，初五日为五月单五，盖端之转音也。”“端午”也作“端五”，唐李匡义《资暇集·端午》：“端午者，按宋周处《风土记》：‘仲夏端五，烹鹜角黍。’端，始也，谓五月初五日也，今人多书‘午’字，其义无取焉。”清赵翼《陔余丛考·端午》：“古时端午亦用五月内第一午日。”雄黄：本为矿物名，也称鸡冠石，橘黄色，有光泽，中医用作解毒杀虫药。唐韩愈《清河张君墓志铭》：“医饵之药，其物多空青、雄黄诸奇怪物，剂钱至十数万。”此指雄黄酒，旧俗端午节饮用的掺有雄黄的酒。清富察敦崇《燕京岁时记·雄黄酒》：“每至端阳，自初一日起，取雄黄合酒醽之，用涂小儿额及鼻耳间，以避毒物。”觞：古代酒器，此指酒杯。百病提防：此指夏季将至，要注意除害灭病。梁宗懔《荆楚岁时记》：“五月五日四民并蹋百草……采艾以为人，悬门户上，以禳毒气。”须出走：指端午节吃过晚饭后，全家老小照例到郊外田间散步，称为“走百病”。徜徉：自由自在地来回走动。宋玉《风赋》：“徜徉中庭。”此引申作安闲自得。明张羽《秋日苕溪·道中》诗：“闲行无物役，洄沿自徜徉。”

农历五月五日端阳节，大理白族地区俗同中原。家家户户以菰叶裹糯米为角黍，于当天早上解食，谓之“解粽”，系祭三闾大夫屈原遗意；同时插蒲剑艾虎于门以避“邪”，实际是驱逐蚊蝇，并通过饮雄黄酒，外出活动等，达到除害灭病。宋氏《五月竹枝词》说明了白族文化与内地荆楚文化一脉相承，水乳交融，因此才“菰叶青青角黍香，俗同中原庆端阳，雄黄酒饮‘走百病’，除害健身靠预防”。

六月竹枝词

滇西令节说星回，慈善夫人柏节推。
火炬荧荧城不夜，人民纪念有由来。

令节：犹佳节。《艺文类聚》卷四引晋傅充妻辛氏《元正》诗：“元正启令节，喜庆肇自兹，咸奏万年觞，大小同悦熙。”星回：星回节。许印芳《星回节考》中说：“滇中士大夫谓六月二十四是为星回节，取‘星回于天’之义。考之民俗，是日但称火把节耳。”戴炯孙纂辑（道光）

《昆明县志 · 风土志 · 岁时纪》载:“星回节,俗曰火把节。当六月二十四、五两日,斫松为燎,高丈余,入夜争燃之。村落用以照田,以炬之明暗占岁丰歉。”慈善夫人:宁北妃,六诏遼赕诏之妻,死后人称白洁夫人。(道光)《昆明县志 · 风土志 · 岁时纪》:“南诏皮逻阁会五诏于松明楼,将诱而焚杀之,遂并其地。遼赕诏妻慈善谏夫勿往,夫不从,乃以铁钏约夫臂,既往,果被焚,慈善迹钏得夫尸以归。皮逻阁闻其贤,欲委擒焉,慈善闭城死,滇人以是日燃炬以吊之。”柏节推:推意为推赞、推重、推许。《南史 · 谢灵运传》:“灵运性无所推,唯重惠连,与为刎颈交。”此指慈善以柏节为人们所推赞。荧荧:火光或烛光闪烁貌。汉秦嘉《赠妇诗》:“飘飘帷帐,荧荧华烛。”

作者居乡里,谙熟往事,了解掌故,正逢一年一度的民族传统节日星回节,自然想起“火焚松明楼”的历史故事,宋氏从民间传说中得知:皮逻阁约五诏祭祖,进行谋并。遼赕诏妻慈善识其阴谋,临行以铁钏约夫臂,待南诏焚五诏于松明楼上,唯其能辨认夫骸,舁尸归葬。南诏又欲夺遼赕诏妻而强娶之。于是慈善婴城固守,不屈绝食而死。在对这位白族女杰深表同情和崇敬的同时，认为人们燃炬缅怀追思，称其为“白洁夫人”，表彰讴歌其矢志不移的节操，是有所由来的。

七月竹枝词

中元祭祖荐芳鲜，处处人家化纸钱。
习惯由来浑不改，相沿已历数千年。

中元：指农历七月十五日。旧时道观于此日作斋醮，僧寺作盂兰盆会，民俗亦有祭祀亡故亲人等活动。唐韩鄂《岁华纪丽·中元》：“道门宝盖，献在中元；释氏兰盆，盛于此日。”荐：上供祭品。《窦娥冤》：“只当把你亡化的孩儿荐。”芳鲜：新鲜味美的食物。《艺文类聚》卷引汉傅毅《七激》：“酌旨酒，割芳鲜。”明徐渭《胡桃》诗：“羌果荐冰瓯，芳鲜占客楼。”化纸钱：亦称“化纸”，焚烧纸钱纸锭。迷信认为，可供鬼神在冥间当货币使用。《水浒传》第三十二回：“大路上有一乘轿子，七八个人跟着，挑着两个盒子，去坟头化纸钱。”浑：简直、几乎，表示程度。唐杜甫《春望》诗:“白头搔更短,浑欲不胜簪。”

云南地方志书记载:“中元,祀先于家庙。无家庙者,祀于中堂。先是十二日夕,即迎神,俗曰接祖。设瓶花以鸡冠、红蓼(即水红花),取新麦盎之,俾作芽长八九寸许,谓之麦秧,盛以盘。其他若石榴、葡萄、松子之属称是,皆果实之新成熟以作供养者也。既迎神,思其饮食,思其嗜好,必诚悫以奉之。至十五日晡时乃送神,俗曰送祖。或焚纸衣、寓钱、楮领。虽贩夫樵妇,无不竭力以将矣。是夕为佛盂兰盆会,夜放河灯。”对这种七月半中元节接送祖先之习俗,诗人虽不甚认同,但鉴于慎终追远,已历千年,无法变改,也只好随俗而顺其自然。

八月竹枝词

佳期三五到中秋,处处笙歌明月楼。
糕饼团圆人聚会,醇醪痛饮解千愁。

佳期:指美好的时光。明何景明《泊云阳江头玩月》

诗："佳期邈山岳，端坐令人省。"此指中秋佳节亲友在一起聚会。三五：指农历月之十五日。清林则徐《中秋眺月有作》诗："今夕何夕正三五，晴光如此胡不游。"中秋：指农历八月十五日，亦称"中秋节"。宋吴自牧《梦粱录·中秋》："八月十五日，中秋节，此日三秋恰半，故谓之中秋。"唐白居易《效陶潜体》诗之七："中秋三五夜，明月在前轩。"笙歌：合笙之歌，亦谓吹笙唱歌。《礼记·檀弓》："孔子既祥，五日弹琴而不成声，十日而成笙歌。"宋张子野《南歌子》词："相逢休惜醉颜酡，赖有西园明月照笙歌。"亦泛指奏乐唱歌。明月楼：本指扬州著名酒楼。元赵孟頫："春风阆苑三千客，明月扬州第一楼。"此引申作一般酒楼。糕饼：指月饼，一种圆形有馅的饼饵，为中秋应时的食品。宋周密《武林旧事·蒸作从食》标列"月饼、馅子、炙焦、肉油酥、烧饼"等名特小吃。明田汝成《西湖游览志余·熙朝乐事》："八月十五日谓之中秋，民间以月饼相遗，取团圆之义。"清富察敦崇《燕京岁时记·月饼》："至供月饼到处皆有，大者尺余，上绘月宫蟾兔之形。有祭毕而食者，有留到除夕而食者，谓之团圆饼。"醇醪：味厚的美酒。《史记 · 袁盎晁错列传》:“乃悉以其装齐置二石醇醪。”明张煌言《赠徐暗公年丈》诗:“明月开尊皆胜侣,春风入座似醇醪。”

榆城大理,自南诏以来,经济文化直接受中原影响,水乳交融,一脉相承,风俗仪节,一本内地。每当三五中秋佳期,白族人民以月饼相赠,赏月、祭月是为惯例。率领家人并约请亲友,聚会酒楼,以庆团圆。当月出于东山之上,徘徊于牛斗之间,举酒属客,笙歌互答。“今夜月明人尽望,不知秋思在谁家”顷刻注入诗人心头,于是只好借助醇醪解愁了。

九月竹枝词

佩戴茱萸采菊花,登高雅会酒当茶。
聚仙楼上凭栏处,俯视榆封数万家。

茱萸:植物名,香气辛烈,可入药。古俗农历九月九日重阳节,佩茱萸能驱邪辟恶。《西京杂记》卷三:“九月九日,佩茱萸,食蓬饵,饮菊花酒,令人长寿。”

唐王维《九月九日忆山东兄弟》:“遥知兄弟登高处，遍插茱萸少一人。”清吴伟业《丁亥之秋王烟客招余西田赏菊》:“粳稻将登农父喜，茱萸遍插故人怜。”采菊花：戴炯孙（道光）《昆明县志·岁时记》:“九月九日于螺峰山登高，饮菊花酒，以面簇诸果为花糕，亲识相酬馈。”大理俗同省垣，亦采菊花和酒而饮以应节气。登高：指农历九月九日登高的风俗。南朝梁吴均《续齐谐记》:“汝南桓景随费长房游学累年。长房谓曰：‘九月九日汝家中当有灾，宜急去，令家人各作绛囊盛茱萸以系臂，登高饮菊花酒，此祸可除。’景如言，齐家登山，夕还，见鸡犬牛羊一时暴死。长房闻之曰：‘此可代也。’后世人九月九日登高饮酒，妇人带茱萸囊，盖始于此。”聚仙楼：大理苍山景胜之一。榆封：榆即叶榆，大理古称。封指疆域、地界。《左传·僖公三十年》:“(晋)既封郑，又欲肆其西封。”杜预注：“封，疆也。”此指古叶榆地域内居住的人民。

诗人在“酒底花开菊正黄”的重九佳节，登聚仙楼凭栏远望，见榆城界内烟户万家，浮想联翩，为之心旷神怡，乃寄情于《竹枝词》。

十月竹枝词

十月农村喜纳禾，人家岁熟结婚多。
欢欢乐乐庆丰稔，绿酒红灯鼓腹歌。

纳禾：纳，收藏、藏入。《书 · 金縢》：“公归，乃纳册于金縢之匮中。”纳禾，指秋天收藏谷物。岁熟：亦作“岁孰”，年成丰收。《史记 · 货殖列传》：“夫岁熟取谷，予以丝漆。”唐韦应物《答涧奴重阳二甥》诗：“贫居烟火湿，岁熟梨枣繁。”丰稔：犹丰熟，也就是指丰收。《后汉书·法雄传》：“在郡数岁，岁常丰稔。”李贤注：“稔：熟也。”唐吴兢《贞观政要 · 君道》：“年岁丰稔，百姓安乐。”鼓腹歌：拍击腹部，以应歌节。《史记 · 范睢蔡泽列传》：“(伍子胥)厀行蒲伏，稽首内袒，鼓腹吹篪，乞食于吴市。”元无名氏《醉写赤壁赋》第一折：“高歌鼓腹，长笑掀髯，我则待慢登临感慨悦他这个仲宣楼。”

诗人以着墨不多之笔，通过形象思维的语言，给读者展现了一派岁熟丰稔，新谷登场，张灯结彩，嫁娶迎亲，邻里欢宴，举酒相属，节拍而歌的欢乐场面，也是在纸上勾勒了一幅古叶榆农村秋收风情画。

冬月竹枝词

食糕餐白满盘香，冬至家家送客尝。

芦管葭灰飞动候，绣工弱线乍添长。

餐白：指大理地区冬至节令，民间使用白米制作的蒸糕、糍粑及饵块，以应节气。冬至：二十四节气之一，在十二月二十二日前后。这一天太阳经过冬至点，北半球白天最短，夜间最长。《逸周书·时训》："冬至之日蚯蚓结，又五日麋角解，又五日水泉动。"《吕氏春秋·有始》："冬至日行远道，周行四极，命曰玄明。"宋孟元老《东京梦华录·冬至》："十一月冬至，京师最重此节，虽至贫者，一年之间，积累假借，至此日更易新衣，备办饮食，享祀祖先。官放关扑，庆贺往来，一如年节。"送客尝：戴絅孙（道光）《昆明县志·风土志·岁时纪》："日长至叠，糯米粉作牢丸，糁以豆屑，蘸糖食之，曰豆面团。党族间往来相贺语言：'冬至大似年。'"大理亦俗同省垣。芦管葭灰飞动候：古人烧苇膜成灰，置于律管中，放密室内，以占气候。某一节候到，某律管中葭灰即飞出，示该节候已到。《后汉书·律历志》：“候气之法，为室三重，户闭，涂衅必周，密布缇缦。室中以木为案，每律各一，内庳外高，从其方位，加律其上，以葭莩灰抑其内端，案历而候之，气至者灰动。”宋苏轼《内中御侍已下贺皇太后冬至词语》：“伏以候气葭灰，喜律筒之以应。”此指春秋代序，冬至节令时至。

冬至节令对大理地区的人来讲，是以“吃”为主的节日，家家户户要舂制米粉蒸成米糕，用模具印制糍粑或饵块，馈赠亲友，以应节气。同时“数九”寒天即将来临，缝制冬衣乃系当务之急，为此诗人以《竹枝词》叙之。

腊月竹枝词

年华已晚岁匆匆，煮粥刚逢腊八中。

漫道僧人名七宝，曾闻名士号双弓。

年华：指岁月、时光。唐许稷《闰月定四时》诗："乍觉年华改，翻怜物候迟。"宋周邦彦《过秦楼》词："叹年华一瞬，人今千里，梦沉书远。"匆匆：急急忙忙的样子。唐牟融《送客之杭》："西风吹冷透貂裘，行色匆匆不暂留。"此引申为时光流逝很快。腊八：腊月初八日。戴炯孙（道光）《昆明县志·风土志·岁时纪》："腊八日，作五味粥。"七宝：指七宝五味粥。旧俗农历十二月八日，佛教寺院取香米及果实等煮成粥，用以供佛并布施僧众。宋孟元老《东京梦华录·十二月》："诸大寺作浴佛会，并送七宝五味粥与门徒，谓之腊八粥。"亦省称"七宝粥"。清吴存楷《江乡节物诗·腊八粥诗》小序："腊八粥亦名七宝粥，本僧家斋供，今则居室者亦为之矣。"曾闻名上号双弓："双弓"乃粥的隐语。"粥"字由两个"弓"字和一个"米"字组成，故称。宋陶榖《清异录·馔羞》："单公洁，阳翟人，耻言贫。尝有所亲访之，留食糜，惭于正名，但云啜少许双弓。"

每年腊月初八喝稀饭，乃人们共知时近老年的习俗。如果要追根探源，往往是"知其然而不知其所以然"。宋氏知见博洽，功力深厚，谙熟掌故，于是通过这首《竹枝词》，介绍了有关这一节令的由来与故事。

宋锡昌一生潜研化学，为体现自身经世致用之思想，奋力创办了云南早期化工作坊，开了滇中制造化工产品之先河。作为自然科学工作者，生平却喜欢作诗，以其深厚的国学功底，成古风、绝、律诸篇什，后裒辑成《醉春楼诗稿》三卷。宋氏为诗，力追三唐，取法杜陵，与元白为近。力求以真性情驭真事，故诗风质朴浑厚而真气充溢，前引《大理月节竹枝词》即可说明。云南省文史研究馆已故馆员李东平为其《诗稿》作《序》称："今岁（1987年）冬，以德翁晋初先生《醉春楼诗稿》见示，手泽犹新，神韵超逸，凡所寄寓于山水草木之间者，率皆心怀丘壑，有感而发，非复遁世不问，自负清流者所及知。"东老对宋氏诗之评价，至为中肯。

（原载《云南文史》2002年第4期）

《昆明八景诗》八首

春城昆明是云南省的省会，是二十四个历史文化名城之一。它位于滇中，四面环山，南临滇池，六河纵横，中间一马平川，形成了膏腴沃壤的昆明坝子。

昆明历史源远流长，数千年往事，使人为之萦怀。从战国时期“庄蹻入滇”到隋置昆州这段时间，滇池地区是“邑落相望，牛马蔽野”，尚未出现具有一定规模的城池。追溯昆明城市建置沿革演变应从南诏说起。唐玄宗天宝五年（公元 746 年），蒙氏皮罗阁进兵安宁，消灭了爨氏，进入滇池地区，便在今晋宁南面三四十里的地方，建筑了一座“拓东龟城”，但规模不大。至唐代宗广德元年（公元 763 年），南诏三次打败唐朝军队进攻之后，为了保卫东部疆土，扼守通向西川与交趾的要道，南诏国主阁罗凤亲至昆州巡视，经过多方选择，审察形势，认为昆川“山河可以为屏藩，川陆可以养人民”，便于次年，派其子凤伽异在这里修筑拓东城，把城池建在偏东（相当于金碧路东段原状元楼）一带，这样就控制了兵家必争的金马山要隘，称为“东京”、“东都”或“上京”，命凤伽异为“二诏”（南诏国主之副手）坐镇，并在这里设置拓东节度使。到异牟寻受唐册封之后，为了加强与唐王朝经济文化上的联系，也特别重视拓东城。以后相当长的一段时间（公元765—936年），拓东城仅次于洱海地区的羊苴咩城（大理），成为南诏第二政治、经济、军事及文化中心，拓东城的出现，应视为昆明正式建城的开始。

宋代大理国时期，昆明为其所设行政区划八府之一，称鄯阐府，城址就是南诏的拓东城，在形势上较羊苴咩城更为重要，规模也有所扩展，随着封建经济的发展与商业贸易的兴起，繁华的市中心便逐渐移到盘龙江以西（今金碧路、三市街）一带，大理国主常驻跸于此。段氏第十代国主段素兴，曾在这里广营宫室，多植花草，并筑“春登”、“云津”二堤，称叫“绕道金棱”、“萦城银棱”。据说金棱全种迎春花，黄花入河，如同金汁一般，所以呼叫金汁河；银棱全种素馨花，白花入河，如同银汁一般，所以呼叫银汁河。这说明在城建上开始注意到自然景观的修葺培植。不仅如此，清人倪蜕在《滇云历年传》中认为：“此二堤捍御蓄泄，灌溉滋益，大有殊功，或素兴为之，亦有深意，不仅仅为游观设也。”也就是说当时对鄯阐城的建设，已注意到把兴修水利灌溉工程和游览景点较好地结合起来。元代在云南设置行中书省，下隶路、府、县三级行政组织。

元世祖至元十三年（公元 1276 年），改鄯阐府为中庆路，辖四州十一县，为云南首善之区。从此昆明不仅成为云南行省政治、经济和文化的中心，也是北往大都（北京）、南连南海的西南重镇。城市建设规模较大理国时又有进一步的发展，当时的中庆城比鄯阐城向外扩展了一里多，又称“鸭池城”。至元二十一年（公元 1284 年），途经这里的意大利人马可·波罗，在他的《游记》中写道：“城大而名贵，工商甚众。”随着社会经济的发展，城中还有了佛教徒、基督教徒和伊斯兰教徒，“为杂居之地”；城外有丰产的米、麦、鱼、盐，而且“用其他谷类加入香料，制成酒，清澈可口”；东南的大德桥（即今德胜桥）下有若干船只，看来水陆交通都很便利。所以马可·波罗认为："系一壮丽大城。"由此可见昆明城市规模，在700多年以前的元代，已奠定了初步基础，从那时起，它既是一座"山川明秀，民物阜昌，冬不祁寒，夏不剧暑"和"万家灯火的城市"，又是一个"奇花异卉，四序不歇，风景熙熙"的名胜区。这时昆明城中的自然景观，据官居儒学提举的昆明人王绅在《滇池赋》中描写，已呈现"碧鸡峭拔而岌峨，金马逶迤而玲珑，玉案峨峨而耸翠，商山隐隐而赞穹，五华钟造化之秀，三市当阛阓之冲，双塔挺擎天之势，一桥横贯日之虹，千艘蚁聚于云津，万舶蜂屯于城垠"等景点，是为日后"昆华八景"之滥觞。

明朝建立以后，由于行政建置的变化，在全省设置了最高行政、监察、军事机构"三司"，把中庆路改为云南府，府治就在昆明，并且第一次在这里筑起了砖城。新建的云南府城周围约9里，共开6门，建起了6座城楼，其中前正门上的城楼称"近日楼"，城外有护城河。城内以五华山为中心，修建了比元代更多的衙门、宅院和牌坊，当时省、府、县的政治、经济、军事机构，均集中在昆明城内。城南为居民区，划分为若干“里”，东关南关为“商埠之地，列市纵横”，商旅多在三市街一带进行茶马交易。直到晚明时期，地理学家徐霞客来到昆明，仍见城市经济非常活跃。《徐霞客游记》中记载当时城里设有饭店、旅社和茶馆，这类服务性行业不仅多，而且都能做到使人满意。昆明每逢子、午、辰、戌日“赶街子”，经营农副产品及特产，“日中而聚，日夕而罢”。不仅如此，城内还规划了风景名胜区，凡有林壑之美的地方，如九龙池、柳营、水云乡、思召堂及梅庄等，都建有亭台楼阁。城内也有一些风景名胜，如“梁王阁”就很有名，明初日本旅滇僧人机先就写有一首《七律》云：“碧鸡飞去已千秋，闻说梁王曾此游，洞口仙桃迎凤辇，岩前宫柳系龙舟。青山有恨人何在，白日无情水自流，岂识当时歌舞池，寒烟漠漠锁荒丘。”虽然全诗是以情为主，景为宾，写景、咏物、叙事都是为了抒情，诗人写“洞口仙桃迎凤辇，岩前宫柳系龙舟”的美景，完全是为了抒发“青山有恨人何在，白日无情水自流”的伤时感世之情，但也从一个侧面反映了这一自然景观的优美。另外机先还写有《滇阳六景》，作者以着墨不多之笔，素描般地向人们展示了昆明的“金马朝晖”、“碧鸡秋色”、“玉案晴岚”、“滇池夜月”、“龙池耀金”、“螺峰拥翠”等六种景色，亦称得上是诗中有画，反映了当时昆明的景胜，比元代更加定型，城建规模更加扩大。

清朝建立直到公元1911年的230年中，对云南的建置基本沿袭明制。昆明的城市规模，没有超出明代的范畴。只是由于兵燹及自然灾害影响，清政府不得不对府城加以维修。根据地方史料记载，有清一代，对昆明城共修过23次。从城市状况来看，随着近代商业的发展，城市人口的增加，在城里出现了会馆、牙行、堆栈、钱庄、戏院及公园等过去所没有的机构和行业。晚清还开辟了商埠，使昆明发展成为具有一定规模的城市。清代，昆明为了培植风景，以壮观瞻，以夸乡里，以显郡邑，在往昔城市景观的基础上，一些文人雅士，便约定俗成，提出了“昆华八景”，清代平民画家张士廉据此以工笔绘制了《八景图》；近人宋嘉俊，继赵士麟、袁嘉谷等人之后，还创作了《八景诗》。宋嘉俊字莼臣，晋宁人。光绪戊戌（二十年，公元1898年）进士，由刑部主事改官四川江津知县，洁己爱民，善折狱，循声大著，有青天之称。辛亥革命后回滇，历任昆阳县知事、磨黑盐中场知事，以不善应时辞归，两袖清风，为滇人所敬重。生平能文工诗，文不多作，诗则吐嘱清雅，近体优于古体，犹擅长近体五律，逼近浣花，裒成《落落轩诗抄》三卷，《昆明八景诗》乃收入是集之中，现录出笺注，以飨同好。

滇池夜月

揽尽昆池胜，登临壮大观，
楼台秋瑟瑟，烟水夜漫漫。
山转千帆片，波灯一月丸，
凭栏思汉武，豪饮酒杯宽。

昆池：指滇池，在昆明市区西南，古名滇南泽，亦称昆明湖，为高原断层陷落构造湖。形似弯月，属金沙江水系，有盘龙江、宝象河、马料河、梁王河、柴河、落龙河等二十余条河流注入，原出于嵩明县西北六十里东葛勒山之黄龙潭，由西南岸海口向北流出，经螳螂川注入金沙江，水似倒流，故名为颠，因称滇池。面积298平方公里，西北岸有观音、卧佛、碧鸡、玉案诸山巍峙，周围有大观公园、海埂公园、郑和公园等风景名胜。大观：指大观楼，在昆明西郊大观公园内。清康熙三十五年（公元1696年）始建，光绪九年（公元1883年）重修，占地170平方米，高约15米，三层方形，面临滇池，楼前楹柱悬有乾隆间名士孙髯翁180字对联，被誉为“海内第一长联”。此楼与岳阳楼、黄鹤楼齐名。秋瑟瑟：萧索寂寥之状。唐刘希夷《捣衣篇》诗：“秋天瑟瑟路漫漫，夜白风清夜露团。”夜漫漫：漫漫指长、久。三国魏曹丕《杂诗》：“漫漫秋夜长，烈烈北风凉。”波灯：波光，指水波反射出来的光。明刘基《菩萨蛮·越城晚眺》：“树色荡湖波，波光艳绮罗。”此指水波反映之月光。思汉武：指“汉习楼船”的掌故。汉武帝元狩元年（公元前122年），令王然于、柏始昌、吕越人等率兵至云南滇池地区，探求通身毒（今印度）至大夏（今阿富汗北部）的通道。滇王常羌留为求道，多次派使西出，皆为所阻。王然于等还，盛言滇之富饶。武帝以昆明数阻汉使，又闻昆明有池，因于长安西南作昆明池，置楼船以练习水战，准备讨伐。故孙髯于大观楼长联中追忆云南历史时称“汉习楼船”。酒杯宽：宽指多，此引申为开怀畅饮。唐杜甫《遣闷戏呈路十九曹长》诗：“晚节渐于诗律细，谁家数去酒杯宽。”仇兆鳌注：“宽，多也。”

“五百里滇池”波光浩渺，俨如高原上镶嵌的一颗璀璨晶莹的明珠，它不仅“倒映群山来镜里，雄吞六河入胸中”，而且水天一色，风景如画。特别是每当月望，天气晴朗，夜幕降临，月出于东山之上，清辉澈汉，波光粼粼，纵一叶之扁舟，驶向湖心，临万顷之茫然，置身于玉界琼田之中，人、水、天似乎融为一体，出现“白月随人相上下，青天在水与沉浮”诗的境界，斯时也，举酒嘱客，对酌豪饮，颇有“谢客沧州趣”及“苏子赤壁游”之雅致。再系槎登临大观名楼，凭栏远眺，云南千年往事，自然要使诗人浮想联翩，“汉习楼船”的掌故，乃注到韵士心头。

云津夜市

云津桥上望，灯火千万家，

问夜人沽酒，寻店客系槎。

城遥更漏尽，月圆市声哗，

破晓阑游兴，疏钟传太华。

云津桥：戴炯孙纂辑（道光）《昆明县志·建置志》：“又东南二里许曰云津桥，水出盘龙江，流经商山下，过郡城入滇池，旧名大德桥，毁于兵。明洪武二十六年（公元1393年），西平侯沐春重修，以其当云南之要津，易今名。”即今之德胜桥。问夜：打听夜分为什么时候。沽酒：从市上买酒。清沈复《浮生六记·坎坷记愁》：“(余)夜至江阴江口，春寒彻骨，沽酒御寒，囊为之罄。”系槎：系船，泊舟。宋杨万里《泊船百花湖登姑苏台》诗：“二月尽头三月初，系槎杨柳拂菰蒲。”更漏：漏壶，计时器。古代用滴漏计时，夜间凭漏刻传更。唐李肇《唐国史补》：“惠远以山中不知更漏，乃取铜叶制器，状如莲花，置盆水之上，底孔漏水，半之则沈，每昼夜十二沈，为行道之节，虽冬夏短长，云阴月黑，亦无差也。”此指夜晚的时间。唐戎昱《长安秋文》诗：“八月更漏长，愁人起常早。”破晓：天刚亮。宋杨万里《明发阶口岸下》诗："破晓篙师报放船，今朝不似昨朝寒。"阑：将近、将完。《史记·高祖本纪》："酒阑，吕公因目留高祖。"阑游兴指游兴将尽。太华：指太华寺。在昆明西郊西山上，处太华山腹，因山得名。原名佛岩寺，元代玄鉴和尚所建，有殿堂、碧莲室、缥缈楼等建筑。明黔国公沐氏增建一碧万顷阁、思召堂，历来为佛教圣地及游人登临览胜之所。

在昆明市金碧路中段，有德胜桥。(道光)《昆明县志·建置志》记载，此桥"水出盘龙江，流经商山，过郡城入滇池"。元时于江上竖柱架木为桥，大德元年(公元1297年)，建石台木梁桥，乃以大德命名，后毁于兵。明洪武二十六年(公元1393年)，西平侯沐春重修，改建为石拱桥，以其当云南之要津，乃改名云津桥，上覆瓦屋，东西两端建坊，桥上辟作集市。清雍正年间又改名德胜桥，后讹传为得胜桥。往昔登临桥上，凭栏远眺，千艘蚁聚于桥下，万户栉比于坊侧，茶馆酒楼，客店商肆，歌坛舞榭，会馆牙行，旅社堆栈，比比皆是；每一入夜，岸上灯火万家，河中波灯无数，交相辉映，使夜色更加迷人；行商坐贾，周旋其间，尽使招数，引来顾客；沿街摆摊，皆为利来，临桥叫卖，皆为利往，熙熙攘攘，争相逐利。系槎寻店之人，随处问询；沽酒猜拳之徒，通宵酗饮。繁华夜景，形成省垣又一景观。

螺峰叠翠

好山负城郭，螺髻拥千重，
青霭松崖合，绿云芝径封。
鹤来寻大隐，蝶走利仙踪，
凉翠侵衣袂，登高一依筇。

螺峰：指螺峰山，即今圆通山，以山色深碧，盘旋如螺髻而得名。山位于昆明市区北隅，遍山林木葱茏，绿草如茵，旧时称“螺峰叠翠”，为昆明八景之一。城郭：本指城墙，城乃城内之墙，郭乃城外之墙，《礼记·礼运》：“大人世及以为礼，城郭沟池以为固。”孔颖达疏：“城，内城；郭，外城也。”此指城市，宋苏轼《雷州》诗：“杀牛挝鼓祭，城郭为倾动。”负：依靠。南朝梁简文帝《为人作诗疏》：“今于郢州某山，为十方僧建立招提寺，萦负郊原，面带城雉，枕依岩壑，吐纳烟云。”青霭：指云气。因其色紫，故称。唐王昌龄《东溪玩月》诗：“谷静秋泉响，岩深青霭藏。”绿云：绿色的云彩，多形容缭绕仙人之瑞云。唐李白《远别离》诗：“帝子泣兮绿云间，随风波兮去无还。”芝径：生长芝草的小路。此指登上螺峰山的必由之路“采芝径”。封：本指菰草丛生，其根盘结。《宋史 · 河渠志》：“湖水多封，自唐及钱氏后废而不理。”此指山路杂草丛生。大隐：指真正的隐士。清黄鷟来《题毛暗斋采芝图》：“大隐不忘世，葆璞天地间，美哉绮与用，采芝于商山。”仙踪：仙迹，仙人的遗迹或行踪。清薛福成《庸盦笔记 · 蓬莱仙迹》：“登山蓬莱阁，颇多仙迹，士人往往有所见闻。”衣袂：衣袖。《周礼 · 春官 · 司服》：“齐服有玄端素端。”汉郑玄注：“士之衣袂，皆二尺二寸。”亦借指衣衫。

昆明市区东北隅，有圆通山，往昔称叫螺峰山。东面深岩绝巘，南面悬崖峭壁。《明一统志 · 云南布政使司 · 云南府》记载：“山色深碧，旋如螺髻，故名。”元仁宗延祐七年（公元 1320 年），于山之南麓建圆通寺，设“观音道场”，遂以寺名为山名。明初筑砖城时将其围入城内，开辟景点，其岩曰“盘坤”“补陀罗”，上有“明月石”。清初，总督范承勋建亭其上，题曰“衲霞屏”。山麓有“幽谷”“潮音”二洞，深邃莫测。自此成为人们选胜登临之所。（道光）《昆明县志·风土志》记载：“九月九日于螺峰山登高，饮菊花酒。”清代中叶以后，中秋赏月又多在“明月石”，八月既望，每当“夕景色已收，明月升其东，秀出一片石，光彩照宠炭”时，在这里对坐，举酒相酬，边赏月，边唱曲，直到子夜，月亮升至中天，清光澈汉照园林，螺髻千重，历历在目，夜景中的“螺峰叠翠”，更是别具一格。

商山樵唱

担荷月黄昏，商山古寺门，

唱残樵父曲，惊起玉人魂。

旧路回头认，新腔信口翻，

莫嗤嘲哳调，渔笛又孤村。

担荷：肩挑背负。《管子·小匡》：“今夫商群萃而州处，观凶饥，审国变，察其四时，而监其乡之货，以知其市之贾，负任担荷，服牛辂马，以周四方。”引申为担负的重物。商山：（道光）《昆明县志·山川志》：“商山在县北三里。”《府志》：“在陑山之麓，皆桃林，下有冷泉，名莲花池，浴之可去风疾。”樵父：樵夫。宋徐积《和路朝奉新居》诗：“幅巾自去呼樵父，蜡屐何时仿竹书。”玉人：容貌美丽的人，并多用于美丽的女子。前蜀韦庄《秋霁晚景》诗：“玉人襟袖薄，斜凭翠栏干。”此似指陈圆圆，（道光）《昆明县志·杂志》：“吴三桂既死，相传其美人陈圆圆久入道。迨云南平，陈之死已数年矣。安阜园，在城北近商山寺，父老云‘有圆圆墓’焉，其旁即梳妆台遗址。嘉庆间，客有寓商山寺抚乩者，圆圆降坛与之唱和，今所传《商山鸾吟》是也。”信口：随口，谓出言不假思索。唐白居易《答故人》诗：“读书未百卷，信口嘲风花。”翻：演唱。唐王建《霓裳词》：“旋翻新谱声初起，除却梨园未教人。”嘲哳：亦作“嘲晢”，形容声音嘈杂。唐白居易《琵琶行》：“岂无山歌与村笛，呕哑嘲哳难为听。”渔笛：渔人的笛声。唐杜牧《登九绛楼》诗：“牛歌渔笛山月上，鹭渚鹜梁溪日斜。”宋柳永《六幺令》词:“波声渔笛惊好梦，梦里欲归归不得。”

在昆明市区北面三华里，有商山，此山灌木丛生，松柏高标云际，苍蔚参天，郁郁葱葱，松涛悦耳，这样一大片天然林，往昔乃为附近村民采樵取薪之所。每当夕阳西下，日薄西山，夜幕降临，暮色苍茫，新月初升，在山涧崎岖的路上，背负大捆烧柴的樵夫，慢步行走，引吭而歌，唱出了当时的艰难世道，也唱出了人间的悲欢离合，如泣如诉，令人酸心楚鼻。这是一幅苍凉的风景画，也是一首凄怆的抒情诗。

龙泉古梅

阅世一千载，花开三两枝，
山空孤鹤泪，潭古老龙痴。
黑水欣留记，唐贤惜少诗，
漫谈天宝事，玉笛且横吹。

阅世：经历时世。宋苏轼《楼观》诗：“门前古碣卧斜阳，阅世如流事可伤。”孤鹤：孤单的鹤。隋炀帝

《舍州登陆示慧日道场玉情玄坛德众》诗："孤鹤近追群，啼莺远相唤。"痴：呆滞不灵活。唐韩愈《送侯参谋赴河中幕》诗："默坐念语笑，痴如遇寒蝇。"黑水：《禹贡》所载黑水，各家解释分歧无可确指。按此诗意当在云南，清冯甦《滇考·南诏五岳四读》载："一曰潞江，又名怒江，祀在永昌府，源出雍望，奔流而下，深不可测，夏月多瘴，或谓即《禹贡》黑水。李元阳辨其误，更以澜沧江为黑水云。"黑水欣留记：指《汉书·地理志》载有"益州有黑水神祠"之语。唐贤惜少诗：指《全唐诗》只收录杜鸿渐《鸿都观滇志》诗一首。天宝事：指南唐失和后进行战争。天宝九年（公元750年），南诏王阁罗凤率妻妾谒云南太守张虔陀，虔陀私之，又多征求，怒攻虔陀，杀之，遂取姚州及附近夷地32处。十年，败鲜于仲通军于西洱河，与唐绝，归命吐蕃。十三年败李宓军十万余于洱海地区，宓死之。史称"天宝战争"。玉笛：玉制的笛子。《西京杂记》卷三："秦咸阳宫有玉笛长二尺三寸，二十六孔。吹之则见车马山林，隐隐相次，息亦不见，名曰昭华之琯。"此系对笛子的通称。唐李白《春夜洛城闻笛》："谁家玉笛暗飞声，散入春风满洛城。”

在离市区12公里的龙泉山五老峰下，有汉代黑水神祠，后来于旧址之上建龙泉观。戴炯孙在（道光）《昆明县志 · 祠祀志》中称：“黑龙潭居唐梅宋柏间。”相传唐代沙门道安亲手种植梅花数株于黑龙潭龙泉观内，但早在数百年前已经枯死，根株亦不复存在，只有观内“玉照堂”的墙壁上，保留有古代画家工笔石刻画本，人多捶拓装裱成条幅以装饰居室。清道光间，阮元督滇，作《咏梅》云“千岁梅花千尺潭，春风先到彩云南”正是指此。以后在龙泉观内仅“三清殿”前院内种有梅树，枝干盘曲如铁，半枯半荣，大都为百年前所种植，虽是老树杈桠，但还能疏疏落落着花，可谓古香古色，清代石屏诗人朱庭珍曾作《补唐梅歌》，诗中有“唐梅久化此梅外”，正是指此。由于龙泉观之梅花源远流长，乃成昆明八景之一。

官渡渔灯

朝泛昆池海，夜归官渡村，

鱼穿杨柳叶，灯隐荻花根。
浦远星沉影，江空月吐痕，
闲邀邻父饮，篝火醉清樽。

官渡：位于昆明市东郊，濒临滇池东北，古渡口。元至元十二年（公元1275年）置官渡县。后并入昆明县，明、清、民国时均为昆明县辖地。荻花：荻为多年生草本植物，与芦同类，生长在水边，根茎都有节似竹，叶抱茎生，秋天生紫色或白色，草黄色花穗，茎可以编席箔。明李时珍《本草纲目·草四·芦》："短小于苇而中空皮厚色青苍者，菼也，荻也，萑也。"浦：本指水边、河岸，此指港汊，可泊船的水湾。《古今小说·杨谦之客舫遇侠僧》："李氏说道：'这大风只在顷刻间来了，依我说，把船快放入浦里去躲这大风。'"月吐痕：月痕指月影、月光。宋陆游《晓寒》诗："鸡唱欲东闻井汲，月痕浅渐觉窗明。"此指月影映入水中。篝火：用竹笼罩着的火。宋陈恕可《桂枝香·天柱山房拟赋蟹》词："草汀篝火，芦洲纬箔。"

昆明市区南5.6公里处，有官渡镇，为历史文化古镇，镇西有螺壳堆积层，为新石器时代遗址，名螺峰。大理国时期，于此设渡口，为士大夫泛海游乐系缆船的渡头。元至元十二年（公元1275年）置官渡县，有土城。明清两代，镇上居民以捕鱼为生，家居于船上。夕阳西下，千帆停泊于渡头，归舟摇曳于湖心。入夜，猩红的渔火，独照着江面，逡巡于湖心，夜景又别具一格，昆明景胜为之增色添彩。

坝桥烟柳

古道坝桥柳，阴映过往多，
烟萦增妩媚，风动舞婆娑。
碧乱离人意，丝牵游子哦，
眉愁心有愧，为听唱骊歌。

坝桥：指西坝河上的望安桥。阴映：指树荫掩映。唐刘悚《隋唐佳话》："孝仁指白杨曰：'此杨长，三年间宫中可得阴映。'" 烟萦：烟絮，指絮飘忽如烟。清朱彝尊《消息·度雁门关》词："垂杨老，东风不管，雨丝烟絮。”婆娑：舞貌。《诗 · 陈风 · 东门之枌》：“子仲之子，婆娑其下。”《毛传》“婆娑，舞也”。碧乱：碧本指青绿色，此代绿水。唐陆龟蒙《夜会问答》诗：“有时日暮碧将合。还被渔舟来触分。”碧乱指绿色的河水频添离愁。游子：离家远游的人。明杨士奇《汉江夜泛》诗：“时迁物屡变，游子殊未还。”眉愁：眉结，紧皱双眉，引申为心情沉重。骊歌：骊唱，告别的歌。唐李谷《浙东罢府西归别张广文皮先辈陆秀才》诗：“相适只恨相知晚，一曲骊歌又几年。”明姚茂良《精忠记·辞母》：“望帝乡白云缥缈，听骊歌珠泪痕抛，愿边疆无事扰。”

在昆明市五华区西南隅，有西坝路，东与西昌路相交，西南抵二环南路。旧时原为一条弯曲的河流，戴炯孙在（道光）《昆明县志 · 山川志》中称，“自城西鸡鸣桥下分玉带河水”成此条河流。为防滇池水患，明初于河上筑土坝，因名西坝河。当时为了方便河对岸摆渡村的人们通行，明万历中便建造了石桥，称“望安桥”。沿河种植柳树，春三二月，柳绿拂岸，随风飘逸，使这一带“东风一夜渡滇池，株株垂柳信早知”，而且呈现出“柳条青青着地垂，杨花漫漫搅天飞”的自然景观，堪称风景如画。按照古老习俗，昆明人多于此地送别亲友，尽管离情别绪频添，仍要折下柳枝，祝愿行人一路顺风，旅途平安。

陑山倒影

滇池五百里，北靠陑山边，
日丽壁沉水，岚浮镜里天。
只需风雨静，曾见琪瑶鲜，
成趣相辉映，图画无此妍。

陑山：（道光）《昆明县志 · 山川志》载：“在县北二十里，一名蛇山。”（康熙）《云南府志》称：“丹崖翠巘，蜿蜒而来，势若鸾停鹄立，为会城主山。”日丽：指春光明丽，微风和煦，形容天气晴和。元柯丹邱《金钗记 · 晤婿》：“老员外，今日日丽风和，花明景曙，加鞭趱行几步。”岚浮：山林中的雾气。元萨都剌《过采石驿》诗：“轻岚浮野树，凉雨过淮天。”琪瑶：指琪花瑶草，古人谓仙境中的花草。元王沂《和王继学题琼花图》诗："琪花瑶草本同科，摹写诗人费切磋。"此似指名贵的花草。成趣：谓自成佳趣。明叶盛《水东日记·庄公瑾书画》："为人雅淡有高致，日登临山水，所至成趣，遇知己，觞咏竟日。"妍：美丽、美好。清洪昇《长生殿·重圆》："桂华正妍，露华正鲜。"

昆明市西山区东北部和官渡区西北部有陁山（又称"长虫山"），因形似长蛇蜿蜒，故名，为两区的界山。张毓碧纂修的（康熙）《云南府志·地理志·山川》称："丹崖翠巘，蜿蜒而来，势若鸾停鹄立，为会城主山。"山下有冷泉，即今之莲花池，往昔池水清且涟漪，游鱼细石，直视无碍，每当风和日丽，池水平如鉴镜，山影倒映池中，陁山上下交相辉映，蔚为奇观。清初吴三桂在云南开藩，于山麓池畔建安阜园，亦称野园，为王府别墅，后成昆明景胜之一。

"昆明八景"各具特色，决非众景一面，且人文景观及自然景观并存，历史文物性与艺术代表性俱具，曾为历史名城增辉，也给边疆都市添彩，更使游人流连忘返。而今有的景点虽不复存在，已为陈迹，但却指掌可辨。属文笺诗追溯，不外乎见省垣建置变化之轨迹，为今日昆明市旅游资源的开发，提供文献依据，有无意义及参考价值，有待留心昆明掌故者予以评说。

（原载《云南文史》2003 年第 1 期）

《近华浦竹枝词》七首

近华浦也就是人们熟悉的大观楼，因与太华山相近，故名。(道光)《昆明县志·古迹志》载："近华浦，青草湖之上流也，大观楼峙其上。"每当登楼远眺，见海水澄清，波光浩渺，大有"秋水共长天一色"之概。远瞻西山，若隐若现，顿觉爽气袭来；俯瞰湖上，帆影悠悠，"无波不觉扁舟小，短缆徐牵过柳堤"的自然景色，尽收眼底，加上亭树映月，点缀着柳堤虹桥，更是令人流连忘返。清代道光年间，剑川人杨丽拙路经昆明，选胜登临于此，为纪游兴，乃作《近华浦竹枝词》七首。丽拙字守园，一字兑溪，岁贡生，《丽郡诗征》卷十称："丽拙博综多闻，学宗儒先，而亦兼涉二氏。老犹作小楷，画山水，明神不衰。"生平有《偶寄轩文抄》及《砚北诗存》，惜未见传本，仅《丽郡诗文征》录其诗四十首，文十篇。杨氏为诗，取法老杜，力追元白，皆本性情而出，真气行乎其间，不屑规抚前人。这七首《竹枝词》，直抒胸臆，质朴沉厚，平白明易，清新隽永。乃录出笺注以供析赏。

一

秋水盈盈照眼明，芙蓉深港最怡情。
老渔惯见江湖险，故向风波起处行。

秋水：指秋天的江湖水。《庄子 · 秋水》："秋水时至，百川灌河。"宋王安石《散发一扁舟》诗："秋水泻明河，迢迢藕花底。"盈盈：清澈晶莹貌。《古诗十九首 · 迢迢牵牛星》："盈盈一水间，脉脉不得语。"唐白居易《除官赴阙留赠微之》诗："两乡默默心相别，一水盈盈路不通。"芙蓉：荷花的别名。《楚辞·离骚》："制芰荷以为衣兮，集芙蓉以为裳。"洪兴祖补注："《本草》云：其叶名荷，其花未发为菡萏，已发为芙蓉。"清唐孙华《晚秋狮子林小集》诗："三径林香穿竹树，一池波影漾芙蓉。”深港：与江河湖泊相通的小河。《水浒传》第十九回：“那船便驶转来，往深港里串着走。”怡情：怡悦心情，即指使心情怡悦舒畅。明刘基《述志赋》：“列玄泉以莹心兮，坐素石以怡情。”老渔：指年老的渔人。江湖险：江河湖海上的风险。风波：指风浪。《楚辞·九章·哀郢》：“顺风波以从流兮，焉洋洋而为客。”唐元稹《江陵三梦》诗：“惊觉满床月，风波江上声。”

大观楼的风景所以引人入胜，还在那耀眼的盈盈一水，尤其是那荷叶亭亭深处，更是藕香芬芳，沁人心脾。风平浪静的湖面固然让你心旷神怡，就是那惊涛拍岸，风卷渔船的雨天，当你看“一竿风浪，满蓑烟雨”的老渔翁，驾着一叶扁舟，无畏地向湖心驶去，你一定也会平添许多感慨。诗人以含情之笔，给你勾勒出一幅水墨《烟雨图》，堪称诗中有画。

二

望里云山不甚明，画栏西畔晚烟横。
分明一样昆池水，一面阴浓一面晴。

望里：朝着远处凝视。云山：云和山。唐王昌龄《过华阴》诗："云起太华山，云山共明灭。"画栏：亦作"画阑"，有画饰的栏杆。唐李贺《金铜仙人辞汉歌》："画栏桂树悬秋香，三十六宫土花碧。"宋周邦彦《玲珑四犯》："叹画栏玉砌都换，馋使有缘重见。"晚烟：傍晚的云气。唐裴迪《春日访吕逸人不遇》诗："芙蓉曲洛春流满，薜荔成帷晚烟多。"横：充满、遮盖。《汉书·礼乐志》："扬金光，横泰河。"颜师古注："横，充满也。"阴浓：即阴濛，指云气昏暗迷茫。明高攀龙《武陵游记》："雨丝阴濛，水烟笼树，远山层叠，浓淡相间。"

诗人登上大观名楼，凭栏远眺太华、华亭、碧峣诸山，晚烟横陈，细雨阴濛，若隐若现；时而雨过天晴，斜晖晚照，群峰又倒映在碧水之中。大自然的瞬息变化，使诗人联想到世味艰难，乃借湖水而喻世事，悟出一样人生，不平境遇。以其独特的创作手法，先言他物而后引出所咏之词。

三

碧浪风吹皱晚塘，淡云微雨界斜阳。

湖光一派情无那，也学秋娘作淡妆。

碧浪：青绿而润泽的水波。元戴表元《苕溪》诗："碧浪千塍共，青山一道斜。"五代和凝《小重山》词："御沟呈碧浪，转池塘，时时微雨洗风光。"皱：皱缩。《史记·司马相如列传》："襞积褰皱。"司马贞《索隐》引苏林曰："褰皱，缩蹙之。"元康进之《李逵负荆》第一折："俺则见杨柳半藏沽酒市，桃花深映钓鱼舟，更和这粼粼春水波纹皱。"晚塘：傍晚时的池塘。淡云：指明净稀疏的云彩。微雨：小雨、细雨。界：靠近、对着。宋孙光宪《清平乐》词："尽日目断魂飞，晚窗斜界残晖。"湖光：湖水的颜色、波光。无那：无限、非常。南唐李煜《一斛珠》词："绣床斜凭娇无那，烂嚼红茸，笑向檀郎唾。"清蒲松龄《聊斋志异》："黄生固却之，女不去，应对间，娆婉无那。"秋娘：亦作"秋孃"，唐代女伶歌妓的通称。唐白居易《琵琶行》："曲罢曾教善才伏，妆成每被秋娘妒。"淡妆：淡素的妆饰。唐曹邺《梅妃传》："妃善属文，自比谢女，淡妆雅服，而姿态明秀，不可描画。"宋晏殊《菩萨蛮》词："染得道家衣，淡妆梳洗时。”

傍晚，来自林梢的风，掀起阵阵青绿而润泽的水波，吹皱了一池湖水。淡云、微雨、斜阳把大观楼（近华浦）的景色，点缀得更加美丽，在这样诗情画意的境界里，给诗人的感觉是：滇池的湖光山色，也像美人那样，“淡妆浓抹总相宜”。

四

歌罢采莲韵最娇，玉箫声里试停桡。

惊人对对鸳鸯起，飞过秋江第一桥。

采莲：指《采莲曲》，乐府清商曲名，本于“江南可采莲，莲叶何田田”的《江南曲》。南朝梁武帝又制《江南弄》七曲，《采莲曲》为其中之一。韵：和谐的声音。《文选·卢湛〈赠刘琨〉》诗：“振厥弛维，光阐远韵。”李善注：“韵，谓德音之和也。”娇：指声音细嫩、清润。前蜀李珣《望远行》词：“琼窗时听语莺娇，柳丝牵恨一条条。”玉箫：玉制的箫或箫的美称。宋齐愈《八宝妆》词：“惆怅夜久星繁，碧云望断，玉箫声在何处。”试：本指尝试。《易 · 无妄》：“无妄之药，不可试也。”唐杜甫《去矣行》诗：“未试囊中餐玉法，明朝且入蓝田山。”此作副词用，相当于“姑且”。汉东方朔《非有先生论》：“先生试言，寡人将览焉。”停桡：停下划船的桨。鸳鸯：似野鸭，体型较小，嘴扁，颈长，趾间有蹼，善游泳，翼长，能飞。雄的羽色绚丽，头后有铜赤、紫、绿等色羽冠，嘴红色，脚黄色。雌的体稍小，羽毛苍褐色，嘴灰黑色。栖息于内陆湖泊和溪流边。在我国北方繁殖，越冬飞至华南一带，为珍禽之一。旧传雌雄偶居不离，古称“匹鸟”。《诗 · 小雅 · 鸳鸯》：“鸳鸯于飞，毕之罗之。”《毛传》：“鸳鸯，匹鸟也。”晋崔豹《古今注 · 鸟兽》：“鸳鸯，水鸟，凫类也。雌雄未尝相离，人得其一，则一思而死，故曰匹鸟。”清唐孙华《渔父词》：“湖上鸳鸯亦并头，鳏鳏鱼目夜长愁。”秋江：秋水，秋天的江湖水。清王士禛《樊圻画》诗：“芦荻无花秋水长，淡云微雨似潇湘。”第一桥：指大观楼，近华浦内最重要的桥。

唐代诗人杜牧在《山行》一诗中，有“停车坐爱枫林晚，霜叶红于二月花”。杨丽拙则有“歌罢采莲韵最娇，玉箫声里试停桡”。境界虽异而情趣相同。当荡漾的轻舟顺大观河驶至湖中，往往会传来轻歌一曲，使你不得不“停桡坐听玉箫声”，曲终人不见，寻至芙蓉深处，惊起对对鸳鸯，插翅飞过桥去，这又是多么优美的景色。

五

太华山下水如油，云净沙明逼晚秋，

第一风光谁识得，背人先上大观楼。

太华山：在昆明市郊 12.2 公里，与华亭、碧峣诸峰屹立于滇池西岸。杨慎《云南山川志》：“在碧鸡山西南。”（康熙）《云南府志》：“左环右拥，苍秀端严，滇中名胜首推重焉。”（康熙）《云南通志》：“山半有太华寺，上有一碧万顷楼。太华、华亭、大平，实皆碧鸡山随地异名，唯太华居中最高，得一山之胜。”油：色泽光润。唐卢纶《送从叔牧永州》诗：“郡斋无事好闲眠，粳稻油油绿满川。”此指湖水碧绿而润泽。云净：指云净天空。沙明：指水旁的沙地容易区分。逼：迫近。唐罗隐《中元夜淮口》诗：“秋凉露雾侵灯下，夜静鱼龙逼岸行。”晚秋：秋季的末期，指农历九月。宋秦观《宿金山》诗：“我来仍值风日好，十月未寒如晚秋。”第一风光：最优美的风光。背人：避开别人。清宣鼎《夜秋雨灯录·记珠江才妓事》：“然亦可如何，唯时时背人饮泣而已。”大观楼：在昆明市区西南隅大观公园内。清康熙三十五年（公元1696年）建，咸丰七年（公元1857年）毁于兵燹，同治五年（公元1866年）重修，又毁于水。光绪九年（公元1883年）总督岑毓英及住持性田重修。为三层木结构方楼，登楼四顾，视野辽阔，碧波浩渺，故取名大观楼。楼头楹柱上挂有乾隆年间昆明名士孙髯所撰180字长联，上写滇池景物，下叙云南历史，被誉为“天下第一长联”。

晚秋滇池碧水润泽，云净风清，沙洲与池水分明相映。作者用形象思维的语言，在描绘近华浦景观优美、视野辽阔、碧波浩渺、环境闲适的同时，还提示游客避人登楼，独自凭栏，披襟岸帻，极目远望，“聊假日以消忧”，自然要识得滇池的第一风光。

六

徐牵锦缆笑归家，红蓼黄花拂水涯。

秋色零星收拾得，一时插遍满头花。

徐牵：舒缓、放慢拉动。锦缆：锦制的缆绳，精美的缆绳。唐杜甫《城西陂泛舟》诗：“春风自信牙樯动，迟日徐看锦缆牵。”红蓼：蓼的一种，多生在水边，花呈淡红色。唐杜牧《歙州卢中丞见惠名酝》诗：“犹念悲秋更分赐，夹溪红蓼映风蒲。”黄花：指菜花。唐司空图《独望》诗：“绿树连村暗，黄花入麦稀。”拂：掠过，轻轻擦过或飘动。前蜀韦庄《浣溪沙》词：“绿树藏莺莺正啼，柳丝斜拂白铜堤。”水涯：水边。宋梅尧臣《西湖闲望》：“雨气收林表，城阴接水涯。”秋色：秋日的景色、气象。明夏完淳《秋怀》：“秋色从西来，风物自凄紧。”零星：零碎、少量、分散，稀稀落落。如草丛间零星地点缀着小花。收拾：收聚，收集。五代齐已《送泰禅师归南岳》:“有兴寄题红叶上，不妨收拾为别编。”一时：即时、立刻。南朝宋刘义庆《世说新语·容止》:“如入门，诸客望其神姿，一时退匿。”

诗人既写景，又写置身于景中的人，淡淡几笔，勾勒了一幅《归舟泊岸图》，特别描绘了在“零星秋色”的回家路上收拾打扮的渔家姑娘，插上满头野花，以便好见心上人的内心喜悦，着墨不多，却十分隽永清新。

七

橹声摇破绿杨烟，画舫参差古渡前。
到岸何嫌迟片刻，顺风先让别家船。

橹声：摇橹声。唐刘禹锡《步出武陵东亭临江寓望》诗:“戍摇旗影动，津晚橹声促。”绿杨烟：绿色柳丝丛中的风光。画舫：装饰华美的游船。唐刘希夷《江南曲》:“画舫烟中浅，青阳日际微。”参差：纷纭众杂。南朝齐谢朓《酬王晋安》诗:“怅望一途阻，参差百虑依。”古渡：古老的渡口。唐戴叔伦《京口怀古》:“大江横万里，古渡渺千秋。”片刻：一会儿，短暂时间。明徐渭《次夕降抟雪》诗：“终宵有许垂鹅伏，片刻应能没马蹄。”清吴伟业《八风诗》：“试看周郎片刻火，一卷曹公战舰空。”

柳丝拂岸，掩映碧波，橹声打破湖面的寂静，在“渡头余日落”的夕照里，诗人饱览湖光山色归家，艘艘画舫，徐徐驶进古渡系缆，但仍游兴未消，对近华浦景象颇多依恋，于是吩咐船家稍迟片刻，先让别的游船。对薄暮渡头的景色，写得恬适苍茫而清新。

杨丽拙在诗歌创作上，深受魏晋、三唐诗家之影响。于陶（渊明）诗的恬淡闲适，于韦（应物）诗之托物寄意，于白（居易）诗之通俗直白，均有领悟，于是吸取众家之长，又借鉴于白族民歌的比、兴寓言手法，运用口语为诗。通过细读此七首《竹枝词》，深感兑溪作品是意到笔随，挥洒自如，平易通俗，浅切明畅。这在清代中叶滇云诗坛上是为数不多的。

（原载《云南文史》2004 年第 2 期）

《滇阳六景诗》六首

《滇阳六景诗》系明朝初年，日本籍旅滇僧人鉴机先所作，乃记当时昆明景胜的六首七言律诗。在公元14世纪末，正值我国元明鼎革之际，日本也处于南北分立、幕府争雄之秋，权柄落入众幕府之手，干戈不息，和田氏攻楠木正仪，足利义满坐而作壁上观。明太祖洪武元年（公元1368年），日本足利义满为征夷大将军，遣僧人中津入明求法，是为日本籍和尚来华之先驱。洪武九年（公元1376年），日本南朝征南将军怀良亲王亦通好于明，继续派遣僧人入明交往联系。这批日本僧使来到中国，先后被安置在陕西、四川及云南。其中旅居云南可考者，除鉴机先、天祥、斗南、桂隐外，尚有大用、宗泐、演此宗、镜中照、昙演、如瑶等人。这批旅滇的日本僧人，有的后来就流寓云南。他们精通佛学，能诗善书，与当地各界人士交往，相互切磋，为促进和发展中日人民之间的友谊和文化交流做出了贡献，以遂其为使者的初心。特别是在当时的云南，黔宁王沐英的仲子沐昂，字景颙，“以忠谟宏略佐兄黔国公（按：指沐晟），为朝廷镇西南一方”，赠定边伯，“绥靖余暇，恬情吟咏”，曾网罗朱经、方行、朱绂、曾烜、周昉、韩宜可、王景常、楼连、王汝玉、逯昶、平显、胡中粹、杨宗彝、刘叔让、杨子善、张洪、范宗晖、施敬等为门下士，共同策划编纂云南最早的诗歌总集《沧海遗珠》四卷，收录古近体诗二百七十首，诗皆浏亮和平之作，与“台阁体”近。《四库全书总目》称其“去取精审，所录多斐然可观，自古以来，武人能诗者代代有之，以武人司选录而其书不愧为善本者，此一集而已”。是书编端载杨士奇《序》称：“阅其诗，大抵清楚雅则，和平婉丽，极其趣韵，莹然夜光明珠之珍玩，可爱、可玩而可传也。”日本来华僧人，由于以上文士之推荐，也涉足于沐氏诗坛，在《沧海遗珠》中，也收入有鉴机先、天祥、大用、宗泐的诗共三十二首。现将鉴机先咏昆明景胜的《滇阳六景诗》录出，笺释于下。

金马朝晖

岧嵲金马在城东，黛色苍凉淡墨中。
画角声消残月白，阳乌影动早霞红。
梁王去国荒丘在，汉将开边古道通。
岂料长为南窜客，朝朝相对独为翁。

鉴机先：日本籍僧人，明洪武年间出使中国，后流寓云南，为定边伯沐昂门下士，客死大理，有《长相思》、《梁王阁》、《挽逯光古先生》和《滇阳六景》等诗作行世。清代钱谦益《列朝诗集》闰集第六：“鉴机先，日本人，先有《滇阳六景》云。”顾起纶《国雅品·释品》记载：“机先、妙声（按：实指天祥）并洪（武）永（乐）间高僧。”《明音》所载：“机（先）有《虎丘》；妙（声）有《榆城》各一首，未脱元调，聊备品中一流。”（按：《虎丘》和《榆城》二诗，并为天祥所作，顾氏既误以机先、天祥为一人，又混为妙声之作，盖失之稽考深思。）再说顾起纶承明代后七子之隅见，轻诋元调，亦未为允当。实际上鉴机先及天祥之诗作，犹存宋元诗清新婉丽余风，论诗者无不称其可传可诵。岧嶤：亦作岹峣，高峻、高耸之意。北魏郦道元《水经注 · 河水五》：“张景阳《玄武观赋》所谓：‘高楼特起，竦跱岧嶤……延千里之清飙也。’”唐骆宾王《从军中行路难》诗：“阁道岧嶤上成楼，剑门遥裔俯灵丘。”金马：指金马山，在昆明市东郊。山势逶迤，西对碧鸡山，中隔滇池，绵亘数十里，俗称马山，山麓有金马寺，为游览之地。《明史 · 地理志》：“昆明县东有金马山，与西南碧鸡山相对，皆有关。”《古今图书集成》：“在昆明县东，山势逶迤，西对碧鸡，中隔滇池，山不甚高，而绵亘数十里。相传有金马隐现，故名，有金马祠。”黛色：青黑色。南朝宋鲍照《登大雷岸与妹书》：“从岭而上，无尽金光，半山以下，纯为黛色。”唐王维《崔濮阳兄季重前山兴》诗：“千里横黛色，数峰出云间。”苍凉：苍茫凄凉。唐皎然《集汤评事衡湖上望微雨》诗：“苍凉远景中，雨色缘山有。”淡墨：与浓墨相对而言，指墨色浅淡。画角：古时的管乐器，传自西羌，形如竹筒，本细末大，以竹木或皮革等制成，因表面有彩绘，故称。发声哀厉高亢，古时军中多用以警昏晓，振士气，肃军容。帝王出巡，亦用以报警戒严。唐陈子昂《和陆明府赠将军出塞》诗："晚风吹画角，春色耀飞旌。"残月：指将落的月亮。唐白居易《客中月》诗："晓随残月行，夕与新月宿。"宋柳永《雨霖铃》词："今宵酒醒何处，杨柳岸晓风残月。"阳乌：神话传说中在太阳里的三足乌。《文选·左思·蜀都赋》："羲和假道于峻歧，阳乌回翼乎高标。"李善注："《春秋元命包》曰：'阳成于三，故日中有三足乌，乌者，阳精。'"唐李白《上云乐》诗："阳乌未出谷，顾兔半藏身。"因用以借指太阳。清沈复《浮生六记·浪游记快》："坐良久，阳乌将落，相携下山，南屏晚钟动矣。"早霞：犹朝霞。初生太阳映照的云彩。南朝梁何逊《晓发》诗："早霞丽初日，清风消薄雾。"梁王去国：指元末云南统治者蒙古贵族巴匝剌瓦尔密（或称孛罗），在明初蓝（玉）傅（友德）沐（英）定滇，率军队进驻昆明金马山，已无所逃于天地之间，只好跑到晋宁忽纳寨投滇池自杀。荒丘：指荒冢，荒凉的坟地。唐耿湋《晚次昭应》诗："藤草蔓古渠，牛羊下荒丘。"汉将开边：指汉武帝派遣将军郭昌、卫广"平定西南夷未附者，建郭昌城以威夷"，汉章帝时改称为"谷昌"。古道通：秦统一六国，在西南地区通道、设郡、置吏，常颎在秦孝文王时李冰父子所修“僰青道”的基础上，开通了“五尺道”，郭昌、卫广平滇，使此道路更加畅通，并向滇中延伸。南窜客：指隐迹、遁迹在云南的外来人。朝朝：天天，每天。元孙仲章《勘头巾》第一折：“白云朝朝走，青山日日闲。”

诗人挂单金马寺中，晨曦早起，见黛色笼罩山腰，残月消薄雾，早霞丽初日，面对景胜，浮想联翩，想到汉将开边，梁王去国，也想到自身客居滇云，年岁日增，势难回归东瀛，感慨系之，全诗虽为写景，却在着意抒情，寄情于景。

碧鸡秋色

碧鸡西望水天虚，漠漠秋光画不如。
翠壁烟花摇浪处，丹崖树色着霜初。
前朝有阁今遊鹿，落日何人独钓鱼。
却讶维舟溢浦上，芙蓉九叠看匡庐。

碧鸡：指碧鸡山，即西山，在城西十五公里，与金马山遥相对峙。唐人樊绰《蛮书》:“碧鸡山在昆池西岸，上与拓东城隔水相对。从东来者，冈头数十里已见此山。山势特秀，池水清淡，水中有碧鸡岩，山有洞庭树，年月久远，空有余本。”明代杨慎著《云南山川志》称:“苍崖万丈，绿水千寻，月印澄波，云横绝顶，滇中一佳景也。”水天：水与天，多指水天交接处。元张翥《忆吴兴》诗:“半山塔寺藏云树，绕郭楼台住水天。”虚：指虚想悬念。此为平添想象。漠漠：迷蒙貌。宋侠《烟雨楼》诗:“群岫西来烟漠漠，大江南去雨蒙蒙。”秋光：秋日的风光和景色。唐司空图《重阳山居》诗:“满目秋光还是镜，殷勤为我照衰颜。”翠壁：深绿色的崖壁。烟花：泛指绮丽的景色。唐杜甫《清明》诗:“秦城楼阁烟华里，汉主山河锦绣中。”摇浪处：摇浪即摇漾。明汤显祖《牡丹亭·惊梦》:“袅情丝，吹来闲庭院，摇漾春如线。”此指荡舟的地方。丹崖：绮丽的崖壁。明刘基《徐资深华山图》诗:“华岳插天七千丈，丹崖翠壁开仙掌。”树色：树木的景色。唐卢纶《与从弟瑾同下第后出关别言》诗:“孤村树色昏残雨，远寺钟声带斜阳。”着霜初：(按：文渊阁《四库全书》本及《云南丛书》本之《沧海遗珠》作“著”，仅录以备考。）此指开始下霜的时节。前朝有阁：指梁王阁。（道光）《昆明县志·古迹志》：“梁王阁，在碧鸡山下。”清吴伟业诗“碧鸡台榭乱云中，旧是梁王避暑宫”。遊鹿：指鹿出没行走的地方。落日：指落阳，亦指夕照。清陆圻《与歌者陈郎》诗：“落日横江老白蘋，同乡一问同乡亲。”却讶：却作介词用，还、再的意思。唐李商隐《夜雨寄北》诗：“何当共剪西窗烛，却话巴山夜雨时。”此“却讶”即“还讶”，还惊讶、疑怪。维舟：系船停泊。南朝梁何逊《与胡兴安夜别》诗：“居人行转轼，客子暂维舟。”湓浦上：指湓水。宋张孝祥《浣溪沙》词：“湓浦从君已十年，京江仍许借归舡。”芙蓉：荷花的别名。《楚辞·离骚》：“制芰荷以为衣兮，集芙蓉以为裳。”九叠：本指九叠印章文。明甘旸《印章集说》：“国朝官印文用九叠而朱，以曲屈平满为主。”此引申作鲜红的颜色。匡庐：本指江西庐山，相传殷周之际，有匡俗兄弟七人结庐于此，故称。此引申作高峻秀丽的碧鸡山。

诗人置身太华山上，俯瞰浩渺滇池，水天一色，秋光如画，翠壁烟华，丹崖树色，阁地遊鹿，落日垂钓，维舟溢浦，九叠芙蓉，好一派碧鸡秋色，尽收眼底。

玉案晴岚

山如玉案自为名，卓立天然刻画成。
白昼浮岚浓且淡，高秋叠翠雨还晴。
阴连太华千寻秀，影浸滇池万顷清。
杖策何当凌绝顶，滇南一览掌中平。

玉案：玉案山，在昆明西十二公里。《古今图书集成》："在县西二十里，又名列和蒙山。其巅方平，高出众山，上有石坪，又名棋盘山，下有菩提泉。"卓立：特立、耸立。唐杜甫《白盐山》诗："卓立群峰外，蟠根积水边。"天然：自然生成的。清俞樾《春在堂随笔》："至所谓香炉峰者，极高峻，双峰左右立，天然如门。"刻画：精细塑造。宋苏轼《欧阳少师令武所蓄石屏》诗："含风偃蹇得真态，刻画始信天有工。"浮岚：飘动的山林雾气。清戴名世《数峰亭记》："至于远山环绕者，或在十里外，或在二三十里外，浮岚飞翠，叠立云表。”明刘基《秋江独钓图》诗：“细水浮岚天与碧，斜阳炙面脸生红。”高秋：天高气爽的秋天。明徐祯卿《送耿海之守湖州》诗：“远下吴江向霅川，高秋风物倍澄鲜。”叠翠：层叠的翠绿色，指层叠的山色。元萨都剌《溪行中秋玩月》诗：“四山叠翠开画图，溪濑漱石如笙竽。”阴：泛指山的北面。唐杨师道《咏饮马应诏》诗：“苔流染丝络，水洁写雕簪，一御瑶池驾，讵忆长城阴。”此指玉案山北面为太华山。千寻：古以八尺为一寻，“千寻”，形容极高。清林则徐《舆纤》诗：“一线划开云径小，千寻曳入洞天秋。”影浸：指水面映照出来的人物虚像。唐薛能《咏岛》诗：“孤岛如江上，诗家犹闭门，一池分倒影，空舸系荒根。”滇池：在昆明市西南部，池周三百里，又名昆明湖，即古滇南泽。（道光）《昆明县志·山川志》：“水则滇池，源出嵩明州西北六十里，东葛勒山西南朵格卧宗龙黄龙潭。南流经牧羊村为牧羊河。又南流至高仓左，会邵甸河水为盘龙江。”万顷：百万亩，百亩为一顷。宋杨万里《过金沙洋望小海》诗：“须臾满眼贾胡船，万顷一碧波黏天。”策杖：挂杖，也称杖策。唐白居易《残春晚起伴客笑谈》诗：“策杖强行过里巷，引杯闲酌伴北宾。”凌绝顶：凌，登上。明徐弘祖《徐霞客游记 · 游嵩山日记》：“从草棘中莽莽南上，约五里遂凌南寨顶。”掌中平：掌平，像手掌那样平坦。宋曾巩《送程公辟使江西》诗：“掌平百里露州郭，发密千甍衔屋瓦。”此引申作一览无遗。

诗人从低处远望“其形方广，出西南诸峰之上”的玉案山，又从绝顶鸟瞰浩渺万顷的滇池。既写青山又写绿水，既写远景又写近景，组合成一幅视野开阔的画面，相当出彩，而且写得工丽跳脱，色彩鲜明，具有动感，给读者可以意会不可言传的意境及美的感受。

滇池夜月

滇池有客夜乘舟，渺渺金波接素秋。
白月随人相上下，青天在水与沉浮。
遥怜谢客沧州趣，更爱苏仙赤壁游。
坐依蓬窗吟到晓，不知身尚在南州。

乘舟：乘坐游船。唐李白《赠汪伦》诗：“李白乘舟将欲行，忽闻岸上踏歌声。”渺渺：悠远貌。宋王安石《忆金陵》诗：“想见旧时游历处，烟云渺渺水茫茫。”金波：反射着耀眼光芒的水波。南朝梁武帝《七喻·如炎》诗：“金波扬素沫，银浪翻绿萍。”宋孙光宪《渔歌子》词：“风浩浩，笛寥寥，万顷金波澄澈。”素秋：秋季。古代五行之说，秋属金，其色白，故称素秋。唐杜甫《秋兴》诗：“瞿塘峡口曲江头，万顷风烟接素秋。”宋欧阳修《清商怨》词：“关河秋思望处满，渐素秋向晚。”白月：皎洁的月光。唐刘长卿《寄北山禅兰若》诗：“青松临古塔，白月满寒山。”青天：指天，其色蓝，故称。唐孟浩然《越中逢天台太一子》诗：“上逼青天高，俯临沧海大。”沉浮：在水中出没。晋葛洪《抱朴子 · 正郭》：“无故沉浮于波涛之间，倒屣于埃尘之中。”唐曹松《岳阳晚泊》诗：“白波争起倒，青屿或沉浮。”遥怜：高远的缅怀与怜惜。谢客沧州趣：指南朝齐谢朓所写的《之宣城郡出新林浦向板桥》诗，中有“既叹怀禄情，复协沧州趣”之句。苏仙赤壁游：指宋苏轼于“壬戌之秋，七月既望，与客游于赤壁（湖北黄冈赤壁矶）……”并写有《赤壁赋》一事。蓬窗：以蓬草为窗，指坐在蓬草为窗的船上。南州：指身在昆州。

诗人月夜泛舟滇南泽中，纵一苇之所如，临万顷之茫然，置身玉界琼田，“白月随人相上下，青天在水与沉浮”。诗坛韵事，注到心头，《沧州》和《赤壁》自在忆中。于是倚窗吟哦，发言为诗，直到东方既白。此诗写得天真质朴，无拘无束。

龙池跃金

路入商山景更奇，玉皇坛畔有龙池。
行逢柳色烟深处，坐看桃花水涨时。
映日金鳞鸣拨剌，含风翠浪动涟漪。
由来神物非人扰，变化云雷未可知。

商山：在昆明市区西北三华里处，为陂山支脉。（康熙）《云南府志·地理志·山川》称：“丹崖翠巘，蜿蜒而来，势若鸾停鹄立，为会城主山。”玉皇坛：在九龙池畔，莲华禅院之旧址，原有亭称碧漪亭。龙池：九龙池，今之翠湖。清人倪蜕《滇云历年传》载：“九泉所出，汇而成池，故名九龙池。”通常称叫菜海子，因其“清回透澈，蔬圃居其半”才有菜海子之名。柳色：柳叶繁茂的翠色，多用以烘托春日的情丝。唐白居易《杭州春望》诗：“涛声夜入伍员庙，柳色春藏苏小家。”前蜀韦庄《河传》词：“何处，烟雨，隋堤春暮，柳色葱茏。”烟深处：指云雾深处，引申作春天的风光。桃花水：春汛。《汉书·沟洫志》：“来春桃花水盛，必羡溢，有填淤反壤之害。”颜师古注：“《月令》：‘仲春之月，如雨水，桃始华。’盖桃方华时，既有雨水，川谷冰泮，众流猥集，波澜盛长，故谓之桃花水耳。”唐王维《桃源行》诗：“春来遍是桃花水，不辨仙源何处寻。”映日：映照着阳光。南朝齐谢朓《秋竹曲》：“从风既袅袅，映日颇离离。”金鳞：金色的鱼鳞。金蔡珪《华亭图》：“钓得金鳞便归去，依然明月大江横。”拨剌：鱼尾拨水声，喻鱼疾游。唐杜甫《漫成一绝》诗：“沙头宿鹭联拳静，船尾跳鱼拨剌鸣。”含风：带着风，被风吹拂着。南朝宋谢惠莲《秋怀诗》：“萧瑟含风蝉，寥唳度云雁。”翠浪：碧波。唐孟郊《春集越州皇甫秀才山亭》诗：“晴湖泻峰嶂，翠浪多蘋藓。”涟漪：微波，水里生起的微波。《诗·魏风·伐檀》："河水清且涟猗。"《毛传》："涟，风行水成文曰涟，猗，助词。"陆德明释文："猗，于宜反，本作漪，同。"南朝梁景耀《己酉正月三去祖国愀然赋此》诗："孤怀成黯淡，河水自涟漪。"神物：神灵，怪异之物。《易·系辞》："探赜索隐，钩深致远，以定天下之吉凶，成天下之亹亹者，莫大乎蓍龟，是故天生神物合有时。"云雷：指云和雷。汉王充《论衡·儒增》："云雷在天，神于百物。"

开篇以"商山景更奇"道出全诗主旨，正因景奇，诗人才在"柳色烟深处"趁桃花水涨时，于龙池作"濠上观鱼"，写得十分清幽，多么恬淡闲适。也就在这样的典型环境中，又深感时间推移，景物转换，云雷变化，非主观所能识知。用超然出世的禅思，给九龙池景色抹上一层孤清而不可捉摸的色彩。

螺峰拥翠

螺峰近在滇城里，下有招提倚翠屏。
雨后光含僧眼碧，云中色拥佛头青。
层崖鸟度开天险，古洞龙潜闷地灵。

自是幽深回俗驾，不须重勒北山铭。

螺峰：指螺峰山。（道光）《昆明县志·山川志》："在县城内东北隅，色深碧，旋如螺髻，故名。"（康熙）《云南府志 · 地理志 · 山川》载："元时，山在北郭外，明初拓城，始在城内。其岩曰盘坤，曰补陀罗，上有明月石。总督范承勋建亭其上，题曰'衲霞'。山麓有二洞，曰幽谷，曰潮音，深邃莫测。"招提：梵语"Caturdesa"，音译为"拓门提奢"，省作"拓提"，后误为"招提"。其义为"四方"，四方之僧称"招提僧"，四方僧住处称为"招提僧坊"。北魏太武帝造伽蓝，始创招提之名，遂为寺院之别称。清魏源《武陵纪游》诗："且还招提宿，寄此山夕永。"此指螺峰山下的圆通禅寺，原为观音道场。倚翠屏：倚靠峰峦排列的绿色山岩。明张居正《和真一王孙八岭山韵》诗："山城杳霭何因见，怅望青霄耸翠屏。"此指山腰之"明月石"，即清代改称之"衲霞屏"。光含：目光显现。佛头青：相传佛头为青色，故以"佛头青"比喻青黛色的山峦。宋林逋《西湖》诗："春水净于僧眼碧，晚山浓似佛头青。"层崖：

高耸的山崖。北魏郦道元《水经注·巨马水》:“层崖壁立，直上云霄，远望崖侧，有若积刀。”唐骆宾王《出石门》诗:“层崖远接天，绝岭上栖烟。”鸟度：如飞鸟度过，即飞越过。天险：地势高险之处，天然险要之地。宋叶适《故礼部尚书黄公墓志铭》:“剑阁天险，汉中兴势蔽遮于外，昔人守蜀之常也。”古洞：指螺峰山下幽谷、潮音二洞。龙潜：指龙蛇蛰伏。《易·乾》:“潜龙勿用，阳气潜藏。”闷：掩藏，隐藏。唐韩愈《送文畅师北游》诗:“先生闷穷巷，未得窥奇阙。”俗驾：世俗人。驾指车驾，借喻人。金房皞《送王升卿》诗:“我欲从君觅隐居，却恐山灵嫌俗驾。”勒：镌刻。《礼记·月令》:“孟冬之月，物勒二名，以考其诚。”郑玄注:“勒，刻也。”宋欧阳修《相州昼锦堂记》:“勒之金石，播之诗声。”北山铭：亦称《北山文》或《北山移文》。《文选·孔稚珪〈北山移文〉》吕向题解:“钟山在都北，其先周彦伦隐于此山，后应诏出为海盐县令，今欲却过此山，孔生乃假山灵之意移之，使不许得至，故云‘北山移文’。”唐白居易《和钱员外青龙寺上方望归山》诗:“共道使臣非俗吏，南山莫勒《北山文》。”清吴伟业《途中遇雪即事言怀》诗："有道宁征管，无才却荐嵇，北山休诮让，东观岂攀跻。"

诗人驻锡于圆通古刹，仰望螺峰，山色深碧，树木苍翠。既写近见之招提僧舍，又写远望的黛色山峦，层崖鸟度，古洞潜龙，从而平添浮想。但顾及自身，削发出家，遁迹空门，已别俗驾，皈依三宝，是以勿需北山勒铭。全诗构思质朴而自然，意境清雅而幽邃，虽景物满目，而清淡之趣更自浮动。

从以上所录《滇阳六景》以及其他诗篇，可以看出以鉴机先为代表的日本籍旅滇僧人，他们在潜研佛学，进行修持的同时，还执著地研习中国传统文化，通过不断努力，能诗善书。所为诗，直逼唐风，服古功深，清新婉丽，直抒胸臆，古体今什，各臻奥妙。如机先在《送别》中写的"山行巫峡尽，水入楚江平"一句，就脱胎于陈子昂的《度荆门望楚》中的"巴国山川尽，荆门烟雾开"。两人分别在不同的典型环境中，笔下的江水峡口，河山城郭，四周景观，远近虚实，堪称各尽其妙。细玩机先的诗句还逼真如画，有如一幅"长江出峡"的山水长卷，在创作手法上，大体做到了虚实动静兼容。

另外,《滇池夜月》中的“白月随人相上下，青天在水与沉浮”，与一般见月思人之诗还有所不同，没有让读者感到月与人终隔一层，而是江清月近人，这种月与人情景交融的感受也只有生长在海上的人才有此体验，在缘情体物上自有不同。特别值得提出的是，把释家的顿悟与诗家的妙悟有机结合起来，写得有相无相，万物皆空，最富禅意，证到佛家最上乘。为此读其诗，正如明人杨士奇在为《沧海遗珠》的《序》中所说,“清楚雅则，和平婉丽……可爱、可玩，而可传也”。

（原载《云南文史》2006 年第 2 期）

《大理赴乡试竹枝词》十二首

清代中叶，云南太和诗人杨再彤，字嶰谷，嘉庆丁卯十二年（公元 1807 年）副贡，官马龙州学正。善诗能文，诗格承袭汉魏，力追三唐，清妙委婉，殆宗法韦孟。因其生平务实，为文力避浮华，不任空言。著有《嶰谷诗抄》六卷，于清咸丰间由其后人刻印行世。其中有《大理赴乡试竹枝词》十二首，描写古代云南士人，为显亲扬名，十年寒窗，闭门苦读，欣逢大比，奔赴省垣赴考情形。全诗叙事抒情，状物写景，披露心态，堪称别具一格。写得气骨清新，性情真挚，通过兴往表述，情来自答，娓娓而道，清隽绵密而有思致，耐人玩味。读后使人感到有香山之自然而无晦涩，得樊南之逸思而无繁缛。现录出注释析赏以供爱诗者披览。

一

雨衣草帽短烟戈，被套新缝为赶科。

请托相知权代馆，束脩支过半年多。

雨衣：防雨的外衣。《左传·哀公二十七年》：“成子衣制杖戈。”晋杜预注：“制，雨衣也。”唐许浑《村舍》诗：“自翦青莎织雨衣，南峰烟火是柴扉。”草帽：用麦秆等编成的帽子，式样繁多，夏天多用来遮挡阳光。大理草帽具有悠久的历史，远在南诏古都太和城荒圮后，即由草帽集市代替了它往昔的繁华，因此太和城也就成了近代著名的草帽街。长期以来，已作为传统工艺，所编织的草帽色泽光亮，质地柔软。既是生活用具，又是别致的装饰品，远销海外。烟戈：烟锅，也称“烟袋锅”，指装在烟袋一头的金属碗状物。欧阳山《高干大》：“一边吃着烟锅，一边望着山脚下自己的合作社出神。”此指吸旱烟的烟具。被套：为了拆洗方便，把棉布或其他织物缝成套袋，套在棉胎外面，以代替被面、被里之用。赶科：赶考，指前往应试，多指赶赴科举考试。蔡东藩

《清史通俗演义》第五十七回："为了读书赶考，更弄得两手空空。"相知：指互相知心的朋友。唐马戴《下第再过崔邵池阳居》诗："关内相知少，海边来信稀。"权代：姑且暂代。《文选·左思〈魏都赋〉》："权假日以余荣，比朝华而庵蔼。"李善注："权，犹苟且也。"馆：指旧时私塾。《儿女英雄传》缘起首回："他幼年在塾读书，适逢先生一日不在馆里，便把书丢在一边，也学那圣门高弟隐几而卧。"权代馆，指暂时在私塾代教学生。束脩：本指古代入学敬师之礼物。《论语·述而》："子曰：'自行束脩以上，吾未尝无诲焉。'"邢昺《疏》："束脩，礼之薄者。"此借指薪俸。清夏燮《中西纪事·海疆殉难记》："乃按诸幕友束脩，一一分致，相与挥泪而别。"

诗篇展现士子赶考前对旅途生活用具的精心准备，对私塾授徒工作的妥善安排，一切打点停当，安心赴省垣应试。写得生动形象，纤细入微，从中可以窥见应试者争取步入仕途的执著追求。

二

短鞍长镫巧安排，高中言传笑脸开。

预数探亲从某某，弓鱼乳扇带齐来。

鞍：鞍本指放在牲口背上驮运东西或供人乘坐的器具。《管子·山国轨》："被鞍之马千乘。"《木兰诗》"市鞍马"。短鞍：指制作精巧的马鞍。长镫：镫指挂在马鞍两旁的脚踏，多用铁制。宋孟元老《东京梦华录·驾登宝津楼诸军呈百戏》："或留左脚着镫，右脚出镫。"长镫指适合乘马者伸腿的脚踏。巧安排：精心地安排。高中：命中高第。《红楼梦》第一一九回："且说过了几天，便是场期。别人只知盼望他爷儿两个作了好文章，便可以高中了。"言传：用言语表达。清蒲松龄《聊斋志异·恒娘》："因所好而投之，此非可以言传者也。"此指用言语表达自己有信心命中高第。弓鱼：亦作工鱼，主产于大理、弥渡，洱海产者尤佳，以常头尾曲屈，跃出水面，形似弯弓得名。形细长，色白，子多，刺少，味特鲜美，晒干行远，色味不变，为云南特有鱼种，白族人民称之为"洱海花"。明谢肇淛《滇略·产略》："西洱河产公鱼，一作魟，又作工，作弓。仅如指，长三寸许，而味甚佳。杨慎《图赞》云：'西洱弓鱼，三寸其修。谁书以公，音是字谬。又哂多子，亦孔之羞。'" 乳扇：邓川一带用鲜牛奶精制的乳制品。制作方法是：先在锅内放入少量酸水加热，再舀入牛奶，用竹筷轻轻搅荡，奶浆中的蛋白和脂肪便逐渐凝结，再用竹筷挑起摊成薄片，卷在事先预备好的竹架上晾干。制成的乳扇形似折书，质如轻縠，可存放数月，远销省内外。清侯允钦（咸丰）《邓川州志·赋产》："凡家养四牛，日作乳扇二百张，八口之家，足资俯仰矣。"其经济价值可以窥见。

轻骑上路赴省应试，仕途虽尚远，信心却满怀。随身携带榆城特产弓鱼、乳扇，既馈赠探访省垣亲友，也期冀人们在言谈中表达对自己高中的良好祝愿。

三

辞行约伴仅匀留，走马斜阳入赵州。
明日泥塘深处几，大家谦问马锅头。

辞行：谓远行前向人告别。《史记·孟尝君列传》："冯驩曰：'诺。'辞行，至薛，名取孟尝君钱者皆会，得息钱十万。”勾留：逗留、停留。唐白居易《春题湖上》诗：“未能抛得杭州去，一半勾留是此湖。”走马：骑马疾走，驰逐。宋孔平仲《孔氏谈苑》：“本犹虑其变也，檥舟三十里外待之，密约云：若事谐，走马相报。”斜阳：傍晚西斜的太阳。元彭芳远《满江红》词：“牛背斜阳添别恨，鸾胶秋月续琴心。”艾芜《人生哲学的一课》：“昆明这都市，罩着淡黄色的斜阳。”赵州：南诏阁罗凤以前所置赵赕改置。大理时期为天水郡。元初立赵赕千户所，至元十一年（公元1274年）复立赵州，并白崖赕建宁县（今弥渡红崖乡）来属。明、清因之。明代并领云南县（今祥云），治所在今大理市凤仪镇。泥塘：烂泥淤积的水塘。此借喻难走的道路。马锅头：率领马帮的人。李纳《刺绣者的花》：“下了牛角涧，幺爷拔出十响，马锅头们也将子弹推上膛，大伙挨着马走。”

为了赶考，辞别家人，结伴上路，依恋之情油然而生，逗留许久而不忍离去，但终究还得成行。夕阳西下，夜宿赵州，由于初出家门，人地生疏，程途道里更是一无所知。明日行路是否艰难只好屈己下问于马锅头了。

四

红崖云驿普淜过，取次沙桥往吕阁。

岭下定西威楚近，木傍坡又广通坡。

红崖：位于弥渡县北，九鼎山南麓，古名白崖，传为白子国故地，蜀汉置建宁郡、建宁县于此。南诏时名白崖赕，清代避白字，遂以后山有赤石岩改今名，原属凤仪县彩云镇，后划归弥渡县。云驿：指云南驿，位于祥云县东河北岸，古为滇西通往内地的交通要站、军事重镇。西汉置云南县治此，南诏时为云南赕地，元设云南驿，明清沿袭，民国初改为镇，今为乡。普淜：位于祥云县东南。古代当地民族称水坝为“淜”，有普姓于普昌河上游建坝蓄水，因名普淜。唐置河西县，南诏时名法龙驿，元设普淜站，明设普淜驿，清设普淜堡，辛亥革命后置县佐，名凤来镇，后改普淜镇，今为彝族乡。沙桥：位于南华县北，以村侧有古沙河石桥得名，唐南诏时名沙却，为俗富郡治。元设砂桥站，为镇南州治。明清设沙桥驿，辛亥革命后改称凤山镇，后设区。吕阁：位于楚雄市西北，龙川河北岸，古称五楼，相传南诏时吕纯阳来此，因名吕阁，后讹为吕阁，清设吕阁驿，后改为镇。定西岭：在大理市区下关东南25里，笔架山与昆弥山间的垭口，附近为弥渡县和大理市界。原名昆弥岭。明洪武十四年（公元1381年），沐英率师经白崖，立《定西纪功碑》于此，后改为定西岭。清顾祖禹《读史方舆纪要·赵州》“定西岭”条：“（赵）南四十里，本名昆弥山。明初西平侯沐英过此更今名。岭高千余仞，设关其上。波罗江出焉。”威楚：楚雄，大理国以白鹿郡改名威楚，治所在今楚雄县。元宪宗六年（公元1256年）改置威楚路。明改置楚雄府。木滂坡：又称红土坡，南华县烧香寺梁子大坡，海拔2861米。广通坡：今禄丰县广通镇雕林山大坡，因地要冲，取“道通西迤”之意，乃称广通坡。

赴省应试，长途跋涉，艰苦备尝，行了一程又一程，青山绿水频频映入眼帘，乡村城镇一一记之在心，以诗记所见，实乃一首形象的《昆韶纪程》。

五

禄丰道接老鸦关，省隔安宁咫尺间。

公馆歇脚读书铺，先生到此竟开颜。

禄丰：楚雄彝族自治州属县。西汉置秦臧县，属益州郡。三国蜀汉属建宁郡。唐属昆州。南诏时东部设龙和城，属拓东节度；西部设路赕，属弄栋节度。宋大理时，东为罗部，中为碌琫甸，属善阐府；西为路赕，属威楚府。元至元十二年（公元 1275 年）西部置广通县，治今广通镇，属威楚路南安州。十三年中部置禄丰县，治今址。二十四年（公元 1287 年）东部置罗次县，治今碧城镇，皆属中庆路安宁州。彝语“碌”为石，“琫”为甑，意即石甑子，因星宿江中有石如甑而得名，后写为禄丰。明清两代，罗次、禄丰属云南府，广通属楚雄府。后置盐兴县，属滇中道，后改禄丰县。老鸦关：在禄丰县杨家庄与土官村之间的重要关隘。省：指省垣昆明。安宁：昆明辖县，后改市。传昔有阿宁者过此，牛舐地不去，取土得盐，后少数民族称此为阿宁部。西汉元封三年（公元前 108 年）置连然县，治今连然镇，属益州郡。三国蜀汉属建宁郡，南朝省齐隆昌元年（公元 494 年），以阿宁谐音改置安宁郡。南诏置安宁城，隶拓东节度。大理隶善阐府。元于北部置安宁州，治今连然县；南部置三泊县，治今县街，属昆阳州。明清隶云南府，康熙八年（公元 1669 年）三泊并入昆阳州，雍正三年（公元 1725 年）划归安宁州。1913 年改县，隶滇中道。咫尺：咫为古代长度单位，周制八寸为一咫。《国语》："其长尺有咫。"（意即其长一尺八寸）。咫尺，比喻极近。魏徐干诗："虽路在咫尺。"公馆：泛指仕宦寓所或公家所造的馆舍。《礼记 · 曾子问》："《礼曰》：公馆复，私馆不复。"《孔颖达疏》："公馆谓公家所造之馆。"歇脚：行路疲乏时停下来休息。元周观达《真腊风土记》："大路上自有歇脚去处，如邮亭之类。"读书铺：在安宁县连然镇东 7.5 公里的坝子中，属太平白族乡。村中原有一棵大苦楝子树，因名独树铺，后雅化为读书铺，为通往滇西古驿道的站口。先生：文人学者的通称，可自称，亦可称人。《史记 · 三代世表》："张夫子问褚先生。"司马贞《索隐》："褚先生名少孙。"此为褚少孙自称先生。

“先生到此竟开颜”系士子自称先生。开颜：脸上现出高兴的样子。元无名氏《鸳鸯被》第四折：“想人生百年能有几，要博个开颜日。”

八百里长途奔波，十数日鞍马兼程，劳顿之余，歇脚于安宁州读书铺公馆，眼看省垣在望，考棚将达，仕子喜在眉睫，为之开颜。

六

峰头立马万山低，阅尽雄关下碧鸡。
靴袄麂皮衣氆氇，都知来客是迤西。

峰头：峰顶。《徐霞客游记·滇游日记十》：“由峰头西盘，半里，复随峡北行。”清沈受宏《武陵杂感》诗：“宝石峰头语塔铃，夜深鬼火映沙汀。”立马：驻马。唐朱庆余《过旧宅》诗：“荣华事歇皆如此，立马踟蹰到日斜。”雄关：雄伟险要的关隘。明沈钦圻《书事》诗：“玉阙悲龙驭，雄关丧虎臣。”此指碧鸡关，在昆明西郊十公里的西山北端，因西山又称碧鸡山，故名，旧时曾设置关楼，系昆明通往迤西各地的孔道和关隘。碧鸡：指碧鸡山，即西山。(道光)《昆明县志·山川志》："碧鸡山在县西三十里。樊绰《蛮书》：'碧鸡山在昆池西岸，上与拓东城隔水相对。从东来者，冈头数十里已见此山。山势特秀，池水清淡。旧通志：迤西通衢也，昔传有凤鸣其上，土人不识，呼为碧鸡，因以为名，峰峦秀拔，为诸山最，其东可瞰滇池。'"麂皮：麂子的皮。麂子为小型鹿。李时珍《本草纲目·兽二》："麂居大山中，似獐而小，牡者有短角，黧色豹脚，脚矮而力劲，善跑越，其行草莽，但循一径。皮极细腻，靴袜珍之。"氆氇：藏语译音，为我国西部少数民族手工生产的一种羊毛织品，可做床毯、衣服等。明人宋应星《天工开物·褐毡》："其氍毹、氆氇等名称，皆华夷各方语所命。"迤西：指昆明以西地区，包括楚雄、大理、保山等地州市。袁嘉谷《滇绎·三迤》："迤，袤也，境界广被之意。……滇独有迤东、迤西，是曰两迤。乾隆中复分迤南，是曰三迤。"

举子自幼身居大理，从未出远门。今赴省应试，穿着打扮，一仍本土民族服饰，麂皮背心加靴子，外罩披毡防雨淋。进入省垣，言语异声，衣衫异形，令人瞩目，一看便知来客乃迤西之人。

七

录遗考过进三场，火扇招摇意气扬。

号舍闲谈问闾里，文风俱说让吾乡。

录遗：清代科举考试制度，凡生员参加科考、录科未取，或未参加科试、录科者，在乡试前再行补考一次，名为“录遗”，经过录遗即可参加乡试。清梁章钜《归田琐记·督学屡易》：“是时考试章程凌杂，先有乡试而后科考者，有未乡试而即岁考者，有未簪挂而先录遗者。”三场：清代乡试分三场，初场八月初九日，二场八月十二日，三场八月十五日，总称三场。《明史·选举志》：“初设科举时，初场试经义二道，四书义一道；二场论一道；三场策一道。”招摇：炫耀、张扬。《明史·赵彦传》：“其子官锦衣，颇招摇都市。”此作逍遥貌，表示考试之后轻松，怡然自得。《史记·司马相如列传》：“道尽途殚，回车而还，招摇乎襄阳，降集乎北弦。”意气：

志向与气概。清侯方域《送何子归金陵序》："是时余与何子方年少，意气甚锐。"号舍：亦称号子。科举考场中生员答卷和食宿之所，人各一间，每间有编号。清王士禛《池北偶谈·谈异》："适随主人入棘闱，见号舍有红黄二色旗，主人所居之舍，则红旗也。"闾里：里巷，老百姓聚居之处。《周礼·天官·小宰》："听闾里以版图。"贾公彦疏："在六乡则二十五家为闾，在六遂则二十五家为里。"文风：此指文德教化风。《老残游记》第七回："我们这东昌府，文风是最著名的。"让：推举。元李致远《还牢末》楔："哥哥三打祝家庄身亡之后，众兄弟让我为头领。"此引申作推崇、称道。

举子按程序以补录遗，经"三场"而完科考，乡试已毕，如释重负。因自我感觉良好，乃蒲扇轻摇，怀高中在望而踌躇满志。与同年号舍谈心，赞文风以显郡邑，自标榜而逞才华。对自鸣得意之心情的描写，跃然纸上。

八

自古场中不论文，偏于场外论纷纷。

茶坊酒肆交相赞，火把争辉定应君。

场中不论文：科举考试时，不允许举子在考场内交头接耳议论考题难易。论纷纷：形容意见不一，议论很多。《古今小说 · 木棉庵郑虎臣报冤》：“再说贾似道罢相，朝中议论纷纷。”此指乡试之后，举子们对考题及所作文章发表各种看法。茶坊：茶馆。元李寿卿《度柳翠》第二折：“师父，长街市上不是说话去处，我和你茶坊里说话去来。”酒肆：酒店。《晋书 · 会稽文孝王道子传》：“道子使宫人为酒肆，沽卖于水侧，与亲昵乘船就之饮宴，以为笑乐。”清蒲松龄《聊斋志异·酒狂》：“对门一酒肆，往来颇夥。”火把争辉：云南古代滇南、滇西习俗，趁六月二十四日星回节燃炬，往视文庙泮池中炬影明暗，预卜当年科考中举人数多少。

科场乡试已毕，举子相聚茶坊酒肆，议论试题及所属之文，七嘴八舌，众说纷纭。大理赴乡试者，口头上虽在赞美其他同年，内心则认为：按照家乡“火把节燃炬照泮”的习俗，高中吉照定应在自己，又再次自鸣得意。

九

三声火炮榜高悬，平地登云会上天。

愁怨人多欢笑少，店东板脸逼房钱。

榜：指告示应试录取的名单。唐杜牧《及第后寄长安故人》诗："东都放榜未花开，三十三人走马回。"乡试放榜时按惯例要鸣炮三响，以引人注目，营造热烈氛围。平地登云：比喻境遇突然变好，顺利无阻地一下子达到很高地位。金元好问《送端甫西行》诗："渭城朝雨三年别，平地登云万里程。"也作平步青云，宋袁文《瓮牖闲评》卷三："廉仲宣高才，幼年及第，宰相张邦昌纳为婿，当徽宗时自谓平步青云。"店东：旧时旅店的主人。《红楼梦》第四十八回："店房有个主人，庙里有个住持。"房钱：租房的钱。宋江休复《江邻几杂志》："望月初清料钱，觉日月长，到月终供房钱，觉日月短。"《宋史·食货志》："楼店务增三分房钱。"

火炮响三声，乡试榜高悬，凝视应试者录取名单，高中及第者喜笑颜开，名落孙山者颓丧寡言，拖着失意的步子走回旅店，店东板着脸冷漠地逼要房钱。这首《竹枝词》，写出了艰难世味，冷淡人情。

十

任有佳文不屑看，仇深似海是廉官。

三年一试非容易，资斧过于道路难。

佳文：优美的诗文。唐权德舆《卧病喜惠上人李炼师茅处士见访因以赠》诗："支郎有佳文，新句凌碧云。"不屑：形容轻视。北齐颜之推《颜氏家训·勉学》："至见服虔，张揖音义则贵之，得《通俗》、《广雅》而不屑。"此指不屑一顾，形容对文章异常轻视，认为不值得一看。明方孝孺《送吏部员外郎龚彦佐序》："夫禄之以天下而系马千驷，常人思以其身易之而不可得，而伊尹不屑一顾视焉。"廉官：清廉守正的官吏。清陈康祺《郎潜纪闻》卷三："幸际圣明，直道之获伸如此，廉官之可为如此。"三年一试：明清两代每三年在各省省城举行一次考试，通称"乡试"，凡本省生员与监生、荫生、官生、贡生，经科考、录科、录遗考试合格者，均可应考。逢子、午、卯、酉年为正科，遇庆典加科为恩科，考期在八月，分三场，考中的称为举人。资斧：指旅费。《古今小说·裴晋公义还原配》：“大人往京，老汉愿少助资斧。”

惋惜已作佳文未被重视，埋怨主考廉官没有手下留情，慨叹三年苦读岂是容易。单就赴省乡试，长途跋涉已辛苦异常，更不要说旅费筹措之艰难了。满腔怨气，借《竹枝词》而发。

十一

奋志当如看榜初，满腔热血付经书。
须知此日元魁辈，落第前年共笑渠。

奋志：奋发的心志。《晋书·罗尚传》：“诸为寇所逼者，人有奋志。”看榜初：在乡试录取名单公布之前。热血：犹鲜血。唐玄奘《大唐西域记·秣底补罗国》：“说是语已，心发狂乱，五舌重出，热血流涌。”此指满腔热情。经书：指五经四书。元魁：本指殿试第一名，即状元。清李渔《凤求凰·翻卷》:“目下新主登极，首重文科，命下官速封试卷进呈，以便亲定元魁，风示天下。”落第：科第考试未被取录。元曾端《留鞋记·楔子》:“人都道我落第无颜，羞归乡里，那知就中自有缘故。”渠：他。《三国志·吴志·赵达传》:“滕如期往，至，乃阳求索书，惊言失之。云:‘云婿昨来，必是渠所窃。’”此指当时被录取者。

同是奋志苦读的士子，一旦虎榜高悬，公布中举名单，上属大比落第者成了元魁，满腔热血付经书者却榜上无名，心态为此不平，酸楚凄苦之情油然而生。

十二

逢人怕道赶科回，白眼谁知有用才。

息鼓偃旗暂归去，养全锋锐又重来。

赶科：赶考，赶赴科举考试。《儿女英雄传》第三十五回:“魁星是管念书赶考的人中不中的。”赶科回：指未被录取只好回家。白眼：露出白眼，表示鄙薄或厌恶。《晋书 · 阮籍传》:“籍又能为青白眼，见礼俗之士，以白眼对之。”唐王维《与卢员外象过崔处士兴宗林亭》诗:“科头箕踞长松下，白眼看他世上人。”息鼓偃旗:偃起军旗，停擂战鼓。本指军队隐蔽行动，避免暴露目标。《明史 · 张献忠传》:“献忠因得山民市盐刍米酪，收溃散，偃旗息鼓，益西走白羊山。”此比喻停止行动，避免张扬。《红楼梦》第六十二回:“秦显家的听了，轰去了魂魄，垂头丧气，登时偃旗息鼓，卷色而去。”锋锐:本指刀剑锐利，此指卓越的才能。宋苏辙《次韵孔平仲著作见寄》诗:“同侪畏锋锐，兄弟更驰逐。”宋叶适《平江府姚君墓志铭》诗:“所历之官，皆人立欲以其才能自振逃者，而洪卿摧敛锋锐，若不敢有所为。”

虎榜无名，乡试落第，眼前一片空白，频添无限苦楚凄凉，真是“回首刘贲失意时，相逢榜下双泪垂”。明知此后定遭人白眼，但还得硬着头皮悄然回去，深居简出，矢志苦读，增长才华，再寄希望于未来大比之年。写出了落第秀才并未垂头丧气，通过科举进入仕途之心未改。

（原载《云南文史》2004 年第 1 期）

《嵩明八景诗》八首

按照中国传统习惯，为夸乡里，以显郡邑，对本地自然景观及古迹名胜常列“八景”，在地方志书中也要大书特书，并证以诗画。此种习俗起于宋代，沈括《梦溪笔谈·书画》记载：“度支员外郎宋迪工画，尤善为平远山水。其得意者有平沙雁落、远浦帆归、山市晴岚、江天暮雪、洞庭秋月、潇湘夜雨、烟寺晚钟、渔村落照，谓之八景。”云南的府、州、厅、县志中，亦有“八景”记载，像清光绪九年（公元1883年）四川绵竹拔贡胡昌绪出任嵩明知州，命学正王沂渊（建水举人，字筱云）和训导梁思明（湖南宝宁举人）纂修州志，于十二年（公元1886年）成书，在其书之《艺文志》中，收录有清代中叶流寓嵩明的山阴人孙铨所作《嵩明八景诗》，现录出诠释赏析于后。

嵩明：汉为牧靡地，属益州郡。三国蜀汉至南朝为牧麻县地，属建宁郡。唐置威州，治今杨林镇，属戎州都督府，后废。南诏置长城郡，治今嵩阳镇，属拓东节度。宋大理改置嵩盟部，属善阐府。因汉人与乌、白蛮会盟于此而得名；另一种说法这里是诸葛亮南征时与各少数民族首领会盟的地方。元至元十二年（公元1275年）改置长州，领杨林、邵甸两县，治所分别在今杨林、白邑。十五年（公元1278年）将长州升为嵩明府，二十二年（公元1285年）降为州，隶中庆路。明隶云南府，洪武十五年（公元1382年）裁邵甸县入州，成化十七年（公元1481年）裁杨林县入州。1913年降为嵩明县，属滇中道，1916年废，直属省。八景，指嵩明县内的八处自然景胜：龙山毓秀、天桥豁洞、凤岭呈祥、秀崧晴霭、灵云寒松、云阁悬岩、杨林山色、邵甸泉声。

龙山毓秀

嶙峋翠嶂一雄州，秀拔居然迥不同。
气势西来金马落，蜿蜒脉结赖雩中。

云开五色攒崖密，柏列千围散影隆。

携友时登寻胜地，烦襟几度纳清风。

龙山：黄龙山，在嵩阳镇北面，岗峦突兀，状如盘龙，为县之主山之一。嶙峋：形容山峰、岩石突兀高耸，重叠幽深。明徐弘祖《徐霞客游记·滇游日记四》："坞口石峰东峙，嶙峋飞舞。"翠嶂：翠屏，形容峰峦排列的绿色山岩。清汪中《甘露寺》诗："中流砰訇两山动，翠嶂金碧当空开。"秀拔：美好特出，秀丽挺拔。明徐弘祖《徐霞客游记·游五台山日记》："关内古松一株，枝耸叶茂，秀拔干云。"居然：显然。宋陆游《老学庵笔记》卷三："岑参在西安幕府诗云'那知故园月，也到铁关西'。韦应物做郡守时亦有诗云：'宁知故园月，今夕在西楼。'语意悉同，而豪迈闲淡之趣，居然自异。"气势：气象、气派。清侯方域《豫省试策》："中原之水，皆散而无统，弱而无力，其气势无有能相扶相属，会同而入于海者。"金马落：指杨林南端之金马山，传说兰茂曾在此结庐读书。蜿蜒：萦回屈曲貌。唐孟郊《石淙》诗："蜿蜒相缠掣，荦确亦回旋。"赖雾：系"敕雾"之误，指敕雾山。（光绪）《续嵩明州志》：“敕雾山，在州东四十里。旧传蒙世隆征乌蛮，得四女归，至其地，徘徊吁叹，忽山顶云雾结为三峰，其山崒嵂，登望时则诸山悉在目中。”云开：云消雾散，天气晴朗。攒崖：攒峰，指密集的山崖或山峰。仲举诗云：攒峰叠壁河盘盘，地多硗礅少平原。唐卢仝《喜逢郑山游山》：“相逢之处花茸茸，石壁攒崖千万重。”千围：千章，千株大树。宋叶适《毋自欺室铭》：“蔚然千章，被冒洞谷。”唐杜甫《陪郑广文游何将军山林》诗：“百顷风潭上，千章夏木清。”散影隆：零散稀疏不集中的树影相当多。携友：牵挽、挽扶着朋友。胜地：美妙的景地。南朝刘义庆《世说新语·任诞》：“王卫军云：‘酒正自引人箸胜地。’”烦襟：烦闷的心怀。清方文《汤君谟读书亭寄此》诗：“何时就清盥，一洗烦襟开。”纳：引进、接受。前蜀韦庄《夏夜》诗：“傍水迁书榻，门襟纳夜凉。”清风：清微的风，清凉的风。唐杜甫《四松》诗：“清风为我起，洒面若微霜。”

此诗用形象思维的语言，描摹黄龙山景色。先实写，后虚写，首写景，再发感，以景胜起，以感慨终，体现触景生情，感叹人生怀才不遇，只好黄龙寻胜不辞远，携好友入名山游了。

天桥豁洞

凿开灵窍两崖间，朝暮云烟伴往还。
莫道长虹思饮涧，自流曲水卫群山。
沿溪弱柳青如黛，隔岸秾桃红似颜。
但惜胡麻收洞口，石梁明月有谁攀。

天桥：指天桥山，在州西十五里，高千余尺，苍松翠柏，高标云际，岩溶天成，有石桥、石乳、石幔、石笋、石花、石柱等，色分乳白、橘红，形成独特的自然景观。灵窍：指秀美的孔穴。云烟：指云雾、烟雾。南朝宋颜延之《北使洛》诗："宫陛多窠穴，城阙生云烟。"无名氏《渔樵记》第四折："对着这烟波渔父国，还想起风雪酒家天，见了些霭霭云烟。"长虹：指彩虹。唐张鷟《朝野佥载》卷五："赵州石桥甚工……望之如初日出云，长虹饮涧。"曲水：本指古代习俗，于农历三月上巳日（上旬的巳日，后定为三月三日）就水滨宴饮，认为可以祛除不祥，后人因引水环曲成渠，流觞取饮，相以为乐，称为曲水。此则指迂回弯曲的自然流水。群山：众多的山。唐李华《吊古战场文》:“河水萦带，群山纠纷。”弱柳：柳条柔弱，故称弱柳。宋杨万里《送彭元忠县丞北归》诗:“三春柔柳三春月，半溪清水半降雪。”秾桃：艳美的桃花。唐刘祎之《奉和太子纳妃太平公子出降》诗:“梦梓光青陛，秾桃蔼紫宫。”明杨珽《青龙记·偿缘》:“看婿颜美玉，妇色秾桃。”胡麻：芝麻。相传汉张骞得其种于西域，故名。一名巨胜。晋葛洪《抱朴子·仙药》:“巨胜一名胡麻，饵服之不老，耐风湿补衰老也。”唐葛鸦儿《怀良人》诗:“胡麻好种无人种，正是归时不见归。”石梁：犹石脊，山石的脊梁。宋欧阳修《忆山示圣谕》诗:“林枯松麟枝，山老石梁瘦。”

此诗写崖间灵窍、朝暮云烟、长虹饮涧、自流曲水、弱柳如黛、秾桃似颜、洞口胡麻、石梁明月，把不同时间、不同地点的景物尽览眼底，使风光及生态交替走笔行文，相映成趣，形成物我一体，情景交融，系诗、歌、画于一篇的七律诗。

凤岭呈祥

凤豁山下凤来仪，千载名存寺不移。
修竹翠摇云霭霭，碧梧影密日迟迟。
当年若负吹箫客，今日空歌折柳词。
闲立高桥望瑞色，扶筇欲采岭头芝。

凤岭：罗锦山，在州东十里，岩石峭立，有文彩若罗锦，又如凤翼。《志》载，“凤岭呈祥”即此。凤豁山：（光绪）《续修嵩明州志》所载之罗锦山。凤来仪：谓凤凰来舞而有容仪，古人以为瑞应，语出《书·益稷》：“箫韶九成，凤凰来仪。”孔颖达疏：“箫韶之乐作九成，以致凤凰来而有容仪也。”唐郑嵎《津阳门》诗：“花萼楼南大合乐，八音九奏凤来仪。”寺不移：指大庄村明代所修建的凤豁寺仍保存无毁。修竹：长长的竹子。晋王羲之《临河叙》：“此地有崇山峻岭，茂林修竹。”明张四维《双烈记·访道》：“门掩长松，篱编修竹，是好奇胜也。”清金农《慕园题竹诗》：“修娟修竹覆椢楹，出格幽姿天与成。”云霭霭：云烟密集貌。晋陶潜《停云》

诗:“霭霭停云,蒙蒙时雨。”碧梧:绿色的梧桐树。唐杜甫《秋兴》诗:“香稻啄余鹦鹉粒,碧梧西老凤凰枝。”日迟迟:阳光温暖、光线充足的样子。《诗 · 豳风 · 七月》:“春日迟迟,采蘩祁祁。”朱熹集传:“迟迟,日长而暄也。”汉枚乘《柳赋》:“阶草漠漠,白日迟迟。”吹箫客:指箫使。传说为春秋时人,善吹箫,秦穆公以女弄玉妻之,后升天仙去。参阅刘向《列仙传》。唐李群玉《登广陵楞伽台别羽客》诗:“飘如出尘笼,想望吹箫客。”折柳词:指古乐曲,《折杨柳》的省称,为古代横吹曲,有五言、七言之分,多用于惜别怀远。唐李白《春夜洛城闻笛》:“此夜曲中闻《折柳》,何人不起故园情。”瑞色:指瑞气。五代徐寅《放榜日》诗:“玉庭浮瑞色,银榜藻祥徽。”宋向子谭《蓦山溪 · 老妻生日作》词:“非烟非雾,瑞色门阑喜。”扶节:扶杖。宋朱熹《又和秀野》诗:“觅句休叫长闲户,出门聊得试扶节。”清黄燮清《吴江妪》诗:“扶节谁家妪,见客意惨悲。”岭头芝:岭头指山顶。唐杜甫《南楚》诗:“无名江上草,随意岭头云。”此指山顶上生长的灵芝。

这首诗描写诗人在罗锦山上所见景物,从凤来仪的民间传说，千年古事的地方掌故，到修竹翠摇、碧梧影密的自然景观，从而想到箫史吹箫羽化登仙，又忆及前人惜别羽客所唱《折柳》歌词。表现出幽居生活闲适恬淡的情趣。全诗给人一种淡泊明志、宁静致远的意境。为诗不见斧凿痕迹，却又有精巧蕴藉之妙。

秀崧晴霭

谁倚螺岩秀插天，瑶峰日彩景无边。
岭头瀑布晴空雨，云气缤纷觐旭烟。
倒影摩穹翻丽浪，祥光拔地冠南滇。
寻芳问径添幽兴，游倦山中抱月眠。

秀崧：指秀崧山，在州东南小街东十余里，亦称药灵山，俗名瑶玲山，秀插霄汉，山上多野生中草药。相传蜀汉时，“孟获尝寨于此，上有洗甲池”。“云覆其顶即雨，晴则日光先照。”《志》载，“秀崧晴霭”即此。螺岩：形容深碧色的山石盘旋似螺髻，借指青山。宋陆游《初夏郊行》诗：“破云山踊千螺翠，轻雨波涵一镜秋。”

插天：即插汉，极言其高。北魏郦道元《水经注·清水》："其南流经鲁阳关左右，连山插汉，秀木干云。"元钱唯善《龙峰孤塔》诗："高标插汉苍龙左，倒影横江白鹤东。"瑶峰：本指积雪的山峰，宋曾觌《倾杯乐·席上赏雪》："望空际，瑶峰微吐，琼花初绽，江山如画。"此则指瑶玲山上美丽的山丘，即通常邑人所称的瑶岭。日彩：太阳的光彩。唐杜牧《和宣州沈大夫登北楼书怀》诗："香连日彩浮绡幕，溪逐歌声绕画楼。"晴空：晴朗的天空。清方文《庐山诗·九叠云屏》："来岁巢云屏，晴空恣遐玩。"晴空雨：指清朗天空下瀑布水溅的飞花。缤纷：纷飞貌。宋谢灵运《拟魏太子邺中集诗·刘桢》："唯羡肃肃翰，缤纷戾高冥。"此指天空云彩纷飞。觐旭烟：旭烟即旭光，朝阳之光。明袁宗道《岳阳纪行》："日朝出于斯，夜没于斯，旭光落照，皆共一处。"觐：显现。《书·立政》："以觐文王之耿光，以扬武王之大烈。"孔颖达疏："以显见文王之光明。"此指显现旭日光芒。倒影：指天上最高处，日月之光反由下上照，而于其下处视日月，其影皆倒，故称天上最高的地方为"倒影"。此指夕阳反照。《宋书·谢灵运传》："风生浪于兰渚，日倒影于椒涂。”摩穹：摩天，逼近天空。唐杜甫《寄题江外草堂》诗：“蛟龙无定窟，黄鹄摩苍天。”丽浪：丽象，光彩四射之象。唐太宗《大唐三藏圣教图序》：“金容掩色，不镜三千之光，丽象图开，空瑞四八之相。”祥光：祥瑞之光，象征吉利。唐骆宾王《赋得春云处处生》诗：“鬃日祥光举，疏云瑞月生。”拔地：耸出地面。清顾炎武《劳山歌》：“劳山拔地九千丈，崔巍势压齐之东。”寻芳：游赏美景。朱熹《春日》诗：“胜日寻芳泗水滨，无边光景一时新。”幽兴：幽雅的兴味。宋叶适《项君先有幽兴堂其子木即以名庵》诗：“更欲添幽兴，唯消桂几枝。”游倦：游览山水风景产生倦意。抱月：抱本作围绕，此引申为相对，指对月而眠。

这是一首较好的山水诗，写出了秀崧山的雄峻高大，秀拔插天，特别是在日彩照耀下，更是风光无限，面对瀑布下泻飞来的晴空雨花，在眼前营造了“云气缤纷觏旭烟”的拂晓景色，使诗人为此悠然而自得；于是寻芳问径之余，幽兴自生，“挟飞仙以遨游，抱明月而长终”之想注到心头，自然“心与境寂，道随悟生”。

灵云寒松

松色苍苍雪色侵，冻云流出半山阴。
高柯不具参天志，劲节空经历岁心。
霜月照时寒散影，朔风来处远传音。
为朋耐久唯修竹，惹得幽人几度吟。

灵云：指灵云山，在州西五里，林木森郁，双泉泻碧，上有明代刑部侍郎杨松年墓。松色：松树针叶的颜色。苍苍：深青色。宋苏轼《留题仙都观》诗：“山前江水流浩浩，山上苍苍松柏老。”雪色：雪的颜色。宋梅尧臣《依韵和资政侍郎雪后登看山亭》诗：“更临危树看群岫，雪色岚光向酒浮。”侵：侵袭，谓一物进入他物中或他物上。唐卢纶《冬夜赠别友人》诗：“侵阶暗草秋霜重，遍郭寒山夜月明。”冻云：严冬的阴云。唐方干《冬日》诗：“冻云愁暮色，寒日淡斜晖。”流出：显露。南朝梁谢庄《月赋》：“菊散芳于山左，雁流哀于江濑。”高柯：高树。晋陶潜《联句》：“高柯擢条干，远眺同天色。”参天：仰望高空。《淮南子·说山训》：

“越人学远射，参天而发，适在五步之内。”高诱注：“参犹望也。”劲节：竹木枝干分杈处称为节，以其质地坚实，故称劲节。唐柳宗元《植灵寿木》诗：“柔条乍反植，劲节常对生。”历岁：经过一年、超过一年。《战国策·赵策》：“夫用百万之众，攻战踰年历岁，未见一城也。”霜月：寒夜的月亮。南朝宋鲍照《寒夜怀友》诗：“北山烟雾始茫茫，南津霜月正苍苍。”寒散影：亦作寒影，给人以清冷感觉的物影。唐苏味道《咏霜》诗：“带日浮寒影，乘风进晚威。”朔风：北风、寒风。唐长孙佐辅《关山月》诗：“拂晓朔风悲，蓬惊雁不飞。”为朋耐久：指能长久保持交谊的朋友。《旧唐书·魏玄同传》：“玄同素与裴炎结交，能保始终，时人呼为‘耐久朋’。”宋陆游《寓叹》诗：“眼底谁为耐久朋，依肩按膝一乌藤。”修竹：长长的竹子。清金农《慕园题竹》诗：“便娟修竹覆榈楹，出格幽姿天与成。”惹得：招引，挑起。唐罗隐《春思》诗：“荡漾春风绿似波，惹情遥恨去傞傞。”幽人：幽隐之人，隐士。亦指幽居之人。宋苏轼《定惠院寓居月夜偶出》诗：“幽人无事不出门，偶逐东风转良夜。”

诗人在灵云山上，见松柏高标云际，经冬不凋，翠色碧绿，具参天之志，显常青之心，虽受朔风霜凌，仍岿然屹立。借景喻情，咏物申志，颇得“诗言志”之趣旨。

云阁悬岩

谁将叠嶂筑层台，四面晴岚扫不开。
高标直连云汉表，翚飞隐露彩云堆。
香飘花雨空中落，清散松风竹里来。
暮鼓晨钟声寂寂，唯余鹤唳与猿哀。

云阁悬岩：在州北五里之观音山上，峭石壁立，福祐河潆洄其下。叠嶂：重叠的山峰。南朝梁武帝肖衍《直石头》诗：“夕池出濠渚，朝云生叠嶂。”层台：重台、高台。北魏郦道元《水经注·河水五》：“东门侧有层台，秀出云表。”晴岚：晴天山中的雾气。唐郑谷《华山》诗：“峭仞耸巍巍，晴岚染近畿。”高标：高耸、矗立。唐韩愈《新竹》诗：“高标陵秋岩，贞色夺春媚。”云汉：云霄、高空。清龚自珍《语录》：“西山有时渺然隔云汉外，有时苍然堕几塌前，不关风雨晴晦也。”翚飞：语出《诗·小雅·斯干》“如翚斯飞”。《朱熹集传》：“其檐阿华采而轩翔，如翚之飞而矫其翼也。”后因以“翚飞”形容宫室的高峻壮丽。南朝梁王屮（音彻）《头陀寺碑文》：“丹刻翚飞，轮奂雕立”。宋范成大《吴船录》：“真君殿前有大楼，曰玉华，翚飞轮奂，极土木之胜。”（按：此种屋翼檐角向上的建筑形式，俗称“飞檐”，近代建筑学上称“翚飞式”，为我国古代所独创。）彩云：绚丽的云彩。唐李白《朝发白帝城》：“朝辞白帝彩云间，千里江陵一日还。”清龚自珍《长相思》词：“仙参差，佩参差，数罢鸾期又凤期，彩云西北飞。”此指彩云自然景观。花雨：花季所降的雨。前蜀贯休《春山行》诗：“重叠太古色，蒙蒙花雨时。”宋向子諲《水龙吟·绍兴甲子上元有怀京师》词：“更冥冥，一帘花雨。”松风：松林之风。《南史·隐逸传·陶弘景》：“特爱松风，庭院皆植松，每闻其响，欣然为乐。”清姚鼐《题张篁村万木奇峰图》诗：“松风远自云中起，摇荡云光山色里。”暮鼓晨钟：佛寺中晚击鼓、早撞钟，以报时间，并劝人精进修持。宋苏轼《书双竹湛师房》诗：“暮鼓晨钟自击撞，闭门孤枕对残红。”明周履靖《锦笺记 · 协计》：“清静是菩提，爱染难离，蒸沙为饭饭终非，暮鼓晨钟勤忏悔，怎免阿鼻。”声寂寂：寂静无声。唐王维《寒食汜上作》诗：“落花寂寂啼山鸟，杨柳青青渡水人。”此指置身孤单、冷落的氛围中，连寺庙的钟鼓声也听不到。鹤唳：鹤鸣。汉王充《论衡·变动》：“夜及半而鹤唳，晨将旦而鸡鸣。”唐沈佺期《峡山赋》：“闲凭晚阁，指天外之霞飞；梦断晓钟，听云间之鹤唳。”猿哀：猿哀鸣，此指猿啼鹤唳。明汤显祖《牡丹亭 · 御淮》：“听得猿啼鹤唳，泪湿征袍如汗。”

作者置身于福祐河畔的观音寺前，周围的叠嶂层台、晴天雾气、屹立松柏及殿堂高峻，一一奔来眼底。在颈联中，用“香飘花雨空中落，清散松风竹里来”，写得意境清新隽永。尾联营造了“暮鼓晨钟声寂寂，唯余鹤唳与猿哀”的幽静氛围，借喻自身的怀才不遇。全诗写得凄婉孤寂，因景而抒情。

杨林山色

万壑烟霞锁玉龙，层岩环翠绿苔封。

灵光遥望千山碧，秀色频添一雨浓。
曲曲清流泉上石，森森远露月间松。
推窗放眼云林外，爽气西来豁我胸。

杨林：指杨林镇。在嵩阳镇南13公里，嵩明坝子南缘。唐为羊林部，因城东有石如羊而得名。唐初为同起县，属南宁州，后析置威州。南诏时名曲轭，隶拓东节度。大理时称羊林部。元宪宗七年（公元1257年）置羊林千户，至元十二年（公元1275年）改为杨林县。明成化十七年（公元1481年）裁县置杨林所。清置金马里。民国置杨林镇。山色：山的景色。唐岑参《宿岐州北郭严给事别业》诗："郭外山色溟，主人林馆秋。"万壑：万流，指众多的水流。晋潘岳《沧海赋》："群溪俱息，万流来同。"烟霞：本指云霞，亦泛指山林。南朝齐谢朓《拟宋玉〈风赋〉》："烟霞润色，荃荑结芳。"锁：封闭。宋刘克庄《真州北山》诗："遥怜钟阜诸峰好，闲锁行宫九十年。"玉龙：五龙山的支脉。层岩：高耸的山岩。唐骆宾王《出石门》诗："层岩上接天，绝岭上栖烟。"绿苔：青黄色的苔藓。封：覆盖。唐高适《东征赋》："霜封野树，冰冻寒苗。"灵光：神异的光辉。明屠隆《彩毫记》："灵光现真人，形气参幻化。"此指和煦的阳光。秀色：优美的景色。南朝宋王僧达《答颜延年》诗："麦垄多秀色，杨园流好音。"曲曲：弯曲。宋陈师道《寓目》诗："曲曲河回复，青青草接连。"森森：幽暗貌。五代齐已《短歌寄鼓山长老》诗："行围坐逡同一色，森森影动旃檀香。"放眼：纵目，放开视野。唐白居易《洛阳有愚叟》诗："放眼看青山，任头生白发。"云林：隐居之所。唐王维《桃园行》："当时只记入山深，青溪几度到云林。"爽气：明朗开豁的自然现象。清张恂《江城子·登华山》词："朝来爽气画图中，石崖穷，索垂龙。"豁：舒展。宋陆游《暮秋遣兴》诗："如虹壮气终难豁，安得云涛万里舟？"

由于孙氏工诗擅画，往往融画法入诗，但又不使诗歌局限在绘画仅能表现视觉意象的范围里，而是巧妙地把视觉和听觉打通，通过"曲曲清流泉上石，森森远露月间松"来捕捉和描摹大自然的音响，来刻画景物，创造意境，让读者以静的听觉来感受清泉流淌石上的淙铮声音，堪称匠心独运。

邵甸泉声

稻畦阡陌水云乡，引得泉源灌溉长。
声杂松涛来岭瀑，势吞涧碛涌波光。
双峰夹峙烟霞合，万壑争流日夜忙。
细听淙淙心迹静，何须更去咏沧浪。

邵甸：今之白邑，在嵩阳镇西16.5公里，白邑坝子北缘。彝语“白”为山，“邑”为城一样的大村，意即山脚下像城一样的村子。大理时称束甸，元宪宗七年（公元1257年）立邵甸千户，至元十二年（1275年）改置邵甸县。明代刻“古邵新城”石碑尚存。泉声：指邵甸黄、白龙潭水的流淌声。稻畦：稻田。宋王安石《独归》诗：“仙客不归龙亦去，稻畦夹冈半黄青。”阡陌：本指田界，此作田野、垄亩。清纪昀《阅微草堂笔记 · 槐西杂志四》：“儒者舍其耒耜，荒其阡陌，而皇皇持梃荷戈。”水云乡：水云弥漫、风景清幽的地方。多指隐者游居之地。宋陆游《秋夜遣怀》诗：“六年归卧水云乡，本自无闲可得忙。”松涛：风撼松林，声如波涛，因称松涛。

明唐顺之《苍翠亭》诗:“风来松涛生，风去松涛罢。”清佟国鼐《望江南 · 宿宣古庙即事》词:“有尺松涛吹晚浪，几枝樟荫挂秋风。”岭瀑：山上的水下泻成瀑布。涧碛：两山间的急流。《诗 · 召南 · 采蘩》《毛传》:“两山夹水曰涧。”波光：水波反射出来的光。明刘基《菩萨蛮·越城晚眺》词:“树色荡湖波，波光艳绮罗。”烟霞：见《杨林山色》“万壑烟霞锁玉龙”句注。淙淙：流水声。宋苏轼《江西》诗:“醉卧欲醒闻淙淙，真欲一口吸老庞。”心迹：本指思想行动。此作心事、心情。清孔尚任《桃花扇·哄丁》:“我正为暴白心迹，故来与祭。”《宋书 · 傅亮传》:“考旧闻于前史，访心迹于汙隆。”沧浪：本指古代汉水之下流，又称沧浪之水。北魏郦道元《水经注 · 夏水》:“夏水，古文以为沧浪，渔父所歌也。”此指沧浪之歌。《孟子 · 离娄上》:“有孺子歌曰:‘沧浪之水清兮，可以濯我缨；沧浪之水浊兮，可以濯我足。’”清陈梦雷《寄答李厚庵百韵》:“君节诚不亏，鼓枻歌沧浪。”

此诗写邵甸泉水灌溉阡陌，潭远流长，涧碛掩映波光，双峰夹峙，万壑争流。大自然的美妙与神奇，给诗人带来了特别的会心，自然而然地在“细听淙淙”的泉水声中摒弃尘念，浑忘自我，从主观上悟到“空”、“寂”的禅理，用不着由于仕途多舛而产生的心态不平，牢骚满腹地去咏“沧浪之歌”了。诗篇还揭示了客观存在的澄淡幽静之美。

孙铨出自地灵人杰的江南，又游历名山大川，得山水之助，为诗善为状物抒情；加以多才多艺，以诗书画琴见称，便以诗人的灵感，画家的眼光，乐师的听觉，创作山水田园诗篇。但因仕途多舛，怀才不遇，壮志难伸，虽在描绘嵩明自然风光、郡邑景色，却系以情景和衬景，满怀哀怨，欲露还藏，从上面的八景诗来看，不失为情真意切、含思婉转的田园诗。在创作手法上，得辋川意格，朴实无华，修饰不多，于平淡中见真情。在当时流寓滇云的诗人中，其诗艺堪称上乘。

（原载《云南文史》2006 年第 1 期）

《木棉竹枝词》四首

木棉即草棉，草本或灌木，花一般为淡黄色，果实如桃，内有白色纤维和黑褐色种子。纤维及种子均有用处，通称棉花，主要有草棉、树棉、海岛棉、陆地棉四种，其中陆地棉在我国栽培最广。纤维可供纺纱或做棉絮，棉籽榨油供食用或做工业原料，棉粕可做饲料或用以肥田，棉籽绒是制造火药和塑料的重要原料，茎的韧皮纤维可制绳索和造纸。明人徐光启在《农政全书》中讲，“凡仰高田，可棉可稻者，种棉二年，翻稻一年，即草根溃烂，土气肥厚，虫螟不生”，说明棉稻轮种有利地力的作用。自古以来农家都把种棉作为较为重要的农业生产，清人赵翼在《华岗》一诗中就吟道“染衣刘蓝草，织布种木棉”。农民种棉不仅在田间地角，还于房前屋后，为此明人陈世宜在《秋柳和渔洋》诗中就介绍了“何当池上生茅草，记起庵前种木棉”。我国种棉区主要在大西北，元时已是如此，耶律楚材在《赠善长一百韵》中就说“西方好风光，大率无蚕桑。家家植木棉，是为垅种羊”。云南种棉为时较早，晋人郭义恭在《广志》中就记载说：“木棉树赤花，为房甚繁，逼则相比，为棉甚软，出益州永昌。”《史记 · 西南夷列传 · 正义》中所提到的“白叠”或“榻布”，就是滇西某些僚、濮族部落中织成的棉布，只不过是用攀枝花做原材料而已。至于草棉的种植，大约要在明代，明初在云南实施“卫所屯田”，当时军屯、民屯、商屯中的屯垦者，推广中原棉种和种植技术，云南棉织业始兴，据（万历）《云南通志》记载，当时布政使司下属的府、州、县农村，不仅广种草棉，而且“机杼之声夜夜相闻”。洱海、滇池地区自不待言，即使是在当时地处偏僻，经济滞后的大侯洲，也开始从“大理接女师数人教以纺织”。据（天启）《滇志》记载，在云南的纺织品中，主要是棉布、棉䌷及棉帕。到清代中叶，种棉在一些地区更加普遍，大姚、宾川、保山的郊区，棉田到处可见。为了反映这一突起的农村副业及农民辛勤劳作，嘉庆十九年（公元1814年）

考上进士，官放江苏如皋县令的云南保山人范仕义（字质为），就写下了《木棉竹枝词》四首。道光年间，昆明著名学者戴炯孙（字筠帆），选范氏古近体诗640首编订为《廉泉诗抄》时，对这四首诗颇为称道，便选进这部别集之中，现录出笺注析赏于后。

一

芒宽土性最宜棉，男妇携锄雨后天。
除却繁芜佳苴茂，嫩含青叶绿云边。

芒宽：指保山永昌镇西北47公里的芒宽街，在高黎贡山支山杏有山东麓，怒江西岸。芒宽系傣语芒焕的讹写，“芒”为寨，“焕”为集中热闹。此地为汉、傣、彝、傈僳等族杂居的寨子，聚落呈点状散布，附近产水稻、木棉、玉米、甘蔗。土性：指土壤的燥湿、肥瘠等性质。《宋史·河渠志》：“频海土性虚燥，难以建置。”元赵孟頫《题耕植图》：“良农知土性，肥瘠有不同。”清黄景仁《院斋纳凉杂诗》：“我行达淮颖，土性竹不栽。”携钼：携，指持、拿着。《醒世恒言·两县令竞义婚孤女》：“次日，夫人吩咐新来婢子，将中堂打扫，月香领命，携帚而去。”携钼，指用锄头铲土锄草。钼：音chu。《史记·龟策列传》“耕之耰之，钼之耨之。”唐孟郊、韩愈《城南联句》：“五方乱风土，百种分钼耕。”雨后天：指春雨过后。繁芜佳苴：繁芜指芜杂、众多；佳苴，杂草，意指棉田里丛生的杂草。嫩含：形容颜色新鲜浅淡，指植物处在开始初生的阶段。绿云：指绿叶。宋张镃《念奴娇·宜雨亭咏千叶海棠》词：“绿云影里，把明霞织就，千重文绣。”

春雨方晴，天气和暖，诗人桂杖漫步畎亩田陌，放眼眺望，只见芒宽十里平川，棉田毗连，棵苗青葱成片，给范质为所感受的，还不仅是田园风光和闲适情趣，而是着意于男女棉农的辛勤耕耘，正是由于棉农们不断地“晨兴理荒秽，待月荷锄归”，才换来了棉田的“嫩含青叶绿云边”。既写景，又叙事，还抒情，语言通俗，色彩鲜明，俨然一幅《春日棉田小景图》。

二

万顷平田绕径斜，辛勤灌溉水翻车。

梧桐枝缀芙蓉蕊，到处铃摇吉贝花。

平田：亦作平甸。广平的郊野田畴。元贡奎《登虎山》："平间眺万顷，闻瞻烟树稠。"绕径斜：不直接从正面过去，走曲折迂回的路。灌溉：浇灌，滋润。《汉书·沟洫志》："可各顺其性，毋复灌溉。"宋司马光《晚食菊羹》诗："抱瓮亲灌溉，烂漫共晨餐。"水翻车：水车。旧时灌溉的机械，用人力或畜力作为动力，通过管、筒、水槽等将水上提。清钱泳《履园丛话·考索·水车》："大江南北灌田之法，俱用水车，由来已久，又名桔槔。"宋陆游《入蜀记》："妇人足踏水车，手犹绩麻不置。"此指水轮，以流水为动力的旧式机械装置，即排灌用的龙骨车。明徐光启《农政全书》："或遇天旱，旋于大轮一周，列置水筒，昼夜灌田数顷。"清孙枝蔚《不雨》诗："水轮鸣昼夜，牛力尽淮湖。"梧桐枝：指木棉。所织之布称橦花布或桐花布。晋常璩《华阳国志·南中志》：

“(永昌郡古哀牢国)布梧桐木，其花柔如丝，民绩以为布，幅广五尺以还，洁白不受污，俗名桐花布。”芙蓉蕊：此指木棉结成的棉花。铃摇：铃，棉铃，棉花的果实，初长时形状像铃。吉贝花：吉贝乃梵语“karpasa”的译音。古时兼指棉花和木棉。自我国中原地区广泛栽培和利用棉花后，古籍记载中的吉贝，实多指草棉，但仍常将棉花与木棉科的木棉树相混称。《梁书·诸夷传·林邑国》：“吉贝者，树名也。其花成时如鹅毛，抽其绪纺之以作布，洁白与纻布不殊。”明李时珍《本草纲目·木三·木棉》：“木棉有二种，似木者名古贝，似草者名古终，或作吉贝者，乃古贝之讹也。”宋方勺《泊宅编》：“闽广多种木棉，树高七八尺，叶如柞，结实如大菱而色青，秋深即开，露白绵茸然。土人摘取去壳，以铁杖杆尽黑子，徐以小弓弹令纷起，然后纺织为布，名曰吉贝。”

万顷棉田，经过翻车提水，桔槔灌溉，棉田受滋润而长势良好，贝枝缀棉铃而硕果累累，好一派喜人的丰收景象，风乍起，拽动朵朵吉贝银花，诗人通过形象思维，用“铃摇”二字状物写景，读之使人如临其境，似闻其声，堪称别具匠心。

三

茅舍槿篱曙色开，丰收人喜满筐回。

弓弦弹出云成絮，铁轴翻来玉作堆。

茅舍：亦作“茆舍，茅屋”。《三国志·蜀志·秦宓传》：“宓称疾，卧在茅舍。”宋辛弃疾《念奴娇·西湖和人韵》词：“茆舍疏篱今在否，松竹已非畴昔。”槿篱：木槿篱笆。唐王维《春过贺遂员外药园》诗：“前年槿篱故，今作药栏园。”赵殿成《笺注》引《通志略》：“木槿，人多植庭院间，亦可作篱，故谓之槿篱。”宋孙光宪《风流子》词：“茅舍槿篱溪曲，鸡犬自南自北。”曙色：拂晓时的天色。梁朝简文帝《守东平中华门开》诗：“薄云初启雨，曙色始成霞。”弓弦：弓上的弦。此指弹棉花的工具。铁轴：铁铸车轴，借指车子。清遁庐《童子军·战耗》：“海涌铜船，马伏波之战地；峰回铁轴，王阳明之洞天。”此借指纺车。

乡间小路上，车载人挑，运回满筐皮棉，顾不得贪黑起早；槿篱茅舍内，弓弹絮纷起，车纺纱自出，道出了丰收喜悦。以“云成絮”“玉作堆”比喻弹花纺线，生动形象，意境深远，耐人玩味，用笔细致工巧，堪称入神之作。

四

一年农事近如何，生计唯凭纺织多。

衣被万家勤报赛，春申浦上祀黄婆。

农事：指耕耘、收获、贮藏等农业生产活动。《礼记·月令》：“季秋之月，乃命家宰，农事备收。”唐元稹《竞舟》诗：“一时欢呼罢，三月农事休。”明徐光启《农政全书》：“假令自春至秋，入贡不绝，皆役民，岂不妨农事。”生计：指生活。唐白居易《老来生计》诗：“老来生计君看取，白日游行夜醉吟。”五代齐已《游橘洲》诗：“渔家好生计，檐底系扁舟。”衣被：衣服和被褥，给人穿衣盖被。清魏源《默觚·学篇》：“使我后人道腴而义粱，诗冠而礼裳，非数圣人孰甾畬之衣被乎。”往昔对提借布料的地方或商号，常有“衣被天下”之称。

春申浦：春申江边。春申江简称“申江”，即今上海市境内的黄浦江。旧时误传为战国春申君黄歇疏凿，故名。黄婆：亦称黄道婆。元松江乌泥泾人。出身童养媳，逃亡至崖州，成宗元贞年间附海泊归。乌泥泾初无踏车椎弓之制，黄道婆以所学海南岛黎人纺织棉布技术教导乡民，制造捍弹纺织之具，错纱配色，综线絜花，各有其法。自此竞相作为，转售他郡。及卒，乡民立祠祀之。事见陶宗仪《南村辍耕录》。

长年劳作，春耕、夏耕、秋收、冬织，随岁尽而农事已毕，回眸一年生计状况，不仅靠纺织而“衣被四方”，收入也成为经济来源，数口之家，足资俯仰。为祈盼来年再度丰收，于是“箫鼓追随春赛近，猪羊酒醴祀黄婆”。这首《竹枝》，在写棉农“乞取利市归来分”的夙愿这点上，与宋代诗人范成大的《祭灶词》颇相类似。

范仕义系清代中叶滇中较为著名的学者，工诗、善书、能文。他的诗集经戴炯孙精选，陈溶（字月卿）编为四卷后，于道光二十二年（公元 1842 年）椠于金陵，风行大江南北，而滇中则反不之见。《廉泉诗抄》道光刻本，系民国十五年（公元1926年）李根源得自申江，便寄赠昆华图书馆以备重刊。是书前有道光二十年（公元1840年）魏茂林、戴炯孙、徐珠三人“序”，后有道光二十二年（公元1842年）陈溶、吴铠二人“跋”，后附民国八年（公元1919年）袁嘉谷《识语》。魏“序”称“先生之诗，温柔敦厚，深合三百篇之旨，无刺讥之语，无俚鄙之辞。庄庄乎士也，由由乎君子也，故其言足以厚人伦，美教化，移风俗”。袁嘉谷则认为：“范诗五律第一，七律次之，他体又次之”。前贤所评，当无不当。但细讽篇中诸诗，由于范仕义服官江南，受江南诗派的影响，又继承了白居易新乐府的传统，所作诗便具有一定的现实主义精神，比较贴近生活，而且写得清新婉峭，奔逸俊伟，平白明易，流畅通俗，具有独特风格，自成一家，从这四首《木棉竹枝词》，便可窥见一斑。

（原载《云南文史》2005年第2期）

《龙湖竹枝词》十首

石屏县的异龙湖在县内坝子东南部，为红土高原上几大淡水湖之一，面积 44.4 平方公里，平均水深 2.93 米，正常水位 1412.75 米，水色淡绿，湖底平坦，淤积层深厚，湖岸线长 62.9 公里。彝语称为邑罗黑，意为龙吐口水形成的湖，后演变为异龙湖。清人程封纂修的（康熙）《石屏州志·古迹》称："异龙湖，湖中三岛，前一岛名大水城，环翠围波，山如龟，负九畴，潮若天磨宝镜；去一里，又一岛名小水城，四顾远山缥缈如画，东眺湖光一碧万顷；南去五里，又一岛名马坂垅，烟海茫茫，云屏嶂列，沙鸟渔竿，大称湖山之胜。"《州志》还称："湖中有四子湾，毛木湾、豆地湾、他吉湾、鱼车洞，一曲一景，碧水潆洄，奇峰峭丽。向晚停桡，月色盈空，渔歌互起，令人应接不暇。"正因为这样一些吸引游人的自然景观，历来骚人墨客多有吟咏，是志的秉笔者程石门（程封号）就写过五言律诗《初过异龙湖》云：“共说龙湖好，前身有夙因。生徒东鲁地，耆旧靖康人。野水官桥密，春山驿路新。离亭箫鼓罢，策马向风尘。”清人王用宾亦写有七绝《泛舟异龙湖》云：“余地青草生卷石，水胜蓬莱一勺多。放眼未嫌收拾小，幽人常爱远风波。”道光、咸丰年间，江南人王昕流寓滇云，出任石屏县学教谕，执教课余，亲历目睹异龙湖周围景观，又通过采访口碑，诹咨故老，谙悉当地史事掌故，在此基础上乃作《龙湖竹枝词》十首，后收录入岑修（光绪）《云南通志·艺文志》中，现录出注析以供读者鉴赏。

一

层峦耸翠古乾岗，洞口新英满路香。
一片野云生足下，过山泉水绕禅堂。

层峦耸翠：意即“层峦叠嶂”，指山峰重叠，满山翠碧。清刘献廷《广阳杂记》卷四：“此则层峦叠翠，与江势争雄峭。”乾岗：居西北方位的山冈。旧时被视为宜建庙宇之地。宋孔平仲《续世说·谗险》：“（张权舆）上疏：以（裴）度‘名应图谶，宅据乾岗，不招自来，其心可见’。”洞口新英：山洞出口处新开放的花。唐元稹《大云寺十二韵》：“新英蜂采掇，荒草象耕耘。”野云：野气，山野的雾霭。明高启《过峡石》诗：“土门闭落日，野气白于水。”足下：足所立之处。《老子》：“合抱之木，生于毫末；九层之台，起于累土；千里之行，始于足下。”过山泉水，从山中流出的泉水。禅堂：犹禅房、僧堂，佛徒打坐习静之所。唐萧至忠《荐福寺应制》诗：“香塔鱼山下，禅堂雁水滨。”

此首《竹枝词》系异龙湖畔自然景观的写真，诗人从高处、低处、近处、远处等不同角度，描写湖畔周围风光：层峦耸翠、洞口新花、身边雾霭，一句扣一句，一层深入一层，包罗万象，色彩纷呈，以特有的视角，写出了异龙湖旖旎景色，结尾给读者展示了水绕禅堂的画面，幽清超然，有相无相，使人读后有挹之不尽的余韵。

二

湖上楼台树色明，螺痕倒泻水中清。

重重莲叶围双岛，大瑞城邻小瑞城。

楼台：高大建筑之泛称。《左传·哀公八年》："邾子又无道，吴子使太宰子余讨之，囚诸楼台。"唐杜甫《院中晚晴怀西郭茅舍》诗："复有楼台衔暮景，不劳钟鼓报新晴。"树色：树木的景色。唐卢纶《与从弟瑾同下第后出关言别》诗："孤村树色昏残雨，远寺钟声带夕阳。"螺痕：深碧色盘旋似螺髻的岛屿映入湖中的倒影。倒泻：本作从上向下倾泻，此指物体倒映于水中，也称倒景。《文选·孙绰·游天台山赋》："或倒景于重溟，或匿峰于千岭。"李善注："山临水而影倒，故曰倒景。"重重：形容事物繁多，浓密。宋叶适《寄柳秘校》诗："篱风索索苦瓠晚，山雨重重甘菊疏。"双岛：指大、小水城岛。清程封纂（康熙）《石屏州志·地理志·古迹》："异龙湖：湖中三岛，前一岛名大水城，环翠围波，山如龟，负九畴，潮若天磨宝镜；去一里，又一岛名小水城，四顾远山缥缈如画，东眺湖光一碧万顷……”大瑞城邻小瑞城：大、小水城，在末束岛域内，为石屏土著民族乌么蛮住地。

此诗绘景逼真，用语深婉传神。首句写楼台树色，次句写水中螺痕倒影，衬以水上亭亭莲叶，碧绿一片，相邻之大、小瑞岛，掩映湖山，两两相较，景观如画，令人心驰。

三

小岛濒湖似岳阳，洞宾亭外客飞觞。

几人沉醉西风里，欲觅仙踪鹤梦长。

濒：水边，水中。《汉书·地理志》：“厥土白坟，海濒广泻。”颜师古注：“濒，水涯也。”岳阳：指岳阳楼，在湘北洞庭湖畔，矗立在岳阳市西门之城楼，是我国江南三大名楼之一，有“洞庭天下水，岳阳天下楼”之盛誉。相传楼始为三国吴将鲁肃训练水师之阅兵台。唐代诗人杜甫有《登岳阳楼》诗，宋代范仲淹有《岳阳楼记》，清代窦垿有《岳阳楼联》，名声益大。后几经兴废，清同治六年（公元 1867 年）再建。主楼平面呈长方形，宽 17.24 米，深 14.54 米，三层通高 19.72 米，重檐盔顶，纯木结构，四面环以明廊，腰檐设有平座，建筑精湛，气势雄伟。主楼右有“三醉亭”，相传吕洞宾三醉岳阳而得名。洞宾亭：石屏之来鹤亭，亦名海山亭，在城东 2 公里小瑞城岛上，明崇祯年间建，亭为不等边六面形，木结构，一斗三拱起飞檐，周长 16 米，宽 5.13 米，高 8 米，以传说吕洞宾跨鹤而来得名。旧时亭中供吕醉眠像及跨鹤吹箫像，羽衣宝剑，神采奕奕，飘然有飞天之势。登亭可见渔舟点点，海鸥沉浮，水波直拍亭前。飞觞：举杯或行觞。《文选·左思〈吴都赋〉》：“里燕巷欢，飞觞举白。”刘良注：“行觞疾如飞也。”唐刘宪《夜宴安乐公主新宅》诗：“层轩洞户旦新披，度曲飞觞夜不疲。”宋张孝祥《定风波》词：“见说墙西歌吹好，玉人扶坐劝飞觞。”亦指传杯行酒令。西风：西面吹来的风，多指秋风。唐李白《长干行》：“八月西风起，想君发扬子。”清陈维崧《百字令》词：“西风夕照，老鸦啼上枯树。”仙踪：仙人的遗迹或行踪。北魏郦道元《水经注·卢江水》:“山四方周四百余里，叠鄣之岩万仞，怀灵抱异，苞诸仙踪。”鹤梦：谓超凡脱俗的向往。唐司空图《与李生论诗书》:“地凉清鹤梦，林静肃僧仪。”元张翥《多丽·西湖泛舟》词:“自湖上，爱梅仙远，鹤梦几时醒。”

诗人置身小瑞岛上，有亭翼然，亭近水远，视野为之开阔，于是浮想联翩；由异龙湖而及洞庭湖，由洞宾亭而及岳阳楼；由吕纯阳跨鹤来仪而三过必醉，因景及人，因人及事，传杯飞觞，沉醉西风，鹤梦方长，超凡脱俗，“挟飞仙以遨游，抱明月而长终”的物外思想为之产生。写得情景交融，潇洒飘逸，道家思想十分浓郁，读之，与昆明金殿“霞绮宫”之楹联——“春梦惯迷人，一品朝衣，误了九寰仙骨，鸡鸣紫陌，马踏红尘，教弟子向那里跳出；空山曾约伴，八闽片语，相邀六诏杯茶，剑影横天，笛声吹海，问先生从何处飞来”相比拟，一诗一联，堪称异曲同工。

四

冥濛烟雾锁黄昏，渡口船归人语喧。

映水斜阳风景好，半山红树是渔村。

冥濛：幽暗不明。南朝江淹《杂体诗·效颜延之·侍宴》："青林接冥濛，丹巘被葱蒨。"元汤式《一枝花》曲："近睹着扶桑野阳乌闪烁，遥认着蓬莱山烟霭冥濛。"烟雾：泛指烟、气、雾。南朝宋鲍照《吴兴黄浦亭庾中郎别》诗："连山渺烟雾，长波迥难依。"锁：封锁、笼罩。元孟汉卿《魔合罗》第一折："我则见雨迷了山岫，云锁了青虚。"李瑛《深山行进》诗："风紧，夜深，云压着山，山锁着云。"渡口：过河的地方。唐丘为《泛若耶溪》诗："溪中水流急，渡口水流宽。"清沈复《浮生六记》："是日早凉，携一仆先至胥江渡口，登舟而待。"喧：嘈杂吵闹。北周庾信《同州还》诗："上林催猎响，河桥争渡喧。"斜阳：傍晚西斜的太阳。唐赵嘏《东望》诗："斜阳映阁山当寺，微丝含风树满川。"红树：盛开红花之树。宋欧阳修《丰乐亭游春》："红树青山日欲斜，长郊野草绿无涯。"

疏林上挂斜晖，云气笼罩湖面，落日映照水中。艘艘渔船驶进渡口系缆，人语喧嚣。晚照掩映山村，红树、青山、茅舍，频添诗人意境，以着墨不多、恬适苍茫之笔，给读者勾勒出一幅《渡口归舟图》。读此诗，自然使人想到唐代诗人王维“渡口余日落，墟里上孤烟”的名句。

五

全湖底许镜新磨，白浪花开荇藻多。
水月寺前月初上，舟人夜夜唱渔歌。

底许：犹几许、多少。宋吴潜《青玉案》词：“为问新愁愁底许，酒边成醉，醉边成梦，梦断前山雨。”此指不知有多宽的异龙湖面。镜新磨：本指磨治铜镜，古用铜镜，须常磨光方能照影。唐刘得仁《赠道人》诗：“长安城中无定业，卖丹磨镜两途贫。”清蒲松龄《聊斋志异·神女》：“问其人，乃诸姓，市中磨镜者也。”此指异龙湖水平静光亮如新磨铜镜一般。白浪：雪白的波浪。宋陆游《夜宿阳山矶》诗：“白浪如山泼入船，家人惊怖篙师舞。”荇藻：荇为多年生水生草本植物，叶呈对生叶形，嫩时可食，亦可入药。宋苏轼《元祐三年春贴子词·夫人阁》:“已漂新荇没，犹带断水流。”藻系水中藻类植物。水月寺：位于石屏县坝心区白浪村，明万历二十六年（公元1598年）曾倬始建。清康熙十一年（公元1672年）复建，光绪三十三年（公元1907年）重修。邑人涂大辂有咏该寺诗云：“山穷山宛转，寺冷月交加。佛坐平台浪，僧锄曲涧沙。树荫通梵室，浦渺隔渔家。若问前村酒，轻移浅钓槎。”为当地一景胜。今作集体公用，墙上碑文隐约可见。舟人：船夫。《诗·小雅·大东》:“舟人之子，熊罴是裘。”《毛传》:“舟人，舟楫之人。”晋木华《海赋》:“舟人渔子，徂南极东。”渔歌：亦作“渔谓”。渔人唱的民歌小调。唐王勃《上巳浮江宴·序》:“榜讴齐引，渔歌互起。”

这首《竹枝词》，诗人通过映入眼帘的异龙湖：有时水波不兴，湖面平如新磨明镜；有时清风徐来，吹皱湖水，荇藻随风漂浮。特别是当夜幕降临，新月初上，古寺暮鼓声声，湖上渔歌互答，自然给人一种“树荫通梵宇，浦渺隔渔家”的清美恬悦境界的感受。

六

沿湖山脚出龙潭，潭底清波水蔚蓝。

习习东风吹云散，光照月池见银盘。

龙潭：深渊。清陈璋《闽滩竹枝词》："万丈龙潭千尺浪，也堪愁煞铁艄公。"清波：清澈的水流。宋王安石《车螯》诗："清波濯其污，白日晒其昏。"巴金《复仇集·爱的摧残》："塞纳河的清波，在月光下发亮。"蔚蓝：像晴朗天空的颜色。唐杜甫《冬到金华山观》诗："上有蔚蓝天，垂光抱琼台。"清王士禛《池北偶谈·谈艺·纪映淮》："予昔在秦淮赋诗云'十里清淮水蔚蓝，板桥日斜柳毶毶'。"习习：微风和煦貌。《诗·邶风·谷风》："习习谷风，以阴以雨。"《毛传》："习习，和舒貌。"唐吴筠《游仙》诗："灵风生大漠，习习吹人襟。"东风：指春风。唐李白《春日独酌》诗："东风扇淑气，水木荣春晖。"光：指月光，即"三光"（日、月、星）之一。月池：在石屏州北四里的乾阳山下，有龙潭宽丈余。相传无论阴晴，潭中都有一月影。银盘：比喻明月。宋陆游《十月十四日月终夜如昼》诗："月从东海来，径尺熔银盘。"

诗人通过这首《竹枝词》，不加修饰，质朴无华地向读者介绍了石屏奇踪月池的自然景观及传说。

七

夹岸长携打草竿，老渔门外水光寒。

扁舟一叶凌波下，春涨平铺放鸭阑。

夹岸：水流的两岸；堤岸的两边。唐杜牧《隋堤柳》诗："夹岸垂杨三百里，只应图画最相宜。"打草竿：打捞水草的竹竿。老渔：有经验的捕鱼人。水光寒：水光指水面映出的光色。宋苏轼《前赤壁赋》："白露横江，水光接天。"《孽海花》第六回："（雯青）把船窗推开，只见白茫茫一片水光。"此指异龙湖面映现的光色使人顿感凉意。扁舟：小船。《史记·货殖列传》："范蠡既雪会稽之耻，乃喟然而叹曰：'计然之策七，越用其五而得意，既已施于国，吾欲用之于家。'乃乘扁舟浮于江湖。”唐王昌龄《卢溪主人》诗:“武陵溪口驻扁舟，溪水随君向北流。”凌波：行于水波之上，常指乘船。晋束皙《补亡诗·南陔》:“凌波赴汨，噬鲂捕鲤。”春涨：春季水涨。宋陆游《成都书事》诗:“废苑烟芜迎马动，清江春涨拍堤平。”平铺：平着铺展开。唐白居易《南湖早春》诗:“乱点碎红山杏发，平铺新绿水蘋生。”宋陆游《晨起坐南堂书·触目》诗:“奇峰角立千螺晓，远水平铺匹练秋。”鸭阑：饲养鸭子的围阑，常置水边。

诗人将岸上携长竿打捞水草的村民，坐在门前远眺湖面的老渔，凌波而下的扁舟，春水上涨后平铺的鸭阑，形象地勾勒于纸上，展现了空阔的境界，描绘出意向的画面，既是自然景观的刻画，又是作者闲适怡情心灵的写照。石屏风土人情尽收眼底，乡土气息十分浓郁。

八

对门庐舍敞朝晖，结网矶头傍晚归。

五龙山前春水绿，桃花浪暖杆条肥。

庐舍：房屋、住宅。《史记·项羽本纪》："项羽乃悉引兵渡河，皆沉船，破釜甑，烧庐舍，持三日粮，以示士卒必死，无一还心。"清唐甄《潜书·太子》："亲其妇子，知其生养，入其庐舍，知其居处。"郭沫若《游闽行》诗："万家庐舍联霄汉，田野工场冒远烟。"敞：显露，露出。艾芜《还乡记》："两山之间，忽然敞出一块平地，长着茂盛的玉米和密密绿叶的红苕。"朝晖：早晨的阳光。晋陆机《日出东南隅行》："扶桑升朝晖，照此高台端。"碧野《报晓峰》："地球运转十多个小时后，又是一片朝晖。"结网：织网。《汉书·扬雄传》："雄以为临川羡鱼，不如归而结网。"矶头：矶指水边石滩或突出的岩石。汉孔融《离合作郡姓名字》诗："吕公矶钓，阖口渭傍。"矶头即矶上，指矶的前头一部分。唐常建《戏题湖上》："湖上老人坐矶头，湖里桃花水却流。"五龙山：在石屏城东，有大、小水城，马坂垅，白浪，孤山五岛突出湖中。春水：春天的河水或湖水。元杨维桢《雨后云林图》诗："浮云载山山欲行，桥头雨余春水生。"桃花浪：亦作"桃花汛"，仲春时冰泮雨积，江河潮水骤涨，又值桃花盛开，故谓之桃花汛或桃花浪。唐杜甫《春水》诗："三月桃花浪，江流复旧痕。”宋张元干《满江红》词：“春水迷天，桃花浪，几番风恶。”旧时有“桃花浪起，江海之鱼集聚”传说。杆条：为石屏四大名特鱼种（杆条、青鱼、邦鱼、花鱼）中之一。鲜美肥嫩，食之可口。

全诗写晨曦敞露的朝晖，渔家离舍结网矶头，终日辛劳，直至夜幕降临，方才归去，唯一期盼是春水上涨，桃花汛至，杆条聚集，获取好的收成。三句用一“绿”字，把湖里桃花春水涨的景色捕捉并表现出来，读后使人感到和柳宗元的“欸乃一声山水绿”、王安石的“春风又绿江南岸”，有异曲同工之妙。

九

细鳞衔尾戏春波，入罩都从水上过。

信宿渔人取无尽，白浪湾内得鱼多。

细鳞：珍贵的鱼种。衔尾：前后相接。清龚自珍《妙法莲花经四十二问》：“使与前经衔尾相承，由迹生本可乎！”沈从文《自传·辰州》：“二十四只大船有时衔尾下滩，有时疏散到那平潭里。”此指湖中鱼群前后相接。戏：游戏。南朝齐谢朓《游山脚》诗：“鱼戏新荷动，鸟散余花落。”春波：春水的波澜，亦指春水。唐杜牧《送张判官归》诗：“江雨春波阔，园林客梦催。”入罩：游进网内。信宿：连宿两夜。《诗·豳风·九罭》：“公归不复，于女信宿。”《毛传》：“再宿回信，宿犹处也。”清梁章钜《归田琐记·品茶》：“余尝再游武夷，信宿天游观中，每与静参羽士夜谈茶事。”白浪湾：白浪岛，在石屏东二十里异龙湖南，上建水月寺，周围多鱼。

此诗写异龙湖畔渔人获鱼丰收的喜悦，直抒胸臆，开门见山，平白明易，通俗易懂，深得“竹枝体”之韵味。

十

菱塘花放镜光悬，菱榜歌声接暮天。

泛泛鸳鸯宿何处，半篙流水打鱼船。

菱塘：种植一年生草本植物菱的湖塘。北魏杨衒之《洛阳伽蓝记·景明寺》：“寺有三池，萑蒲菱藕，水物生焉。”宋梅尧臣《邵郎中姑苏园亭》诗：“折腰大菱不值钱，鸡鹊鸂鶒沙际眠。”花放：指菱花盛开。镜光悬：镜作映、照解，引申为异龙湖水光亮明净。菱榜歌声：指在开有菱花的湖中划船。暮天：傍晚的天空。唐王昌龄《潞府客亭寄崔凤童》诗：“秋月对客愁，山钟摇暮天。”泛泛：亦作汎汎，漂浮貌，浮行貌。元张可久《醉太平·怀古》曲：“翩翩野舟，泛泛沙鸥，登临不尽古今愁。”鸳鸯：似野鸭，体型较小，嘴扁，颈长，趾间有蹼，善游泳，翼长，能飞。雄的羽色绚丽，头后有铜赤、紫、绿等色羽冠，嘴红色，脚黄色。雌的体稍小，羽毛苍褐色，嘴灰黑色。栖于内陆湖泊和溪流边。在我国内蒙古和东北北部繁殖，越冬时在长江以南直到华南一带。为我国著名特产珍禽之一。旧传雌雄偶居不离，古称“匹鸟”。《诗·小雅·鸳鸯》：“鸳鸯于飞，毕之罗之。”《毛传》：“鸳鸯，匹鸟也。”晋崔豹《古今注·鸟兽》：“鸳鸯，水鸟，凫类也。雌雄未尝相离，人得其一，则一思而死，故曰匹鸟。”清唐孙华《渔文辞》：“湖上鸳鸯亦并头，鳏鳏鱼目长夜愁。”此暗喻情人。半篙流水：半通判，大片的意思，此指渔船行驶在大片流水之中。

光亮明净的异龙湖水映衬着盛开的菱花，轻舟在菱丛中划动，情歌互答，惊起对对鸳鸯。此诗最富水乡渔村生活佳美情趣，第三句明写水鸟，暗喻恋人，深得《诗经》比、兴意旨，先言他物而后引出所咏之辞。

王昕在道咸间虽未能蜚声滇云诗坛，但其出自江南，家学渊源，又得名山大川以壮其气，为诗力追三唐，宗祖性灵，以清新隽永之笔，图画湖山，乃得辋川神韵。从以上十首《竹枝词》可以看出，他用文字代替绘画所用的线条色彩来展现具有诗意的画面，使诗情画意达到高度的统一；他善于发现与自己主观情感相契合的客观景物，抓住其特征，以画家的艺术匠心与诗家妙悟笔之于纸，再现出来，形成意境，从而托物以寓情，立象以尽意，化景物为景思；他更善于用清新的笔调，匀润的色彩，细致入微地描绘山水、田园，渔村中清灵、优美的境界，表现自己生活在此中的闲情逸致，他的诗不仅画面形象生动鲜明，而且能较好地传达出笔墨不可描绘的山水精神气象。这在当时流寓滇云诗人中是不多的。

（原载《云南文史》2005年第3期）

《腾阳竹枝词》八首

腾冲古越赕之地，又称滇越，东汉属永昌郡。唐代作腾充，以产藤著称，旧作藤充。高黎贡山屹立耸翠，龙川、大盈、槟榔三江过境，火山热海蜚声海内，叠水瀑布天下独绝。自古为中、印、缅交通要冲，南方丝绸之路的交通枢纽，堪称地灵人杰，边陲重镇。腾冲自南诏设软化府、大理改腾冲府之后，历来为府州治所，人文荟萃，记载腾越史事之书及乡人著述之书插架缥缃，卷帙繁富，从抗日战争时期邑人李根源所纂辑的《永昌府文征》一百三十六卷，收录腾、龙、梁、永人诗11563首，文1102篇，历史记载253篇，人物列传66篇，便可概见。清代中叶腾冲人尹艺所撰《廿我斋诗稿》二卷，就是《文征·诗录》中最具代表性的一种。尹艺字树人，号虞农，道光甲午十四年（公元1834年）举人，赴广东做知县，后丁艰回籍，同治六年（公元1867年）因兵燹战死蛮东鹅脑山。生平著有《虞农文集》十卷、《廿我斋诗集》二十卷，因兵燹散佚，荡然无存。是编乃李根源访得断简残编所辑刊者，非尹氏原书，厘为二卷，卷上载古体诗165首，卷下载近体诗423首，综古近体诗共588首，虽仅及原集十分之一，然搜残缀朽，用心良苦，而片羽吉光弥足珍惜，一斑之窥，足测全豹。卷端有邓川杨琼，同里寸馥清、李曰垓“序”，李根源为尹艺所作“传”，后有剑川赵藩“跋”。是书收有《腾阳竹枝词》八首，现录出注析于后。

一

家住西河湾复湾，年年结伴朝云山。
正月初九四月八，侬方去时君正还。

西河：盏西河，在县城北一百五十四里，源出古勇，止那，西流经云笼山麓为云笼江。湾复湾：湾指水流弯曲处。唐沈佺期《入鬼门关》诗：“马危千仞谷，舟险万重湾。”清丘逢甲《西贡杂诗》：“九十九湾春水曲，澜沧江上作花朝。”湾复湾，指一湾又是一湾。年年：每年。元陆仁《题金陵》诗：“忘情只有龙河柳，烟雨年年换旧条。”朝云山：云山，即云峰山，一名尖山，在县城西百二十里乌索地。孤峰峭拔，如直笔插天。峰顶凿石壁为级，绝似太华之苍龙脊。两旁皆危崖，石脊中垂，阔仅盈尺，若龙之垂尾以渡，而级随之。梯凡三转，里许登其巅。东西长五丈，南北半之，境甚幽绝。中建玉皇阁，后建老君殿，前立关帝庙、吕祖殿。下三里有接引殿，山脚为万福寺。腾越灵山此为第一。《徐霞客游记·滇游记》记其自然景观及溶岩地貌甚详。正月初九：相传正月初九日为玉皇生日。玉皇系道教主神，称天帝为玉皇大帝，简称玉帝、玉皇。唐李白《赠别舍人台卿之江南》诗：“入洞过天地，登真朝玉皇。”腾冲习俗如常。四月八：相传农历四月八日为释迦牟尼的生日，每逢该日，佛教信徒用拌有香料的水灌洗佛像，谓“浴佛”，亦称“灌佛”。《后汉书·陶谦传》：“每浴佛，辄多设饮饭，布施于路。”《岁华纪丽·四月八日》“浴释迦”注引南朝梁宗懔《荆楚岁时记》：“荆楚四月八日，诸佛寺各设会，香汤浴佛，共作龙华会，以为弥勒下生之征也。”清王策《天香》词：“浴佛东庵，放生西寺，信步东西闲适。”腾冲信众于浴佛节亦往云峰山寺庙礼佛敬香。侬：我。明汪錂《春芜记·宴赏》：“奴家生得好仪容，月殿姮娥也赛不过侬。”

正月初九玉皇华诞办盛会，四月初八浴佛洗太子，腾郡阖城士女，外出朝山进香，年年如此，约定俗成。在成群结队、热闹喧嚣当中，也出现了“侬方去时君正还”，相约结伴误朝山的憾事。作者用自由灵活的手法叙事抒情，使《竹枝词》具有跳脱变化之美，而且从语言上看，既有文人诗歌精工凝练的特点，又有民歌清新质朴的长处，在创作上形成了典雅通俗的风格。

二

来凤山头汉景祠，中旬三月雨如丝。
如云结队烧香去，上须及早下休迟。

来凤山：亦称飞凤山，在城北七里，以形似故名。

陈宗海纂修之（光绪）《腾越厅志·地舆志·山川》载“矫若飞翔而来，为来凤山”。上有来凤龙神祠，为来凤泉水所出，每当求雨举行祭祀，民辄往祷之。汉景祠：亦称来凤神祠，相传为汉景帝庙，在城南三里，南诏蒙世隆僭号称帝，死谥景庄，土人立庙于山，后人附会其说称汉景祠。中旬三月：指三月十五，节令属春分之际。雨如丝：如丝的细雨，或称雨丝。元马祖常《古乐府》：“天上云片谁剪裁，空中雨丝谁织来。”清陈维崧《河渎神》词：“漠漠雨丝飘碧瓦，人在娜祠下。”如云：形容盛多。《诗·郑风·出其东门》：“出其东门，有女如云。”《毛传》：“如云，众多也。”唐白居易《轻肥》诗：“夸赴军中宴，走马去如云。”此指结队烧香的人众多。

诗人言简意赅地推介了腾冲的景胜来凤山与汉景祠，同时刻意描写在如丝春雨中络绎不绝的燒香者们，相互扶持相互提醒：“上须及早下休迟”。全诗语意浅近，含蕴有味，写景状物，有声有色，有动有静，宛然如画。

三

上绮罗连下绮罗，耕田不比出门多。

行到弓腰十里铺，一齐回首望娘坡。

绮罗：清代腾冲十八练之一，东至大董，南至清水，西至和顺，北至东练。分上、下绮罗，共辖六甲：首甲栗树园、段家、杨家三巷；二甲刘家湾、许家巷；三甲尹家巷、小街子；四甲杨家巷、新田；五甲中村、老牌坊；六甲新牌坊、张家湾、左所营、瞿家营、栗柴坝、冷饭寨。耕田：用犁翻松田土，泛指从事农作。《孟子·万章》："我竭力耕田，共为子职而已矣。"《乐府诗·杂歌谣辞·击壤歌》："凿井而饮，耕田而食。"出门：离开家乡远行。唐元稹《出门行》："出门不数年，同归亦同遂。"此指绮罗村民多外出经商。弓腰：本谓向后弯腰及地如弓。元林坤《诚斋杂记》："梁羊侃妾孙荆玉能反腰贴地，啣席上之珍谓之弓腰。"此指弯腰下看，非上述"弓腰"。十里铺：赤土铺，在县城东南十余里，此作十里，乃修辞上的"以定数表不定"。望娘坡：黄土坡。(光绪)《腾越厅志·地舆志·山川》载："距城东南十里，是山起伏驰骤，皆拱向城治。"离乡外出者，多累累回首顾望，以示恋乡之情，故俗称"望娘坡"。

上下绮罗村民，既务农又经商，为谋生计，有的走兰城，有的赴省垣，有的还远走缅甸，服贾外地。但依恋家乡之情时在心田，尽管行至半山十里铺，犹弯腰俯视，“一齐回首望娘坡”。此诗借回首望娘坡写放心不下家人，也抒发自己即将离乡背井，浪迹天涯的孤凄羁旅心情。

四

沿河垂柳一枝枝，柳长长堤水满池。
妾似长堤郎似水，愿郎长似在山时。

沿河：顺着河堤。《新五代史·死节传·王彦章》“（王彦章）引精兵数千，沿河以趋德胜。”朱自清《威尼斯》：“从圣马可广场，沿河直向东去，有一处公园。”垂柳：亦作垂杨，古诗文中杨、柳常通用。唐万齐融《送陈七还广陵》诗：“落花馥河道，垂柳拂水窗。”一枝枝：指细长的枝杈。此指一条条飘拂的柳丝。柳长长堤：指植有柳树的堤岸，亦作“柳堤”。金董解元《西厢记诸宫调》：

“仆人催促怕晚了天色，柳堤儿上把瘦马儿连忙解。”在山时：犹所在山。指流水发源之地。所出之水清澈无尘垢，引申为人品质朴敦厚。

此诗采用“以彼物比此物”的创作手法，喻己如长堤，矢志不移，丈夫好似流水，一出源头，便漂流不定，失其原有澄澈不染尘垢的水性，暗比家庭隐伏危机。末句用“愿郎长似在山时”表达了“黾勉同心，不宜有怒”缓解矛盾的愿望。此诗不仅系“闺怨”之作，而且深得唐人刘禹锡“东边日出西边雨，道是无晴却有晴”的韵味。

五

担桶河边汲水时，婵娟照影泪如丝。

轻风飘堕梨花雨，流到骠城君未知。

担桶：肩挑水桶。担指肩挑。《国语·齐语》：“负、任、担、荷、服牛、轺马，以周四方。”三国曹操《苦寒行》：“担囊行取薪，斧冰持作糜。”汲水：从井里打水，亦泛指打水。《易·井》:“井渫不食，为我心恻，可用汲。”清纪昀《阅微草堂笔记·如是我闻》:“孝廉某，尝游嵩山，见女子汲溪水。”唐温庭筠《秋日》诗:“芳草秋可惜，幽泉晓堪汲。”婵娟：指美人。唐方干《赠赵崇侍御》诗：“却教鹦鹉呼桃叶，便遣婵娟唱《竹枝》。”照影：反射影像。梁简文帝《龙丘引》:“水照弄珠影，云吐阳台色。”此指从河水中照见自己的面容。泪如丝：泪涟，泪流不断。明沈受先《三元记·遣妾》:“不须泪涟，把你送归庭院。”轻风：轻捷的风。晋张协《杂诗》:“轻风吹劲草，凝霜竦高木。”飘堕：犹飘落。汉宋子侯《董妖饶》诗：“春风东北起，花叶正低昂，……终年会飘堕，安得久馨香。”梨花雨：形容女子泣下如雨的姿容。宋欧阳修《渔家傲》词:“三月芳菲看欲暮，胭脂泪洒梨花雨。”宋赵令时《商调蝶恋花》鼓词:“弹到离愁凄咽处，弦肠俱断梨花雨。”骠城：指骠甸军民府，元初置，属平缅路。地在江头太公城之东，龙川江边孟卑。明属缅甸宣慰司，后废。

这首《竹枝词》写晓起相邀提桶到河边汲水，别人借此“各有家常谈不了，河边来去立多时”，而自己独坐岸边，望风怀想，惦恋远走缅甸，服贾骠城的夫君。河水照见孤寂的身影，不免泪涟。诗篇以“照影泪如丝”烘托她的孤寂清苦，借飘堕梨花雨揭示她的思念心情。最后更以“君未知”作为点睛之笔，使诗的意境进一步升华。读此《竹枝词》，深感与唐人沈佺期的《独不见》有异曲同工之妙。

六

妾住腾阳郎住关，为郎终日唱刀环。
临邛酒市春如海，或到日斜忆故山。

郎住关：关指明万历二十二年（公元1594年）云南巡抚陈用宾所筑八关，在腾越州西南边境内，即神护、万仞、巨石、铜壁、铁壁、虎踞、天马、汉龙八关。关址距当时边界或数十里或百里不等。《徐霞客游记·滇游记》有载。此指其中之一关。刀环：亦作刀钚，指刀头上的环。《汉书·李陵传》：“立政等见陵，未得私语，即目视陵，而数数自循其刀环，握其足，阴谕之，言可归还也。”环、还同音，后因以“刀环”为“还归”的隐语。明王世贞《明月篇》诗：“东家羁妇望刀环，西邻弃妾守钗钿。”清朱彝恂《拟古出塞》诗：“小妇识雄心，不复向刀环。”此指日盼丈夫回到家中。临邛酒市：泛指酒店。《史记·司马相如列传》：“相如与文君俱之临邛，尽卖其车骑，买一酒舍沽酒，而令文君当垆。相如身自著犊鼻裈，与保庸杂作，涤器于市中。”后因以为典，专指酒或酒店。唐罗隐《听琴》诗：“不知一盏临邛酒，救得相如渴病无。”前蜀韦庄《河清》词：“翠娥争劝临邛酒，纤纤手，拂面垂经柳。”春如海：唐人呼酒为春，后沿用之。唐李白《哭宣城善酿纪叟》诗：“纪叟黄泉里，还应酿老春。”王琦注：“唐人名酒多带春字。”明高启《客舍雨中听江卿吹箫》诗：“恨无百斛金陵春，同上凤凰台上醉。”此指销售之好酒甚多。或到：或作副词用，表示不肯定，意即也许到了……之时。日斜：日落，太阳西下。南朝宋鲍照《月落望江赠荀丞》诗：“日斜岭云归，延颈望江阴。”故山：旧山，喻家乡。宋秦观《吕与叔挽章》之一：“追唯献岁发春间，和我新诗忆故山。”

郎守边关，妻当垆卖酒，生意虽好，收入不薄，但夫妻异地分居，时有“细雨梦回鸡关远，小楼吹彻夜生寒”之感，唯一希望夫君能“或到日斜忆故山”，争取早日归家。此诗写对远人的牵挂怀念，情真意切，而且写出了夜思的清苦孤寂。

七

偎枕风箫雨又凄，梦郎归自瓦城西。

懊侬最是长鸣鸡，不管人愁故早啼。

偎枕：指头靠紧枕头酣睡。风箫：指风声。唐薛用弱《集异记·蔡少霞》：“天籁虚除，风箫冷澈。”雨又凄：阴雨引发人的凄苦。瓦城：缅甸的曼德勒，系该国第二大城，佛教中心，意为平原。因附近地处伊洛瓦底江冲积平原故名。中国旧称其为瓦城，系因著名古都阿瓦就在曼德勒近郊，城以瓦造，故称瓦城。懊侬：亦作“懊恼”，指烦闷。《素问·六元正纪大论》：“目赤心热，甚则瞀闷懊侬，善暴死。”清蒲松龄《聊斋志异·章阿端》：

“如是年余，女忽病瞀闷，懊侬恍惚，如见鬼状。”包根注：“懊侬，心乱也，亦指烦闷的人。”清纳兰性德《采桑子》词：“桃花羞作无情死，感激东风，吹落娇红，飞入间窗伴懊侬。”长鸣鸡：啼声长的鸡。北魏贾思勰《齐民要术 · 养鸡》引汉杨孚《异物志》：“九真长鸣鸡，最长；声甚好，清朗。鸣未必在曙时，潮水夜至，因之并鸣，或名曰伺潮鸡。”宋范成大《桂海虞衡志·志禽》：“长鸣鸡，高大过常鸡，鸣声甚长，终日啼号不绝。生邕中溪洞中。”

作者将思妇置于“偎枕风箫雨又凄”的典型环境中，空闺独守，思念远在瓦城的丈夫并希望他早日回来。由于长鸣鸡早啼酣睡不成，好梦难圆，懊侬怨气由之而生。全诗开门见山，“铺陈其事而直言之”，写得率真自然，直而不俚，淡而有味，深具《竹枝》体之底蕴。读此诗，还使人想到唐代金昌绪的“打起黄莺儿，莫叫枝上啼，啼时惊妾梦，不得到辽西”。何其相似乃尔。

八

新婚苦别太匆匆，满月归来便转蓬。

郎意若存洗脚水，妾身甘做打头风。

新婚：亦作“新昏”，刚结婚。清采蘅子《虫鸣漫录》：“(圣欢)自言人生，唯新婚及入泮二者为最乐。”《诗·邶风·谷风》：“宴尔新婚，如兄如弟。”唐杜甫《新婚别》：“勿为新婚念，努力事戎行。”匆匆：急急忙忙的样子。唐牟融《送客之杭》诗：“西风吹冷透貂裘，行色匆匆不暂留。”元萨都剌《和王伯循题避》诗：“广陵城里别匆匆，一去三山隔万重。”转蓬：随风飘转的蓬草，引申为定不下来。《后汉书·舆服志》：“上古圣人，见转蓬始知为轮。”《文选·曹植·杂诗》：“转蓬离本根，飘飖随长风。”李善注引《说苑》：“鲁哀公曰：秋蓬恶其本根，美其枝叶，秋风一起，根便拔矣。”唐岑参《送祁乐归河东》诗：“鸟且不敢飞，子行如转蓬。”洗脚水：乡谚有“妻如洗脚水，去一盆又一盆”之说。打头风：逆风。唐白居易《小舫》诗：“黄柳影笼随棹月，白蘋香起打头风。”明高明《琵琶记·代尝汤药》：“屋漏更遭连夜雨，船迟又被打头风。”碧野《没有花的春天》第六章：“一出门就遇打头风，倒了运。”

新婚燕尔，蜜月未度，便匆匆离去。偶尔回趟家，像随风飘转的蓬草，打个照面，拔脚又走了。势必使新嫁娘忧心忡忡，不得不严正警告丈夫，“郎意若存洗脚水，妾身甘做打头风”，希望好自为之。诗篇后两句援用乡谚，写得十分别致，也塑造了妻子干练精明、坚毅泼辣的形象。

尹艺生逢动荡之秋，经历兵燹，故其为诗，对社会之疮痍，民生之凋敝多有反映。在其别集《廿我斋诗稿》中，所载诸诗，大抵沉雄豪迈，慷慨激昂。于明季君臣出亡，遗贤轶事与夫当时兵燹之惨状，多所隐括于韵语之中，不特以诗视之，堪称诗史，足资后世之考鉴。至于状物抒情之作，真率自然，情景交融。特别善于把鲜明独特的地方风土人情，放在边地景物的典型环境中来渲染抒发，就显得情真意切，较能打动读者的心弦。尹氏为诗，格律音韵，悉中规矩，用语吐辞精工缜密，故古韵今什，各臻奥妙，实乃晚清高黎贡山下的一大诗家。

（原载《云南文史》2005 年第 4 期）

《瓦仓庄三圣庵观画有感》八首

提起陈圆圆与吴三桂，人们并不陌生，认为是明清鼎革之际带传奇性的人物。特别是清初诗人吴伟业写了《圆圆曲》，当中有“痛哭六军俱缟素，冲冠一怒为红颜”的讽刺吴三桂的名句，更引人注目。相传吴三桂为此曾馈以重金，求梅村太史删改这两句诗，吴氏根本不买账，既不受贿，也不肯改诗，后来有个署名“龙湫归隐”的人写诗：“当时曾读梅村曲，重币求诗罪难赎。”大概就是指这件事。这样一来，不仅吴伟业被誉为“秉笔直书的董狐”，而且陈圆圆与吴三桂的故事也随《圆圆曲》不胫而走。历来不少骚人墨客为其写诗填词，见诸吟咏，就连我国著名的数学家熊庆来教授，也写下了“舞衫歌扇已成尘，留得圆圆曲调新，一怒冲冠褒贬在，梅村史笔秉千春”的诗句。在昆明北郊的商山之麓、莲花池畔以及城西的瓦仓庄等地相传有陈圆圆的别墅安阜园、梳妆台和她出家的三圣庵等遗迹。

清朝道光十年（公元1830年），官居马龙州学正的太和诗人杨载彤，从昆明秀才李祖杰处，听到了小西门瓦仓庄三圣庵内收藏有陈圆圆画像的消息，便邀约了来昆公干的浪穹知县广东人黎讷、按板井盐课大使浙江人史昺，一同前往庵中访像。果然得见一幅“垂二百年的先师小像”，据庵尼介绍，像主乃本庵第一代开山祖师，法名寂静，别号玉庵，早在清军第二次平云南前，已随玉林禅师在宏觉寺披剃，后转移到三圣庵，修葺过庵堂，立有《碑记》，圆寂后葬在归化寺昙华庵侧。并说因不慎失火，原本被焚，留存乃为临摹之副本。为此杨载彤写了《陈沅遗像记》及《瓦仓庄三圣庵观画有感》七绝八首，诗题名下注云“相传为陈圆圆遗像”。这八首《七绝》收入杨氏的别集《嶰谷诗抄》，现录出注析于下。

一

尤物天生惯祸吴，倾城何必定姑苏。

侯门妃子空门老，却胜扁舟泛五湖。

尤物：指艳色美女，有时含有贬义。《左传·昭公二十八年》："夫有尤物，足以移人；苟非德义，则必有祸。"杨伯峻注："尤物，指特美之女。"清孔尚任《桃花扇·却奁》："世兄有福，消此尤物。"天生：天然生成。唐白居易《长恨歌》："天生丽质难自弃，一朝选在君王侧。"惯祸吴：惯作经常解，引申为"往往"，祸及吴王夫差或吴三桂。倾城：形容女子极其美丽。晋陶潜《闲情赋》："表倾城之艳色，期有德于传闻。"清宣鼎《夜雨秋灯录·汤文正》："花烛之下，妇果艳丽倾城。"此指姿色艳丽的女子。何必：用反问语气表示未必。唐张祜《题孟处士宅》："高才何必贵，下位不妨贤。"定姑苏：姑苏，江苏苏州。此指陈圆圆的家乡。吴梅村《圆圆曲》："家本姑苏浣花女。"侯门：诸侯之门，指显贵人家。清梁章钜《归田琐记·北东园日记诗》："侯门都作沈沈梦，翻笑衰翁局外痴。"此隐喻吴三桂。妃子：本指皇帝的妾。宋乐史《杨太真外传》："妃子生于蜀，嗜荔枝。"清洪昇《长生殿·传概》："天宝明皇，玉环妃子，宿缘正当。"

吴三桂受封平西王，故称其妾陈圆圆为妃子。空门：泛指佛法。大乘以观空为入门，故称。《大智度论·释初品》:“空门者，生空、法空。”唐王维《叹白发》诗:“一生几许伤心事，不向空门何处销。”却胜：副词，还、反而胜过。扁舟：小船。唐王昌龄《户溪主人》诗:“武陵溪口驻扁舟，溪水随君向北流。”泛五湖：范蠡，字少伯，春秋末宛人，越国大夫，为越王勾践谋臣，献西施于夫差之计，助越灭吴，擢上将军。以大名难以久居，见勾践为人可以共患而难以于处安，易名鸱夷子皮赴齐经商，治产获千万，止于陶成巨富，相传带西施浪迹五湖。《史记·货殖列传》:“范蠡既雪会稽之耻，乃喟然而叹曰:‘计然之策七，越用其五而得意，既已施于国，吾欲用之家。’乃乘扁舟浮于江湖。”

诗人在瓦仓庄三圣庵见到“先师遗像”，自然要想到“家本姑苏浣花女”的陈圆圆，同时也想到“朝为越溪女，暮作吴宫妃”的西施，美艳绝伦的两个民间女子，虽然异代不同时，却分别给吴三桂、吴王夫差带来了不幸。前者激化了家庭矛盾，导致了“貌寝而性妒”的吴三桂结发妻张氏“河东狮吼”；后者使夫差沉湎酒色，政事废弛，复为越所灭。二人最终归宿亦有所不同，前者遁迹空门，后者浪迹五湖，两两相较，似乎陈沅比西施又略胜一筹。全诗着笔冲和，用韵尤工，且寓意深邃，读之不觉沨沨乎为入耳之音。

二

鼙鼓声中夺命回，仗侬夫婿拥兵来。

美人名将歌偕老，转惜蛾眉瘗马嵬。

鼙鼓：大鼓和小鼓，古代军中所用。《六韬·兵征》："金铎之声扬以清，鼙鼓之声宛以鸣。"清王韬《瀛壖杂志》："拨发骑龙望旆旌，经年鼙鼓未休兵。"夺命回：强行救回保住生命。此指从刘宗敏营中夺回陈圆圆。仗：依靠。侬：我。唐韩偓《此翁》诗："高阁群公莫忌侬，侬心不在宦名中。"明汪錂《春芜记·宴赏》："奴家生得好容仪，月殿姮娥也赛不过侬。"夫婿：丈夫。唐王昌龄《闺怨》："忽见陌头杨柳色，悔教夫婿觅封侯。"拥兵：掌握、聚集军队。唐韩愈《顺宗实录》："自勤拥兵继掠，循淮而东。”清顾炎武《淮东》诗：“侯时拥兵居，千里暂安堵。”歌偕老：偕老特指夫妻相偕到老。《诗·邶风·击鼓》：“执子之手，与子偕老。”歌本指歌颂，此作共同期望。蛾眉：本指女子的秀眉，借指美女。宋苏轼《渚宫》诗：“飞楼百尺照湖水，上有赵燕千娥眉。”瘗：埋葬。唐韩愈《祭十二郎文》：“生不偕居，疾药不亲，殓不摩棺，瘗不绕坟。”马嵬：在陕西省兴平县。安史之乱，玄宗奔蜀途次马嵬驿，卫兵杀杨国忠，玄宗被迫赐杨贵妃死，葬马嵬坡。唐李商隐《马嵬》诗：“君王若道能倾国，玉辇何由至马嵬。”

杨载彤从画像想到陈沅，从尺幅忆及历史，“甲申之变”，李自成打进北京，刘宗敏“遍索绿珠围内第，强呼绛树出雕栏”，强占了青春美艳的陈圆圆。由于农民起义军将领们进入城市后的“昏昏然，纷纷然”，沉醉于灯红酒绿，忙于登基大典，置关外大敌于不顾，导致了“大顺”政权仅仅维持了四十天，不得已退守西安。吴三桂奉命跟踪追击，就在那“专征箫鼓向秦川”的征程中，得知了陈圆圆的下落，通过“蜡柱迎来自战场”，与“啼妆满面残红印”的陈沅劫后重逢。本想

"斜谷云深起画楼，散关月落开妆镜"，过上同歌偕老的生活，未料又奉命转战西南，老濞开藩滇云，并未给陈圆圆带来幸福，大妇张氏的忌妒成性，丈夫"移爱"八面观音，频添无限愁苦，尽管吴氏"金碧封分桐叶圭"，而陈沅却"风尘愁老菱花镜"，在"请为女道士"，与青灯黄卷为伴不久，由于吴三桂反清的牵连，最后跳进了莲花池，与历史上的杨贵妃身瘗马嵬，别无二致，红颜薄命，让诗人感慨系之。全诗倾注了对陈沅坎坷生世及爱情悲剧的同情，使这首绝诗的艺术性提高到一定的境界。

三

传名妙笔倩娄东，一代佳人片语中。
俘献妻孥同作虏，冲冠岂尽为颜红。

传名：传播而闻名。唐杨师道《阙题》诗："燕赵蛾眉旧倾国，楚宫腰细本传名。"此指因画像而传播闻名。妙笔：神妙之笔。宋仲殊《赠任丹碧炼师》："谁将妙笔，写就素缣三百匹。”此指绘画技巧高超。倩：美艳俏丽。明梁辰鱼《浣纱记·迎施》：“娘行聪俊还娇倩，胜江东万马千兵。”此句指美艳精明超过了娄东。娄东：指明初宁王朱宸濠妃、娄谅之女娄氏，宸濠谋反，娄妃屡谏，不听。及败投水死。宸濠临刑叹曰：“昔纣用妇言亡，我以不用妇言亡，悔何及。”《畹芬录》载：“陈圆圆知吴三桂逆谋，初则请为女道士。”等到吴氏起兵反清，她劝谏不从，“遂从玉林禅师于宏觉寺削发为比丘尼”，故诗人将其与娄妃相提并论。片语：简短的话。《文献通考·经籍三》：“言出圣贤之口，则单辞片语皆有妙理。”此指清吴梅村《圆圆曲》中“全家白骨成灰土，一代红妆照汗青”的总结。俘献：作为俘虏而被进献。宋文莹《玉壶清话》卷四：“有司候昶至关，令衔璧俘献于太庙一切罢之。”妻孥：亦作“妻帑”，妻子和儿女。《诗·小雅·棠棣》：“宜尔家室，乐尔妻孥。”《毛传》：“孥，子也。”唐杜甫《羌村》诗：“妻孥怪我在，惊定还拭泪。”冲冠：谓头发上指把帽子冲起，形容极为愤怒。《史记·廉颇蔺相如列传》：“相如因持璧却立，倚柱，怒发上冲冠。”岂尽：意即“岂唯”，难道只是，何止。《庄子 · 逍遥游》：“岂唯形骸有聋盲哉！夫之也有之。”此指吴三桂引清兵入关，不只是为了陈圆圆。

从“垂二百年的先师小像”，使诗人联想到老濞逆谋反清，陈圆圆也像娄妃劝朱宸濠一样劝过吴三桂，但吴执意孤行，置“俘献妻孥同作虏”的后果于不顾，身败名裂，使陈沅受到牵累，最终跳进莲花池了此残生。杨载彤感慨系之，乃引梅村太史“全家白骨成灰土，一代红妆照汗青”的概括为之缅怀。同时还提出了当年山海关总兵的“冲冠一怒”“岂尽为红颜”的质疑，只是杨嶰谷未在诗中揭露吴三桂的权术隐秘而已。

四

三十年经两战场，夫人城破缚降王。
五华宫殿余灰烬，金屋难依瓦仓庄。

三十年：指明崇祯十七年（公元 1644 年）至清康熙十三年（公元 1674 年）之间。两战场：指吴三桂于崇祯十七年引清兵入关，打败李自成，迫使大顺政权退守西安为一战场；于清康熙十三年吴藩在昆明北郊为永历帝建享殿，隆重祭奠，打“兴明讨虏”旗号起兵反清为另一战场。夫人城破缚降王：指吴三桂反清事败，清军于康熙二十年（公元1681年）二月攻入滇境，同年十月，围云南府城，四川提督赵良栋领兵来会。攻抵昆明南郊城破，吴世璠自杀，乱平。吴逆家属被俘。五华宫殿：吴三桂进入昆明，在云南开藩，占据五华山，大修平西王宫殿，并“填菜海子之半，更作新府”。金屋：华美之屋。清龚自珍《湘月》词：“一枝赠我，安排自有金屋。”此指陈圆圆来滇后，吴三桂在昆明北郊拓地建筑安阜园，为陈沅居住地。

诗人以咏史方式，在这首诗中，叙述了从崇祯十七年到康熙十三年的三十年间，吴三桂先是媚清，引清军入关；后是反清，祭陵谋逆起兵，最终兵败，家小妻孥被俘，五华宫殿尽毁，使陈圆圆从安阜园金屋贮娇，沦落到瓦仓庄三圣庵与青灯黄卷度日，引磬木鱼自随，沧桑巨变，兴亡无常，恍若隔世。

五

腥闻贻误女如花，老濞当年计大差。
大节隳余存晚节，不应红粉换袈裟。

腥闻：原谓酒腥上闻于天。后用指丑恶的名声或恶名远播。《书·酒诰》："庶群自酒，腥闻在上。"《孔传》："纣众群臣用酒，沉荒腥秽，闻在上天。"清薛福成《庸庵笔记·幽怪一·狐仙谈历代丽人》："至若赵飞燕合德之淫妒，武媚娘之悍逆，非貌不丽，而腥闻远播，适增其丑。"此指吴三桂臭名昭著。贻误：耽误。陈夔龙《梦蕉亭杂记》："倘再不知自爱，贻误公事，白简俱在，不能为尔辈恕矣。"女如花：女子如花似玉，形容女子非常美丽。《老残游记》第十五回："他那女儿今年十九岁，相貌长得如花似玉。"此指陈圆圆长得如花似玉美艳绝伦。老濞：指西汉吴王刘濞。《史记·吴王刘濞传》载："吴有铜山，濞招致天下亡命者盗铸钱，煮海水为盐，以故无赋，国用富饶。景帝前三年，濞与楚赵等国发兵反汉，兵败自杀，时年六十二，后因以'老濞'称之。"唐杜牧《秋娘》诗:“老濞即山铸，后庭千双眉。秋持玉斝醉，与唱《金缕衣》。”吴三桂经历与刘濞大体相似，故亦以“老濞”称之。大节:临难不苟的节操。唐吴兢《贞观政要·忠义》:“姚思廉不惧兵刃，以明大节，求诸古人，亦何以加也。”隳:毁坏。《老子》:“故物或行或隳。”陆德明《释文》:“隳，毁也。”隳余:指声名败坏之后。晚节:晚年的节操。宋苏轼《谢翰林学士表》:“敢不激昂晚节，砥砺初心。”红粉:妇女化妆用的胭脂和铅粉。宋欧阳修《浣溪沙》词:“红粉佳人白玉杯，木兰船稳棹歌吹。”袈裟:梵文“kasāya”的音译，原意为“不正色”，佛教僧尼的法衣。佛制，僧人必须避免用青、黄、赤、白、黑五种正色，而用似黑之色，故称。原译作“毠毼”，晋葛洪《字苑》改从衣，作“袈裟”。唐玄奘《大唐西域记·婆庇斯国》:“浣衣池侧大方石上，有如来袈裟之迹，其文明彻，焕如雕镂。”清黄遵宪《石川鸿斋英偕僧来谒张副使余赋此以解嘲》:“先生昨者策杖至，两三老衲共联袂，宽衣博袖将毋同，只少袈裟念珠耳。”

诗人从蒲坛上盘脚打坐的比丘尼画像，想到寂静师太竟是当年“贵戚名豪竞延致，一斛明珠万斛愁”的歌姬陈圆圆，也想到吴三桂引清兵入关大节已无，早已臭名远播，到了垂暮之年，才应保持晚节，未料利令智昏，逆谋反清，不仅自取灭亡，也牵累到陈沅姬。尽管陈氏这时已“梦醒繁华镜里花，缕金衫换紫袈裟”遁迹空门，但仍脱不了干系，只好跳进莲花池了结残生。

六

颊褪胭脂鬓翦青，持珠啜茗坐翻经。
景阳钟断无消息，梵呗声催晓梦醒。

颊：脸的两侧从眼到下颌部分。《易 · 咸》：“上六：咸其辅、颊舌。”宋苏轼《红梅》诗：“丹鼎寺胎那是宝，玉人并颊更多姿。”颊褪胭脂：指陈圆圆出家后脸上不再施以胭粉，钮琇在《觚剩》中说她“淡妆素服，捐荣不御，皈心净域”。鬓翦青：脸旁靠近耳朵的头发。元尚仲贤《柳毅传书》：“蓬蝉鬓，蹙蛾眉。”鬓翦青指陈圆圆削发为尼。持珠：手持念珠。啜茗：饮茶。唐杜甫《重过何氏》诗：“落日平台上，春风啜茗时。”坐翻经：

指翻阅讽诵经卷。景阳钟断：景阳钟乃南朝齐武帝以宫深不闻端门鼓漏声，置钟于景阳楼上，宫人闻钟声，早起装饰，后人称之为“景阳钟”。唐李贺《画江潭苑》诗：“今朝画眉早，不待景阳钟。”此隐指吴三桂反清后，于康熙十三年（公元1674年）改称“周元年”，四年后在衡州自称皇帝，建元“昭武”，但仅过半年，即暴病身亡。梵呗：亦作“梵贝”，梵册贝叶的省称，泛指佛经。清田雯《病愈早起成诗》：“凭几理素琴，焚香诵梵贝。”晓梦：拂晓时的梦，多短而迷离。宋苏轼《武昌西山》诗：“江边晓梦忽惊断，铜环玉锁鸣春雷。”此借喻人生短促，世事纷杂，事变无常。醒：此指彻悟。

杨载彤在到三圣庵观画前，曾见过一幅陈圆圆宫妆打扮的肖像。而今两相比较，陈沅已从年轻貌美的歌姬一变而为老态龙钟的比丘尼，不仅“颊褪胭脂鬓翦青”，而且按戒律每天得“持珠啜茗坐翻经”，按时做“功课”。人虽出世却未能忘世，时常都在打听衡阳方面的消息，但音信全无。等到得知吴三桂战败暴病而死，“吴周”趋于灭亡，这才如迷离晓梦方醒，有所彻悟。

七

千花墖礼彩云南，艳骨全收入定龛。
色到成空空是色，他生底事现优昙。

千花：众多的鲜花。墖礼：“墖”同“塔”。清阮元《小沧浪笔谈》：“谁为造孤墖，中使金仙睡。”墖礼，此指安放骨骸于灵墖的葬礼。彩云南：彩云之南，指滇云大地。艳骨：艳丽者的骨骸。定龛：龛指僧尼的棺，即塔状的盛尸器。《释氏览要》：“今释氏之周身，其形如塔，故名龛。”《警世通言·白娘子永镇雷峰塔》：“（许仙）修行数年，一夕坐化去了，众僧买龛烧化，造一座灵塔，千年不朽。”胡士莹注：“龛，和尚的棺材，即火化时所用的木龛。”色到成空空是色：色空观点，将“色”与“空”并称，谓物质的形象及其虚幻的本性。清吴伟业《清凉山赞佛诗》：“色空两不住，收拾宗风里。”其落脚点是“色即是空”，也就是说，一切事物皆由因缘所生，虚幻不实。对一些事物如感悟妄缘，则“彼此皆儿戏”，须臾即色空。他生：来世。底事：何事。清赵翼《陔余丛考·底》:“江南俗语，问何物为底物，何事曰底事。唐以来已入诗词中。”现优昙：意即“优昙一现”，优昙花如莲花十二瓣，一开即败，比喻事物或景象稍现即逝，难得见到。语出《法华经·方便品》:“佛告舍利佛，如是妙法，诸佛如来时已说之，如优昙钵花一时现耳。”清陈去病《有悼》诗:“幻影空花太渺茫，挽留不得几回肠，优昙一现真无那，蜡泪低垂自堪伤。”

陈圆圆晚年虽遁迹空门，皈心净域，但由于老濞逆谋反清的牵连，便投身莲花池水了结生命，艳骨收入定龛，灵墖建在彩云之南。诗人谛审其既荣又损的传奇人生，实乃因缘所致，而又虚幻不实，色即是空，有如儿戏，须臾乃逝。料及来世，亦不过优昙一现而已。

八

省识毛嫱旧写神，梅魂月影视同珍。

休嗤我辈钟情甚，苏小同乡亦认亲。

省识：犹认识。清纳兰性德《金缕曲·再赠梁汾》词："多少殷勤红叶句，御沟深不似天河浅。空省识，画图展。"郁达夫《毁家诗纪》："省识三郎肠断意，马嵬风雨葬花魁。"毛嫱：古代美女。《庄子·齐物论》："毛嫱，丽姬，人之所美也。"成玄英注疏："毛嫱，越王嬖妾；丽姬，晋国之宠嫔。此二人者，姝妍冠世。"《淮南子·齐俗训》："待西施、毛嫱而为配，则终身不家矣。"写神：画像，画像要求逼真传神。明陶宗仪《辍耕录·人中》："钱塘陈鉴如，以写神见推一时。尝持赵文敏公真像来呈，公援笔改其所未然者。"梅魂：指梅花的精神。元张养浩《客中除文》诗："香返梅魂春一脉，愁从灯影夜千端。"清龚自珍《己亥杂诗》："梅魂菊影商量遍，忍作人间花草看。"月影：映于水中或隐约于云间的月亮影子。明俞鸣玉诗"中宵映雪读《离骚》，坐待西窗月影高"。唅：同"嗤"，高声笑。宋孔仲平《续世说·直谏》："吕后见唅于后代，禄产贻祸于汉朝。"钟情：特别动情。苏小：苏小小，历史上有两个苏小小，一为南朝齐时钱塘名妓。《乐府诗集·杂歌谣辞三·〈苏小小歌〉序》："苏小小，钱塘名娼也，盖南齐时人。"唐白居易《和春深》

诗："钱塘苏小小，人道最斜。"另一个是南宋钱塘名妓，容色俊丽，颇诗词。清赵翼《陔余丛考·两苏小小》："南齐有钱塘妓苏小小，见郭茂倩《乐府》解题。南宋有苏小小，亦钱塘人，其姊为太学生赵不敏所眷，不敏命其弟娶其妹名小小者。见《武林旧事》。"清吴伟业《楚云》诗："记得钱塘两苏小，不知谁个擅倾城。"

诗人从陈圆圆出家后的画像，联想到毛嫱的画像，也想到"不知谁个最倾城"的两个苏小小，认为她们容色俊丽，姝妍冠世像梅魂和月影那样，其风韵令人同珍，也为之动情。至于她们的不同身世及遭遇也是叫人慨叹的。

从以上所录出笺释的八首七言绝句，可以看出杨载彤为诗，体近元白，直抒胸臆，平白明易，流利畅达。将眼前景、平常事、交谈语，写来言浅思深，语近意远，堪称得乐天意格，"无不达之隐，无稍晦之词"。他的诗善白描，少雕饰，鲜用典，讲求易解、易读、易传诵。这八首绝诗，是由于在瓦仓庄三圣庵见到陈圆圆的画像后"事物牵于外，情理动于内，随感遇而形于歌咏者"，堪称叙事抒情，意到笔随，挥洒自如，可说是"情致曲尽，入肝脾，随物赋形，所在充满，殆与元气相侔”，也算得上清代中叶云南诗坛的名篇佳作。

（原载《云南文史》2006年第3期）

袁嘉谷《和吴梅村〈圆圆曲〉用原韵》一首

昆明北郊的莲花池公园一带，明末清初曾是一座精美别致的花园别墅，叫作“安阜园”。提起安阜园，就会想起明清鼎革之际，传奇性人物陈圆圆与吴三桂。关于陈、吴二人的事迹，计六奇的《明季北略》、《明季南略》，徐鼒的《小腆纪传》，温睿临的《南疆逸史》，刘健的《庭闻录》中均有记述，不准备重述。而云南人对此二人的知悉，是由于清初诗人吴伟业所写的七言古风《圆圆曲》，当中有“恸哭六军俱缟素，冲冠一怒为红颜”的讽刺吴三桂的名句。相传老濞为此馈以重金，求梅村太史删改这两句诗，吴伟业根本不买账，既不受贿，更不肯改诗，后来有个署名“龙湫归隐”的人写诗道：“当时曾读梅村曲，重币求诗罪难赎。”大概就是指这件事。这样一来，不仅吴梅村被誉为“秉笔直书的董狐”，而且陈圆圆与吴三桂的故事随《圆圆曲》不胫而走。历来骚人墨客还为其写诗填词：清康熙年间，官渡王思训写过《野园歌》；乾隆年间，昆明孙髯翁写过《安阜园》；道光年间，大理白族诗人杨再彤写过《瓦仓庄题陈圆圆画像八首》；光绪年间，考中癸卯进士，试经济特科第一的石屏袁嘉谷，步吴梅村原韵，也写了《圆圆曲》，此诗稿稀见，现誊录并笺注以飨读者。

和吴梅村《圆圆曲》用原韵

菩提花艳彩云间，风雨吴宫画掩关，
滇土荒丘埋赤血，吴宫故事忆红颜。
红颜惯惹游蜂恋，百丈野园朝夕谳，
老濞传声唤未来，阿娇不肯频相见。
五华山麓神仙家，飞舞杨花又柳花，
上元巧盘三角髻，灵芸合坐七香车。
梳妆台筑二三里，城北丽云蓑若绮，
生怕汉宫故扇捐，早防秋日凉风起。
和南愿起妙明心，下界偏滋清净水，

可怜老濞欲雄飞，雄飞南望不得归。
巾帼同污青汗简，袈裟幸换绿罗衣，
忆昔扫眉入宫掖，残香不劝君王惜。
昭阳云冷籍中人，洛川霞映筵上客，
筵上客醺日斜暮，英雄面目私衷诉。
潜夜奔翻笑红拂，小曲那烦周郎顾，
三军飞到星火书，一去不接桃月渡。
入门有马金粉愁，坠楼无珠石崇误，
月缺容易月圆难，降贼怒贼计不安。
乐昌破镜知消息，愿返娥眉镜里看，
招降使者关前死，剑气冲霄夜已阑。
荆山鼎杳持龙泣，华表家亡化鹤还，
怒师直从片石进，蓟北山西先后定。
箫鼓迎回掌上珠，旌旗坐取腰间印，
秦雨蜀烟兵不扬，山梯岭栈妾同乘。
金碧分封桐叶圭，风尘愁老菱花镜，
菱花照醒黑甜香，空门晚迹冷于霜。
商山葬玉坟三尺，过客寻香泣数行，
罗裙羽化新蝴蝶，锦瑟声稀古凤凰。

金错刀空投彼美，玉钩斜莫吊前王，
呜呼奸雄为色累，倾国之身非文致。
红妆脂腻白骨灰，诛心祭酒诗律细，
艳曲写生妙如神，奸雄晚死容无地。
夙知诗品价连城，邮寄千金请削名，
一生君父昧大义，千秋儿女讥私情。
情乎已矣人何处，蘼芜早碧藓苔青。
君不见：
良玉勤王家不宿，官人刺虎死亦足，
话到沧桑数闺阁，彤史先掩仙云绿，
董者自喜犹自愁，艳迹空传古粱州，
兴亡两代系一女，长歌洒泪付东流。

菩提花：常绿乔木所开的花，花隐于花托之内。似喻与佛教有缘的女子，指陈圆圆。彩云间：指云南。顺治十六年清兵入滇，吴三桂三路攻下省城昆明，陈圆圆随之南来。吴宫：本指春秋吴王的宫殿，此喻吴三桂的平西王府。画掩关：关闭宫门。唐吴少征《怨歌行》："长信重门画掩关。"似指康熙十二年，吴三桂以"兴明讨虏”反清事件。赤血：指鲜血。吴宫故事：引申为陈圆圆入滇后的掌故逸事。红颜：指女子美丽的容颜。南朝徐陵《和王舍人诗》：“倡人歌吹罢，对镜览红颜。”此喻陈圆圆。百丈野园：吴三桂在云南开藩后，在昆明北郊拓地建园，铲平了无数坟墓，开凿池塘，强征民间奇石名花，营造了占地广阔、“红墙碧瓦”的安阜园，今之莲花池，便是当日园内之水池，后称“野园”。朝夕醼：指早晚在园内举行宴会。老濞：本指西汉时吴王刘濞，此喻吴三桂。阿娇：本指汉武帝陈皇后。宋王安石《明妃曲》：“君不见咫尺长门闭阿娇，人生失意无南北。”此喻陈圆圆。五华山：（道光）《昆明县志·山川志》：“五华山在会城中，旧《通志》：由螺峰叠巘而下，端丽尊严，诸山朝拱。上有拜云亭，雍正六年，万寿圣节，彩云现，传为盛事。”飞舞杨花又柳花：指洗马河畔的平西王府前绿柳成荫。上元：古代神话传说中的仙人“上元夫人”。唐李白《古风诗》：“西海宴王母，北宫邀上元。”此借喻陈圆圆。三角髻：绾有三个发髻的发式。《汉武帝内传》：“（上元夫人）年可二十余，头作三角髻，余发散垂至腰。”此指陈圆圆美丽的发型。灵芸：指三国魏文帝所爱美人薛灵芸，灵芸容貌绝世，被选入宫。至升车就路之时，以玉唾壶承泪，及至京师，壶中泪凝如血。见晋王嘉《拾遗记》。清袁枚《随园诗话》引郑虎文诗："记起灵芸别后身，玉壶清泪血痕新。"七香车：用多种香料涂饰或用多种香木制作的车。唐白居易《石上苔诗》："路旁凡草荣遭遇，曾得七香车辗来。"梳妆台：从莲花池西走不远，过去有一个大土堆，民间指为陈圆圆生前在安阜园中梳妆打扮的遗址。方树梅《谒永历帝陵·序》："陵在省城北门外偏西一里，即俗呼陈圆圆之梳妆台也。"若绮：绚丽的云彩簇蓁太空如锦绣一般。汉宫故扇捐：比喻失宠或遭受冷遇。南朝谢朓《和王主簿诗》："相逢咏《蘼芜》，辞宠悲班扇。"刘良注："班婕妤失宠，悲怨作《团扇诗》，言秋至则扇见捐也。"和南：佛门称稽首、顶礼为和南。唐白居易《六偈赞·赞僧偈》："故我稽首，和南僧宝。"妙明心：皈依佛法之心。下界：与天上相对而言，即人间。清净水：指远离恶行与烦恼。唐张渭《送僧诗》："一身求清净，百衲纳袈裟。"欲雄飞：康熙十二年十一月，吴三桂起兵反清，自称"总理天下水陆大元帅、兴明讨虏大将军"，由滇而黔，攻入湖南。南望不得归：吴三桂起兵反清后四年，在衡州自称皇帝，建元“昭武”，仅过半年，即暴病身亡。巾帼：本指古代妇女的头巾和发式，用作妇女的代称。青汗简：古时在竹简上记事，先以火烤青竹，使水分如汗渗出，便于书写，并免虫蛀，后引申作史册。清唐孙华《叶忠节挽诗》：“芳名留汗青，千载永不灭。”此喻陈圆圆未涉嫌吴三桂反清，保存了名节，事存史册。袈裟：佛教僧尼的法衣。绿罗衣：绿色丝绸缝制的衣裳。此引申为遁入空门，超脱世俗。忆昔扫眉入宫掖：扫眉，描绘眉毛。唐温庭筠《南歌子词》：“倭堕低梳髻，连娟细扫眉。”此指崇祯年间，北京来苏州选美的豪门仆从，通过知府，将陈圆圆“劫出复纳入”，花重金把她买到北京，交田贵妃及其父田弘遇，准备献给崇祯皇帝，达到“固宠”的目的。残香不劝君王惜：残香，残存的香气。唐孟迟《长信宫诗》：“君恩已尽欲何归，犹留残香在舞衣。”此指陈圆圆虽江南姝丽，但遭到了“君非甚暗”的崇祯皇帝的拒绝。昭阳：汉宫殿名，后泛指后妃所住的宫殿。《三辅黄图》：“武帝时，后宫八区，有昭阳等殿。”唐王昌龄《长信怨诗》：“玉颜不及寒鸦色，犹带昭阳日影来。”籍中人：登记在人名簿的人。筵上客：指吴三桂。陈圆圆被皇帝拒接后，田弘遇为倚重手握重兵的吴三桂，趁召对平台，请吴赴家宴，让其与陈结识，把陈沅姬送给了他。筵上客醺：指平西伯吴三桂喝醉了酒。私衷诉：指在席间陈圆圆弹唱了一曲《沧桑怨》，吴三桂一见倾心，也表达了对陈沅姬的爱慕之情。红拂：相传为隋唐时的侠女，姓张，名出尘，是隋末权相杨素的侍妓。时天下方乱，李靖以布衣谒素，献策聘辩。杨素姬妾中有执红拂者，貌美而瞩目靖，其夜靖归旅舍，出尘奔之，乃与俱适太原。见杜光庭《虬髯客传》、张凤翼《红拂记》。此指吴三桂向陈圆圆倾诉衷情，陈沅亦效前辈古人红拂以身相许。周郎顾：陈圆圆晓擅音律，度曲勿需“曲有误，周郎顾”。三军：本指步、车、骑三军，此泛指军队。唐章孝标《李相公诗》：“朱门到晓难盈尺，尽是三军喜气清。”星火书：指日夜不停传递的军书。桃月渡：桃月为第二年农历二月。此二句指山海关战事骤紧，崇祯下诏吴三桂返防，去后未有消息。金粉愁：金粉比喻繁华绮丽的生活，此指陈圆圆留京，居住吴府，时时为辽东战事担心。坠楼无珠石崇误：本指石崇爱妾绿珠被孙秀所逼坠楼而死，此指陈圆圆担心会出现绿珠的遭遇。降贼怒贼计不安：指甲申之变，李自成进入北京，刘宗敏强占陈圆圆。乐昌破镜：指夫妻分离。南朝陈将亡时，驸马徐德言与妻乐昌公主估计不能相保，因破铜镜各执其半，约于正月十五日售其破镜，俾取联系。陈亡，妻没入杨素家。及期，徐辗转依约赴京，果访得售半镜者，夫妻卒得重聚。事见孟棨《本事诗》。陈圆圆盼望和前人一样和吴三桂能劫后重逢。招降使者关前死，剑气冲霄夜已阑：指李自成占领北京后有过招降吴三桂的举措，吴氏率部赴京和义军会合，至滦州闻爱姬陈沅被刘宗敏掠去，于是杀掉使者用"裂地以酬"，向清摄政王多尔衮借兵"报君父之仇"。荆山：《帝王世纪》"禹铸鼎于荆山"，比喻王业。华表：古代宫殿、陵墓等大建筑前面做装饰的巨大石柱，柱身多雕精美图案。此两句引申为崇祯十七年三月甲申之变，明清鼎革，朱由检吊死煤山。片石：指一片石关，在河北秦皇岛市东北九门口，李自成知吴三桂降清，率大军亲征，大败于一片石，退守北京。蓟北山西先后定：崇祯十七年四月，李自成退守西安，节节败退，清军在国内已取得决定性的胜利。吴三桂在京城四处寻找陈圆圆。箫鼓迎回掌上珠：清吴联军击败李自成，占领北京，吴三桂重新获得陈圆圆。钮琇《圆圆传》："其部将已于都城搜访得之，飞骑传送，延陵（吴三桂）方驻师绛州，将渡河，闻之，大喜。遂于玉帐结五彩楼，备翟茀之服，从以香舆，列旌旂箫鼓三十里，亲往迎迓。"陆次云《圆圆传》："三桂复京师，急见圆圆，既得，相与抱持，喜泣交集。"旌旗坐取腰间印：指多尔衮封吴三桂为平西王，命他配合英王阿济格追击李自成余部，三桂俯首听命，做了大清王朝的新贵。秦雨蜀烟兵不扬，山梯岭栈妾同乘：山梯岭栈，指秦岭栈道。顺治五年五月，命吴三桂移驻汉中，陈圆圆随之来到陕南。金碧分封桐叶圭：桐叶圭，本指成王桐叶为圭封弟叔虞的故事，后因指帝王封拜。此喻顺治十五年，清廷出兵征滇，吴三桂由川入黔，次年正月，三路入滇，占领省城，封平西亲王，在云南开藩。风尘愁老菱花镜：菱花镜，指古代铜镜，镜多为六角，背面刻有菱花。唐杨凌《明妃怨》："匣中纵有菱花镜，羞对单于照旧颜。"指陈圆圆此时年龄已暮，颜退色衰。菱花照醒黑甜香：黑甜指酣睡，宋苏轼《发广州诗》自注“俗谓睡为黑甜”。此指吴三桂在滇开藩，蓄养宠姬不止一人，因而在郊野筑园，寓陈常住园内，不与闻王府中事，安阜园不啻成为圆圆的“冷宫”，只好蒙头酣睡。空门晚迹冷于霜：指吴三桂既移爱他姬，陈圆圆则始而妒，继而自解，终而生厌世思想，乃请于三桂，于王宫之外，另置别院，为独居修持之所，待三桂起兵叛清，她谏之不听，遂遁入空门，借梵修以自保。商山葬玉坟三尺，过客寻香泣数行：指陈圆圆出家后，于康熙十六年圆寂坐化，年八十，立墓昙华庵（讹为商山），留有比丘尼趺坐蒲团像一帧。佳人最终结局，黄土三尺，令世人扼腕墓道。罗裙羽化新蝴蝶，锦瑟声稀古凤凰：羽化，本指羽化为蝶，引申为形影俱逝。锦瑟：漆有织锦纹的瑟。《周礼》：“饰以宝玉者曰宝瑟，绘纹如锦者曰锦瑟。”凤凰：琴名。《西京杂记》卷五：“赵后有宝琴曰凤凰，皆以金玉隐起，为龙凤螭鸾古贤列女之象。”后泛指美琴，也可引申为弹琴。金错刀空投彼美：金错刀系刀名。三国谢承《后汉书·冯绲传》：“武陵五溪蛮夷作难，诏遣车骑将军冯绲南征，绲表奏应奉，赐金错刀一具。”后泛指封赏。玉钩斜莫吊前王：玉钩斜，相传为隋炀帝葬宫人处。清赵翼《花田诗》:“十里芳林傍水涯，当年曾是玉钩斜。美人死后为香草，醉守来时正好花。”此二句似指陈圆圆错嫁吴三桂，遇人不淑，诗人感慨系之。呜呼奸雄为色累：奸雄指吴三桂。倾国之身非文致：倾国，形容女子极其美丽。文致，本指舞文弄法，致人于罪。此喻陈圆圆天生丽质并没有什么过错。诛心祭酒诗律细：祭酒，文化学术界的名人。诛心：指责揭露。此指诗坛名家吴梅村写七言古风鞭挞、揭露吴三桂。艳曲：指吴梅村所写七言古风《圆圆曲》。奸雄：指吴三桂。此句喻指由于吴氏的揭露，吴三桂活在世上，却无地自容。诗品：诗的品级及格调。金元好问《中州集》:“若从华实评诗品，未便吴侬得锦袍。”连城：连城珍，指价值极高极难得的作品。邮寄千金请削名：指吴三桂贿寄千金，请吴梅村删改“恸哭六军俱缟素，冲冠一怒为红颜”两句诗。昧大义：违背良心，背叛了君臣大义。蘼芜：芎䓖薰草。藓苔：苔藓一类的隐花植物。此二句喻指人事已矣，不知何处，植物依旧常青。良玉勤王：指南明弘光元年，驻军武昌的南宁伯左良玉（字昆山）以清君侧为名，进军南京，讨伐专国政的马士英。

宫人刺虎：指宫人费贞娥刺杀罗虎。沧桑：沧海桑田的略语。指经历了许多世事变化。闺阁：特指女子的卧室，代指妇女。彤史：指记载宫闱生活的官员。董者：主其事者，引申作当事人。艳迹：艳丽美貌的形象。兴亡两代系一女：明清两个朝代鼎革的历史与陈圆圆有一定关系。付东流：付之东流，完全葬送或落空。

诗坛名家吴梅村、袁嘉谷，异代不同时，两人都以矫健之笔，含清远之思，分别创作了七言古风《圆圆曲》，两诗构思各有侧重，融裁各具章法，行文均显自身风格，读之朗朗上口，铿锵成韵，而且通过把握重大题材，反映明清鼎革大事。吴诗由于作者本人的历史局限，对吴三桂为儿女私情，冲冠一怒，打着"为君父报仇"的幌子，乞师清廷，不敢大胆揭露，只作为风流韵事来描摹、咏叹，从而模糊了重要主题。而袁诗写于变法维新之后，顾忌较少，对吴三桂的挥师入滇，金碧开藩，毁冢建园，移爱他姬，冷落陈沅，拒谏反清，伪周称帝，病死衡州，则作了无情揭露和鞭挞，在题材上尚能把握要害，彼易深入。在创作手法上，由于吴梅村、袁嘉谷为诗，均擅长歌行一体，其艺术构思及风格，诚如《四库全书总目提要》所称："格律本乎四杰，而情韵为深，叙述类乎香山，而风华为胜。"文词清丽，音节调谐，既微婉含蓄，又沉着痛快，分别形成了吴、袁诗歌七言歌行的艺术特色。吴梅村的《圆圆曲》读者甚众，脍炙人口；而袁嘉谷的《圆圆曲》传世甚稀，鲜为人知，今乃笺注，以公同好。

（原载《云南文史》2010 年第 1 期）

读《古香楼诗草》三首

禄劝诗人梅宗黄，字少农，号南村，屏山镇人，性情温厚而风度儒雅，才思敏捷而平易近人。梅少农出身书香门第，童年时为诗已能斐然成诵，年仅十四岁，作《野老叹》，一字一泪，揭露统治者穷兵黩武给百姓带来的深重灾难，名扬乡里。1923 年考入东陆大学，师从袁嘉谷先生，通过潜研治学，于诗古文辞颇具功力，树五先生称其创作，“如桑麻闲话，字字皆真”，又说，“少农诗如翔鹤唳天，飞鸿戏海，往往得自然之妙”。同窗李士厚称梅宗黄：“东陆堂中无敌手，屏山帐下有传人。”足见其国学功底之深厚。生平裒辑有《古香楼诗草》，谨录出《上郭理初先生七绝二首》及《金陵》注析于下。

上郭理初先生

一

春至人间游兴饶，龙潭东去雪飘萧。
策驴未到神仙窟，先有微风度小桥。

二

入春开遍故园花，清梦云天各一涯。
惭愧孤山林处士，家风潇洒在烟霞。

游兴：游逛的兴致。宋梅尧臣《依韵和永叔》诗："但点纱笼续清夜，西园游兴古何穷。"饶：饱满。明唐寅《花月吟》诗："一庭花月正春宵，花气芬芳月正饶。"飘萧：零落飘坠貌。金元好问《往镇州》诗："野阴时混朗，冷雨只飘萧。"策驴：驱驴使行，犹"策马"。唐韩愈《送侯参谋》诗："策马谁可适，晤言谁为应。"神仙窟：神仙居处。亦用以比喻隐居处或逍遥自在的处所。唐樊夫人《答裴航》诗："蓝桥便是神仙窟，何必岖崎上玉清。"微风：轻微的风。宋范成大《春晚》诗："微风尽日吹芳草，蝴蝶双双贴地飞。"渡：通过。此指渡越通过小桥。

入春：进入春天，到了春天。故园花：古旧园苑中开放的花卉。唐骆宾王《晚憩田家》诗:“唯有寒潭菊，独似故园花。”清梦：犹美梦。宋陆游《枕上述梦》诗:“江湖送老一渔舟，清梦犹成塞上游。”云天：高空。唐岑参《过碛》诗“四望云天直下低”，引申作现实。一涯：一方。《文选·行行重行行》:“相去万余里，各在天一涯。”李善注引《广雅》:“涯，方也。”惭愧：感幸之辞，意为多谢、难得、侥幸。宋苏轼《浣溪沙》词:“惭愧今年二麦丰，千畦翠浪舞晴空。”孤山林处士：孤山在杭州西湖里外湖之间，四周碧波萦绕，孤峙湖中，故名，又因多梅花，也称“梅屿”。古人有诗云:“人间蓬莱是孤山，高阁清溪类广寒；里外湖光明似镜，有梅花处好凭栏。”林处士指宋代杭州钱塘人林逋，字君复，早岁游江淮间，后归杭州，隐居西湖孤山二十年，种梅养鹤，终身不娶，时称“梅妻鹤子”。善行书，喜为诗，多奇句，卒后赐谥“和靖先生”，著有《和靖诗集》。家风：指家庭或家族的传统风尚或作风。北周庾信《哀江南赋·序》:“潘约之文采，始述家风；陆机之辞赋，先陈世德。”潇洒：洒脱不拘，超逸绝俗貌。唐李白《王右军》诗:“右军本清真，潇洒在风尘。”烟霞：泛指山水林壑，引申作红尘世俗。清孙枝蔚《寿张康侯母晏夫人》诗：“将母琴堂馔未奢，非关陶令弃烟霞。”

这两首七言绝诗，系梅少农在冬末春初前往山中造访忘年之交、亦师亦友的郭理初所作。诗篇分别展现了一路上的情景和感受。首先点出了造访的时间是“春到人间”，虽是初春时节，而寒意未减，眼前是“龙潭东去雪飘萧”。策驴前行，向郭氏隐居的“神仙窟”进发。未到住地，清风迎面徐来，通过小桥但见古旧园苑桃李遍开。四望云天直下，使诗人浮想联翩：憧憬先生居处，犹如清梦，从而景仰林和靖式的隐者远离尘世，超逸绝俗，肇述家风，淡泊明志。诗篇用景语织成，没有着力抒情，然而情韵盈然，意境幽美。作者巧妙运用景语，不仅描绘风景，也给风景涂抹上感情色彩，正像王静安先生在《人间词话》中所讲的“一切景语，皆情语也”。通过少农公细致入微的观察，精心镕裁，使诗篇更加淡雅自然，清新洒脱，余韵萦绕，独具异乎寻常的艺术魅力。

金　陵

不见清溪旧板桥，年年风月自潇潇。

可怜多少江南客，荒烟蔓草忆六朝。

清溪：澄澈明净的溪水，犹清流。王羲之《兰亭集序》：“又有清流激湍，映带左右。”潇潇：凄清冷寂。唐刘长卿《石梁湖有寄》诗：“潇潇清秋暮，袅袅凉风发。”风月：清风明月，泛指美好的景色。唐吕岩《酹江月》词：“倚天长啸，洞中无限风月。”江南客：南唐李氏建都金陵，后称南唐统治下的地区为江南。《宋史·世家传·李煜》：“江南伪主李煜，承奕世之遗基，据偏方而窃号。”荒烟蔓草：荒烟指荒野的烟雾。宋欧阳修《祭石曼卿文》：“荒烟野蔓，荆棘纵横，风凄露下，走磷飞萤。”蔓草指生有长茎能缠绕攀缘的杂草。《诗·郑风》：“野有蔓草，零露溥兮。”六朝：三国吴、东晋和南朝宋、齐、梁、陈相继建都建康，史称六朝。唐钱起《江行》诗：“只疑云雾窟，犹有六朝僧。”

这是一首以写景开篇，由景生情的吊古感怀之作。

眼前澄澈明净的溪水，美好的景色，并没有让诗人领略到无限风月，只身感凄清冷寂，使情感沉浸在对历史的凭吊之中，从大自然的荒烟蔓草，联想到“据偏方而窃号”的南唐二主及其统治下的人民，也想到自三国孙吴以后相继更迭偏安江左的六个朝代……俱为陈迹。全诗不事雕饰，潇洒清丽，巧妙地把历史掌故、眼前景物和诗人切身感受交织在一起，抒发了忧国伤时之情，意旨颇为深远。在用韵上此诗步第一首的原韵，两诗都是易到其间，天然成韵，语言流畅自然，未显雕饰。由于善于选韵，使用语更为动人，让人耳目一新，音节更入妙处。

《古香楼诗草》裒辑诗章百余首，其中的古体近什，反映出梅氏为诗，力追三唐，服古功深。得“诗言志”之趣旨，上追少陵昌黎，下揽山谷虞山，诗律遒劲，直抒胸臆，用语平白明易，体近元白，而且叶调自然。滇云学人认为：“才情趣韵，兼而有之。”

（原载《云南文史》2011 年第 2 期）

昆明人创作的《春江花月夜》一首

《春江花月夜》本系乐府吴声歌曲名，南朝陈后主叔宝与宫中女学士及朝臣为诗，太乐令何胥又善文咏，採其尤艳者以为此曲，但原词早佚。唐中宗神龙年间，与贺知章、张旭、包融并称“吴中四杰”的张若虚，以文辞俊秀驰名京师，拟题再作此曲，从此不胫而走，脍炙人口，可称千古绝调。清嘉庆间，昆明张注我亦有是作，仍用若虚原韵，委曲缠绵，音节入妙，与原作先后媲美。

张注我，字我经，号轲园，昆明人，乾隆己酉五十四年（公元1789年）拔贡，嘉庆庚申五年（公元1800年）举人。弥勒乐恒称：“轲园胸襟旷达，而操守狷介，生平知己数人外，不妄交与。”肄业北学时，法时帆（即法世善）先生为大司成（相当于国子监祭酒，掌儒学训导），重其诗文，屡招之，谈甚洽，而轲园终落落未尝有一请托事，即此可以概见。辛酉（六年）以春官未第，病卒燕台（北京）。轲园病时，乐恒力持之，不能起，犹谆谆以事相属，望以其诗稿付梓。轲园卒后，乐氏检校诸诗，觉丰彩照人，裒为六卷，题名《雪笠山房剩稿》。正定王定柱评轲园诗："如秋空行云，晴雷券雨，纵横变化，出入无朕。"袁苏亭编《滇南诗略》辑张氏古今体诗八十余首，《春江花月夜》亦在选登之列，今录出笺注。

长江淼淼浪花平，江树江花夹岸生。
江禽百啭啼春水，千里江声撼月明。
月光华满临青甸，芳尘花片缦飞霰。
层楼复阁矗虚空，千山万山云外见。
翔骤翀举走风尘，珠宫桂殿扶冰轮。
临春结绮今何在，玉树霓裳剩几人。
八朝六姓今已矣，玉虹银汉星源似。
翡翠招飐螺黛青，箜篌声落江心水。
横空雪翰鸣悠悠，羽籥云璈亦解愁。
万树桃花江浦口，翱翔鸳鸯包山楼。
弄珠楼上好徘徊，珂里乌衣玉镜台。

王谢风流徒缅想，春月春花岁岁来。
月下琵琶花下闻，花照清樽月照君。
黄鹄矶头花解语，梦花驿里鸟通文。
文章烂漫江上花，江村花月满人家。
风动月摇花馥郁，夜深花睡月欹斜。
清冷一片轻笼雾，花光月光拂行路。
转眼花前月下人，伤心月落江花树。

淼淼：水势浩大。唐王建《水夫谣》：“逆风上水万斛重，前驿迢迢后淼淼。”百啭：鸣声婉转多样。宋王安石《独卧》诗：“百啭黄鹂看不见，海棠无数出墙头。”啼：鸣叫。唐王维《听百鸹》诗：“入春解作千般语，拂曙能先百鸟啼。”撼月明：撼指打动人心，使人从内心感到月色更美。华满：华丽丰满，指月亮更圆。青甸：青色的郊野。唐李峤《应制》诗：“别业临青甸，鸣銮降紫霄。”芳尘：指落花。唐司空曙《送高胜重谒曹王》诗：“想君登旧榭，重喜扫芳尘。”缦飞霰：花片如雪珠般下落。端木蕻良《浑河的水流》：“尤其月华如霰似的散在浑河水面上。”此指月光下落英缤纷。层楼：

高楼。元萨都剌《层楼即事》:“半空云气层楼暗，四月江南欲雨天。”复阁：重叠的楼阁。唐王勃《寒夜怀友》诗:“复阁重楼向浦开，秋风明月渡江来。”矗：高耸地立着。虚空：空旷无人之处。翔骤：如鸟飞、马奔。翀举：向上直飞。走风尘：顶风冒尘前行。珠宫：指道院或佛寺。唐殷尧恭《中元观道流步》诗:“玉洞花长发，珠宫月最明。”桂殿：本指月宫，此指后妃所住的深宫。唐骆宾王《上吏部侍郎帝京篇》:“桂殿阴岑对玉楼，椒房窃窕连金屋。”冰轮：指明月。宋苏轼《宿九仙山》诗:“半夜老僧呼客起，雪峰缺处涌冰轮。”临春结绮：结绮指结绮阁。南朝陈后主至德二年，起临春、结绮、望仙三阁，阁高数丈，并数十间，窗牖、壁带之类皆以沉檀香木为之，饰以金玉，间以珠翠，其服玩之属，瑰奇珍丽，穷极奢华，近古所未有。后主自居临春阁，张贵妃居结绮阁，龚孔二贵嫔居望仙阁，并复道交相往来，事见《陈书》。唐刘禹锡《台城》诗:“台城六代竞豪华，结绮临春事最奢。”玉树霓裳：玉树指南朝陈后主所作歌曲《玉树后庭花》的省称。明刘基《漫兴》诗:“免葵燕麦旧人家，曾唱南朝玉树花。”霓裳：指《霓裳羽衣曲》，为开元中河西节度使杨敬忠所献。初名《婆罗门曲》，经唐玄宗润色并制歌词，后改用今名。明何景明《听琴篇》诗：“忽然翻作广寒游，知是《霓裳羽衣曲》。”八朝：八代，指东汉、魏、晋、宋、齐、梁、陈、隋。宋苏轼《韩文公庙碑》：“文起八代之衰，道济天下之溺。”六姓：古代六国之姓，即偃姓，皋陶之后。今已矣：已为陈迹。玉虹：白虹。宋苏轼《郁孤台》诗：“山为翠浪涌，水作玉虹流。”银汉：天河、银河。宋苏轼《阳关词·中秋》：“暮云收尽溢清寒，银汉无声转玉盘。”翡翠：指翠羽，用以装饰车服，编织帘帷。宋张孝祥《上元设醮》词：“何人曾侍传柑宴，翡翠帘开识圣颜。”招飐：意即“招展”，飘扬、摇曳。元关汉卿《五侯宴》：“番将雄威摆阵齐，北风招飐皂雕旗。”螺黛青：黛螺青，比喻翠绿色的山峰。清魏源《武夷九曲》诗：“空明寒碧内，万古黛螺洗。”箜篌：古代拨弦乐器，有竖式和卧式两种。郭沫若《哀时古调》：“天风吹，海浪流。满怀悲往事，聊以寄箜篌。”江心水：江中央的水，对江边而言。雪翰：常年积雪的山地里的锦鸡。鸣悠悠：连续不断地鸣叫。羽籥、云璈：古代的两种乐器同时和奏。

江浦口：江滨渡口。翱翔：在空中旋回地展翅飞翔。鸳鸯：鹳鸟的别名。明李时珍《本草纲目·禽一》："又江中有鸳鸯，似凫而大，赤目，据此则鹳鸟乃鸳鸯之声转。"明唐寅《观鳌山诗》："壁际金钱衔鸳鸯，水中铁网出珊瑚。"山楼：山中高楼。唐王勃《九成宫颂》："山楼兽矫，云台鸟次。"弄珠楼：弄珠即玩珠，指汉皋二女事。《文选·张衡〈南都赋〉》："耕父扬光于清冷之渊，游女弄珠于汉皋之曲。"李善注引《韩诗外传》："郑交甫将南适楚，遵彼汉皋台下，乃遇二女，佩两珠，大如荆鸡之卵。"唐李白《岘山怀古》："弄珠见游女，醉酒怀山公。"徘徊：来回走动。珂里：对他人故里的美称。清周亮工《复高念东》："两过珂里，俱以急行，不得作竟夕之饮。"乌衣：指乌衣巷，在南京市秦淮河南。三国吴时在此置乌衣营，以士兵着乌衣而得名。东晋时王谢等望族居此，因著闻。玉镜台：玉制的镜台。指晋温峤之玉镜台，温峤北征刘聪，获玉镜台一。唐张纮《行路难》诗："君不见温家玉镜台，提携抱握九重来。"王谢：六朝王氏、谢氏望族并称。后以"王谢"为高门世族的代称。唐刘禹锡《乌衣巷》诗："旧时王谢堂前燕，飞入寻常百姓家。"

风流：指杰出不凡的人物。徒缅想：徒然，白白地。南朝宋鲍照《拟古》诗："空谤齐景非，徒称夷叔贤。"指白白地缅怀与追思。琵琶：弦乐器，用木料制成，有四根弦，下部为瓜子形的盘，上部为长柄，柄端弯曲。清樽：亦作"清尊"，酒器，借指清酒。唐王勃《寒夜思》诗："复此遥相思，清樽湛芳渌。"黄鹄矶：黄鹄山在湖北省武汉市蛇山，又名黄鹤山，西北二里有黄鹄矶。世传仙人子安乘黄鹤过此。梦花驿：虚指，无此驿址。似喻"梦笔生花"。五代王仁裕《开元天宝遗事》："李太白少时，梦所用之笔，头上生花，后天才瞻逸，名闻天下。"此喻才情横溢，文思丰富。烂漫：形容光彩四射。汉王延寿《鲁灵光殿赋》："皓皓汗汗，流离烂漫。"馥郁：形容香气浓厚。后蜀顾夐《渔歌子》词："画帘垂，翠屏曲，满袖荷香馥郁。"攲斜：歪斜不正。清纳兰性德《秋海棠》词："夜来微雨西风里，无力任攲斜。"清冷：清凉冷落。笼雾：笼罩覆盖着一层薄雾。拂行路：轻微慢步地走在路上。

张注我为文高古恬适，为诗清新旨远，所作此曲，既继承了张若虚的吴声歌曲，采其艳丽，但又于清新隽永上有所创新。全诗所描绘咏叹的是：逝者如斯，大江向东奔流不停，两岸杂花生树，群莺乱飞，“江禽百啭啼春水”，鸟声江声相和成韵。夕阳西下，夜幕降临，月出于东山之上，清辉澈汉，月光下泻，闪烁万里，江村、江树、江花，笼罩无遗。诗人妙手轻轻挥洒一笔，将一幅“春江花月夜”的画卷，展现于人们的视野。而且以情写景，由景生情，在情景交融的憧憬中，又促使诗人若有若无地去捕捉自然的奥秘，自觉不自觉地去探求人生的哲理，深感“临春结绮今何在，玉树霓裳剩几人”，进而意识到“天地无终极，人命有朝露”，于是悲从中来，哪怕是对“珂里乌衣”的留恋，对“王谢风流”的缅想，终究万般无奈。特别是置身在“月下琵琶花下闻，花照清樽月照君”的境界与氛围中，转眼又不见“花前月下人”，只有无着无落的离情，伴随着“月落江花树”的凄凉景色，也只能忧伤和无可奈何。由于作者自来操守狷介，傲然不群，又屡试春官不第，贫病交加，孤危脱落，产生上述怅惘和消沉自然是免不了的，但是，在诗里没有沉溺，没有香草美人，全诗的主旋律和一般的宫体诗是不一样的。

（原载《云南文史》2010 年第 2 期）

方树梅、梁之相红豆诗唱和四首

红豆是海红豆及相思子等植物种子的统称，其色鲜红，结实浑圆，晶莹如珊瑚，产于南方，常用以镶嵌饰物。宋代程大昌《演繁露》云："唐世缕骨为窍，朱墨杂涂，数以为采，亦有出意为巧者，取相思红子纳置窍中，使其色明显而易见。故温飞卿艳词曰：'玲珑骰子安红豆，入骨相思知未知？'"传说古代有一位女子，因丈夫戍死边地，哭于树下而亡，化为红豆，于是人们又称呼它为"相思子"。文学作品中常用它来关合相思之情。而"相思"除了男女情爱，如诗人王维的《相思》云："红豆生南国，春来发几枝。愿君多采撷，此物最相思。"自古脍炙人口。前蜀牛希济《生查子》词："红豆不堪看，满眼相思泪。"清孔尚任《桃花扇 · 传歌》："莫将红豆轻抛弃，学就晓风残月坠。"韩偓《玉合》诗："中有兰膏渍红豆，每回拈着长相忆。”其实不限于此，朋友之间也有相思的，如苏李就有“行人难久留，各言长相思”。即使是王维的诗，旧题《江上赠李龟年》，诗中抒写的仍是眷恋朋友的情怀。

云南晋宁藏书家方树梅，字臞仙，号石禅，别号梅居士，因其生平酷爱乡邦文献，又自称“滇癖”，搜访整理“记载滇事之书”及“滇人著述之书”卓有成就。除建“学山楼”庋藏古籍图书外，还喜欢收藏红豆。某日于昆明过访建水“二十万卷楼”主人梁之相，至寓所未遇，乃于案头遗红豆四粒，诗四章。

方树梅题诗

一

满县桃花手种之，政成身暇寄相思。

珍情多谢曲江叟，自笑痴人情更痴。

满县桃花：指晋宁方村“南荔草堂”周围种植的桃树，这种桃林在县内有多处。政成：政指职务。《国语·晋语》：“弃政而役，非其任也。”韦昭《注》“政犹职也”。

引申作分内工作，指在履行完成本职工作之后。身暇：工作之余、闲暇。相思：彼此思念。南朝宋鲍照《代春日行》：“两相思，两不知。”珍情：值得重视、珍惜的感情。唐韩愈《送惠师》诗：“离合自古然，辞别安足珍。”曲江叟：曲江系南盘江折西的支流，从石屏流经建水，称曲江。曲江叟：指德高望重的梁之相。痴人：本指愚笨而平庸之人。北齐颜之推《颜氏家训·归心》：“世有痴人，不识仁义，不知富贵，并由天命。”此引申为天真而幼稚之人。宋陆游《冬至后一日书》诗：“痴人痴到底，更欲数期颐。”此自嘲过于天真和幼稚。情更痴：重视感情达到了痴心的程度。

二

千秋绝唱王摩诘，佳话钱家与惠家。

谁识顺宁锡腊产，珠光夺目剧堪夸。

千秋绝唱：古往今来诗文创作上的最高造诣。清赵翼《瓯北诗话·杜少陵诗》：“至《岳阳楼》之‘吴楚东南坼，乾坤日夜浮’，古今无不推为绝唱。”王摩诘：王维字摩诘，河东人，开元进士，与孟浩然并称王孟，诗画特臻奥妙。此指王维的五绝《相思》诗。佳话：流传一时，当作谈话资料的美事或趣事，即被传诵的美谈。宋晁补之《即事》诗："翛然一室内，黄卷开佳话。"钱家与惠家：钱家指"红豆山庄"主人钱谦益，惠家指"红豆斋"主人惠栋，二人既富于藏书，又喜收藏红豆。惠栋还取别号"小红豆"。顺宁：元天历二年(公元1329年)置顺宁府，后废府存县，1954年改名凤庆县。锡腊：凤庆县凤山镇西之习铅（雅化为习谦，该县之勐佑河谷生长红豆树）。珠光夺目：珍珠的光华明洁耀眼。夸：夸奖、称赞。宋苏轼《寄题兴州池》诗："百亩新池傍郭斜，居人行乐路人夸。"

三

根珍道远那能移，播种鹞雎学圃宜。
他日开花结新子，张筵邀赏古滇池。

根珍：指红豆种子很稀见贵重。那能移：不容易移植栽种。播种鹞雎：鹞雎本指鸟自由自在地飞翔，引申为随意。学圃：学种蔬菜，语出《论语》。朱熹《集注》："种蔬菜曰圃。"宋唐庚《杂兴》诗："著书防恶客，学圃问邻翁。"宜：合适。张筵：设宴。明徐渭《送通政胡君入闽诗》："不堪暮雨张筵别，况值春花带叶抽。"邀赏古滇池：约请到昆明品玩鉴赏。

四

骚人分赠为情长，附柬征题重表扬。

裒集滇南红豆集，相思艳说彩云乡。

骚人：指诗人、文人。南朝梁萧统《文选·序》："骚人之文，自兹而作。"分赠：指把红豆分别遗赠友朋，乃出于学术上的交谊。柬：帖子、信件、名片等的统称。明徐弘祖《游记·滇游记》："莘野乃翁沈君具柬邀余同悉檀诸禅侣，以初六日供斋狮林。"征题：征集题咏红豆的诗章。重表扬：在于公开赞美，使大家知道。裒集：裒聚也。此指对所征集到的诗作辑集刻印。艳说：用绮丽的文辞加以推介评说。南朝刘勰《文心雕龙》："绮丽以艳说。"彩云乡：指云南，因在"彩云之南"。

臞仙老人的四首七绝，是选择富于情味的事物来寄托雅兴逸致。四诗卷首有《题识》云:“张讱庵（字循之，南宁人）宰顺宁（今凤庆），托访红豆得数十粒，邮来珠光夺目，欣玩不已，以双粒种学圃，余分赠知交，征诗表扬滇产。”通过遗赠红豆及所作诗篇，展现了赤诚友谊的思念。十六句中很少明提红豆，但托红豆相思之内涵以寄久别远念，言近意远，一气呵成，无复赘言，堪称“超乎相外，得其环中”，把对朋友的怀想思念，揭示得十分深刻。四诗既明快而又含蓄，情深意切的话语往往质朴无华，自然入妙。各诗均反映出诗人善于提炼平白的言语来表达深厚诚挚的思想感情，诗句语浅情深，清新隽永。

梁之相和诗

方氏偶访二十万卷楼，适梁氏外出未遇，之相归来，颇为歉然！于窗前案头得见所遗红豆及诗，欣玩不已，捧读再三，乃依原韵和曰：

一

高纵枉顾失迎之，红豆新诗遗所思。

伸纸开缄无限意，几回看读几回痴。

高纵：恣意前往，引申为潇洒超脱地随意前往。枉顾：屈尊看望，称人来访的敬辞。元袁士元《谢樊天民见访》诗："归来自愧穷途客，枉顾多劳长者车。"伸纸：伸卷，谓将纸张展开。唐柳宗元《寄许京兆孟容书》："数纸已后，则再三伸卷。"开缄：开拆（函件等）。唐李白《久别离》诗："况有锦字书，开缄使人嗟。"无限意：指诗意没有穷尽，含意极深。唐元稹《酬段丞见赠诗》："此中无限兴，唯怕俗人知。"几回：多次不定的数，即若干回。看读：观赏细读。痴：使人沉醉、着迷。清洪昇《长生殿·窥俗》："无情花鸟也情痴，解结双头学并栖。"

二

四粒珠光映碧纱，相思千古在谁家。

多情最是方村友，学圃种来艳足夸。

碧纱：指碧纱窗，装有绿色薄纱的窗子。前蜀李珣《酒泉子》词："秋月婵娟，皎洁碧纱窗外照。"映：因光线照射而显出物体的形状。《西京杂记》引汉中山王《文木赋》："修竹掩映池，高松植巘。"相思：彼此思念。南朝宋鲍照《代春日行》："两相思，两不知。"方村友：指老朋友晋宁方村的臞仙老人。艳足夸：艳形容文辞华美。南朝梁刘勰《文心雕龙·通变》："商周丽而雅，楚汉侈而艳。"此指所赠诗文辞华美足以称道。

三

岭南风物何时移，泸水沧江土亦宜。

若效唐人争作赋，墨花彩笔照滇池。

岭南：五岭之南，五岭为大庾岭、越城岭、骑田岭、萌渚岭、都庞岭的总称，位于江西、湖南、广东、广西四省之间，为长江与珠江流域的分水岭。此指两广生产红豆的地方。风物：风俗物产。宋梅尧臣《送俞尚寺丞知蕲春》诗："应见言风物，于今有黄蛇。"此指岭南生长的红豆。泸水、沧江：泸水一名泸江水，今四川云南交界雅砻江以下金沙江河段。沧江指澜沧江。此引申为云南的地理生态环境适宜栽种生长红豆。移：移植栽种。赋：吟诵或创作诗歌。《汉书·艺文志》："不歌而诵谓之赋。""若效唐人争作赋"一句：指继承仿效唐代诗人王维、韩偓等创作《红豆诗》。墨花彩笔：形容创作手法高超，文思超凡的作品。照滇池：彰显云南。

四

臞翁风雅更心长，征咏诗篇海内扬。
待得相思成集后，珍情应寄水云乡。

臞翁：晋宁藏书家"学山楼"主人方树梅，字臞仙，人尊称"臞翁"。风雅：风流儒雅。《明史·文苑·袁宏道传》："（宏道）与士大夫谈说诗文，以风雅自命。"更心长：更具有心绪和兴致。此指方树梅情有独钟收藏红豆，别具逸情雅致。相思成集：指征咏的《红豆诗》裒辑成帙。珍情：美善的感情。《孔颖达疏》："珍：谓美善之道。"水云乡：水云弥漫，风景清幽的地方。傅干注《苏轼南歌子》词："江南地卑湿而多沮泽，故谓之水云乡。"此指明代省垣所规划有林壑之美的风景名胜区称水云乡，代指昆明。

以上四首七言绝句，乃梁之相通过叙事、抒情，表达了对老朋友方树梅的真情挚意和万分感激，唱和采用谈话口吻，推心置腹地进行交流。四诗首写臞翁造访，适己外出，归来见案头所遗红豆珠光夺目，所赠诗章墨花彩笔跃然纸上，于是捧读再三，如痴着迷；次写对老友学圃移种红豆，其余分赠友朋的行动极为推崇赞赏，对附柬征诗，拟裒《相思》之集，更是竭力推重；最后冀期早日成帙，以便先睹为快。四诗步原韵写作，匠心独运，叶调自然，平仄合律，铿锵成韵，朗朗上口。

方、梁二公唱和诗章，既写景，又抒情，兼叙事，“直而实曲，朴而实秀”，尤擅采取景语、情语参半的手法创作，各诗不仅蕴含深邃，而且情真意切。两公诗作相较，前后辉映，相得益彰。

《红豆集》日后是否裒辑成帙，不得而知，方氏遗稿《学山楼丛书》未见著录。此一骚坛佳话，鲜为人知，谨迻写笺释以公同好。

（原载《云南文史》2010年第3期）

孙髯撰写的《木兰歌》一首

在我国古典诗歌中，有一种以叙述历史或当时的事件为内容的诗篇，有比较完整的故事情节和人物形象，一般称为“叙事诗”，著名的有《木兰歌》，歌颂女英雄木兰女扮男装代父从军的故事。它与《孔雀东南飞》异曲同工，后先辉映，为此明人胡应麟在《诗薮》中说：“五言之瞻，极于焦仲卿妻；杂言之瞻，极于木兰。”两诗堪称我国诗歌史上的“双璧”。

但此诗在《乐府》中作“歌”不作“诗”，有的学者认为“因系从北歌出”。北歌始于元魏，逐步演化而成《杨柳歌》和《紫骝马歌》等，与南曲并称。《木兰歌》出于初盛时，承北歌演变，逐渐激扬亢爽，当然也间杂缛丽之词。如《杨柳歌》中的“敕敕何力力，女子临窗织，不闻机杼声，唯闻女叹息，问女何所思？问女何所忆？阿婆许嫁女，今年无消息”。此为出于北歌之证明，只是《杨柳歌》是写思嫁,《木兰歌》则是写要代父从军，反映出乐府歌曲从写家常事、儿女情发展到关注保卫国家疆土，情系百姓安危，对古典诗歌的发展在思想内容上无疑是一种突破和提升。

关于《木兰歌》的时代，历来有三种说法：最早的汉魏说把著作权归之曹植；最晚的隋唐说认为是聚众朔方的梁师都僭乱，唐王朝征兵抗击，由于“阿爷无大儿，木兰无长兄”，才“愿为市鞍马，从此替爷征”；多数人认为是北朝民歌，南朝陈释智匠的《古今乐府录》已著录了这首诗，这是不可能作于陈以后的铁证。北朝战争频繁，人们好勇尚武,《木兰歌》正反映了这一特定的社会风貌。又诗中称君主为可汗，乃北方部族首领的称号，出征地点也在北方，都说明它只能是北朝的作品，大约作于北魏迁都洛阳以后，东、西魏分裂以前，在流传过程中，可能经隋唐文人加工润色。如“策勋十二转”、“朋驼千里足”，反映了唐代的官制和驿制；“万里赴戎机，关山度若飞，朔气传金柝，寒光照铁衣，将军百战死，壮士十年归”，酷似唐诗风格。

全诗以时叙事，按事件发展进程依次表述：首写停机叹息，再写备市鞍马、代父从军、辞家赴戎、万里征程、遇景思亲、临战歼敌、沙场奏凯、辞官归里、家人团聚、重着旧装、惊诧同行。从诗意蕴涵而言，写木兰代父从军，表现了非凡的智慧和毅力；写木兰身经百战，历时十载，得胜而归，表现出坚强与勇敢；写木兰不受官爵，着意恢复普通劳动妇女的生活，表现了纯朴高洁的情操。诗篇的作者调动艺术手法，将各种美德集中在一个普通女子木兰身上加以歌颂，这在重男轻女的封建社会里是很有意义的。为此诗篇不仅广为传诵，脍炙人口，也引发了世人对木兰的崇敬。清人松琴在《女学生入学歌》中就唱道："缇萦木兰真可儿，班昭我所师。"女革命家秋瑾写诗称道："壮哉奇女谈军事，鼎足当年花木兰。"徐树丕的《识小录》就介绍了"黄陂县北七十里，有木兰县、木兰山、将军冢等，殆为纪念木兰而立名"。

昆明大观楼长联的作者孙髯翁，系傲然不群的名士、经世致用的学者、才华横溢的诗人，戴炯孙称他"博学多识，诗古文辞皆豪宕，有奇气"，袁文揆称他"为乐府亦俱入香山崆峒之室”，戴淳称他“新诗崄怪七言工”。孙颐庵在潜研、查考、稽核、辨析上述《木兰歌》有关问题的基础上，继承传统，推陈出新，撰写了杂言歌行《花木兰歌》，收入旧抄本《孙髯翁先生遗诗》中，现录出并诠释以公同好。歌云：

朔风吹大雪，压倒红旗竿。壮士僵卧死，何况花木兰。木兰本女郎，何为铁兜鍪罩乌云盘？木兰本女郎，何为身披银铠跨雕鞍？木兰本女郎，何为长弓羽箭腰间攒？军书日夜至，猎火遍山峦。老父大年纪，行步多蹒跚。木兰但替爷征战，怕不一战擒可汗。堂上拜父母，唯愿强加餐；堂下别弟妹，双泪珍珠弹。若使木兰有长兄，焉用木兰军中行路难。天地为色变，风云尚盘桓，鸟兽为悲鸣，河水咽前滩。爷娘与弟妹，能不摧心肝。木兰恐伤父母心，反对爷娘大喜欢。出门约伙伴，长跪见长官，长官不知木兰是女郎，但见木兰脉脉羞无端。手如削葱根，唇如朱涂般，目如墨漆点，颜如鲜牡丹。行步是男儿，骨节常姗姗。木兰初次见长官，如何不教木兰脉脉羞无端。朝拜君王诏，暮则都督坛。瀚海提戈跃，天山勒马看，杀贼如儿戏，谈兵似弄丸，军中忽唱凯，道路尽罗观。木兰不愿官拜尚书郎，但愿得侍父母终余年。上堂见父母，父母苦熬煎，下堂见阿妹，阿妹长齐眉，园中看小弟，小弟年十九，身骑劣马手开八石之劲弓，如今小弟好替爷征战，不叫阿姊长跪长官前。解我腰间甲，弃我手中鞭，脱去铁兜鍪，系上双行缠，鸾镜重开匣，骊珠再出渊，蛾眉随意画，小步欲生莲。六幅绮罗裙，拖齐猩红毯。微觉旧时裳，不称纤腰妍。手持金剪力，新制藕丝鲜。昨日好男儿，今日美婵娟。乡里相传说，远近发长叹。我谓乡里生女且勿愁，生男且勿欢。安得天下生女子，一一皆似花木兰。张良美妇人，木兰奇男子，景升诸儿豚犬尔。

木兰：系文学故事人物，即古乐府《木兰歌》中女扮男装，代父从军的主人公，其姓氏无可考，或作花，或作朱，均无确证，后世多称为花木兰。朔风：北方的寒风。唐长孙佐辅《关山月》诗："拂晓朔风悲，蓬惊雁不飞。"僵卧死：指冻毙的尸体。汉焦赣《易林·讼》："僵死如麻，流血濡橹。"铁兜鍪：亦称"兜牟"，古代战士戴的用铁制成的头盔，秦汉时称谓，用以防御箭刀，后叫"兜鍪"。《东观汉纪·马武传》："（武）身被兜鍪铠甲，持戟奔击。"乌云盘：比喻妇女的黑发。清赵翼诗："乌云斜绾出场来，满堂动色惊艳艳。"银铠：银饰的铠甲。雕鞍：雕花彩饰的马鞍，此指骑马。攒：簇聚，此指弓箭集在腰间。军书：本指军事文书。唐韩愈《县斋有怀》诗："军书既频召，戎马乃连跨。"此指征兵的花名册。猎火：指古代游牧民族出兵打仗的战火。唐高适诗："校尉羽书飞瀚海，单于猎火照狼山。"蹒跚：行步摇晃跌撞。宋陆游诗："老翁垂八十，扪壁行蹒跚。"可汗：亦称"可罕"，古代鲜卑、柔然、突厥、回纥、蒙古等民族中最高统治者的称号。《乐府诗集》："昨日见军帖，可汗大点兵。"强加餐：劝祝之词，谓多进饮食，保重身体。明王士桢诗："名忝雁鸿联，慰则勤加餐。"弹：

挥洒泪水，即“弹泪”。南唐冯延巳《忆江南》词：“别离若向百花时，东风弹泪有谁知。”盘桓：周旋、交往。此指战争形势尚待周旋。《秦并六国平话》：“二将骤征鞍，盘桓两阵前。”摧心肝：指极度伤心，即“摧心”。清金农诗：“乱柳摧心野郭秋，隔江山翠晚奁收。”叶圣陶《倪焕之》：“摧心地伤痛，担上家计的重负。”脉脉羞无端：脉脉指含情脉脉，默默地用眼神表达情意。明刘基《尉迟杯·水仙花》词：“空将泪滴珠玑，脉脉含情无语。”此指含情脉脉，凝视其容貌，无比怕羞。削葱根：喻指女子纤细白嫩的手指。《玉台新咏·为焦仲卿妻作》：“指如削葱根，口如含朱丹。”姗姗：行步迟缓貌。王汶石《土屋里的生活》文：“姗姗而行。”此指缓慢移动，用以形容好的步态。君王诏：皇帝的诏书。此指国家对战争的部署。都督坛：将坛、将台，将帅指挥或阅兵的军事指挥中心。瀚海：指沙漠，蒙古高原大沙漠地区的泛称，多用为征战之地。唐陶翰诗：“孤城当瀚海，落日照祁连。”天山：指杭爱山脉，即《元和郡县志》中的伊州。谈兵：议论军事，谈论用兵。宋梅尧臣诗：“方与旧将饮，谈兵灯烛前。”弄丸：古代的一种杂技，两手上下抛接好多个弹丸，不使落地。清龚自珍文：“庖丁之解牛，伯牙之操琴，羿之发羽，僚之弄丸，古之所谓神技也。”比喻像玩弄弹丸那样轻松。唱凯：打了胜仗，高唱凯旋之歌。清曾国藩文：“唱凯于公庭，饮泣于私舍。”罗观：一一观看。此指众人前来观看。尚书郎：中国自魏晋以后尚书各曹有侍郎、郎中等官职，通常称尚书郎。长齐眉：古代指年龄已到结婚，夫妻举案齐眉之时。八石之弓：计算弓弩强度的单位。《荀子·议兵》：“魏氏之武卒，……操十二石之弩。”双行：指旧时妇女缠足的一双小脚。《古乐府》：“新罗绣行，缠足肤如春妍。”鸾镜：鸾形的镜子。宋辛弃疾词：“宝钗飞凤鬓惊鸾。”即妆镜。明唐顺之诗：“鸾镜时时照，蛾眉岁不同。”骊珠：本指宝珠，出于骊龙颔内。比喻尊贵的人物。唐元稹诗：“杨公莫讶清无业，家有骊珠不复贫。”此引申为不寻常的木兰。蛾眉：蚕蛾触须细长而弯曲，比喻女子美丽的眉毛。猩红毯：大红地毯。纤腰：细腰，即杨柳腰。唐韦瓘文：“见前一人纤腰修目，容甚丽。”藕丝：纯白的颜色，指新缝制的衣服。唐李贺诗：“粉霞红绶藕丝裙，青洲步拾兰苕春。”婵娟：指姿态美好的女子。元沈禧套曲："腰肢袅娜，体态娟娟。"张良美妇人：指张良仪容美好，美如冠玉。景升诸儿豚犬尔：景升，刘表字，刘表病卒，其子刘琮等投降曹操，故言"诸儿豚犬尔"。

这首杂言歌行的叙事长诗，以漠北恶劣的自然气候开篇，进行铺垫，衬托巾帼女儿的坚毅果敢；紧接着对木兰一反常规的穿戴、配备、坐骑连提三问，塑造代父从军女子的飒爽英姿，着墨不多，英雄形象跃然纸上。如不设此问答，正如谢榛在《四溟诗话》中所说："则简而无味，殆非乐府家数。"继而以简练之笔，写万里赴戎机，辞家别高堂，一门离别情，牵挂非寻常。再写进入军营，虽乔装打扮，仍不免流露女儿本色。于征战场面，则高度概述为"瀚海提戈跃，天山勒马看，杀贼如儿戏，谈兵似弄丸，军中忽奏凯，道路尽罗观"，堪与原作"万里赴戎机，关山度若飞"相媲美。回归后写解甲弃鞭，开镜画眉，罗裙拖毯，才使同行伙伴惊讶认出木兰"昨日好男儿，今日美婵娟"。通过渲染扑朔迷离的传奇色彩，更显木兰的气宇轩昂、天真活泼、沉着机智，引为乡里赞叹，从根本上动摇了"不重生女重生男"的封建传统观念，以画龙点睛之笔，托出了全诗之意旨。孙髯翁撰写的《木兰歌》和原作一样，都是现实主义与浪漫主义相结合的叙事长诗。孙诗更加平白明易，通俗易懂，塑造木兰劳动人民女儿本色，更加鲜活跳脱。在创作手法上，叙事有繁有简，细腻与粗犷相结合，于历年征战，沙场歼敌，则几笔带过；对回家团聚，重着旧装，收拾打扮，则浓墨重彩，较好地把握了繁简互见的故事发展情节。在行文上，既有质朴自然的口语，又有精妙绝伦的排句，比喻新颖妥帖，从而增强了艺术感染力。

滇云学人在批点《滇南诗略》时，认为此诗"乃乐府之变调，难得其气横溢，其语风韵，一时作者当推此翁独步"，允当评骘，实非虚言。

（原载《云南文史》2011 年第 1 期）

梁王、段功之争叙事诗十首

大理九代总管段功，元顺帝至正五年(公元1345年)袭，授承务郎，官蒙化知州。至正六年（公元1346年），木邦思可发叛，元命河南参政贾郭熙督师会云南路兵讨之，以段功为前锋，屡战克捷，叙功升为大理总管，寻升为参政。二十三年（公元1363年），明玉珍自楚入蜀据之，分兵四掠，以红巾为号，自将三万人攻云南。梁王奔威楚（楚雄），诸郡悉乱，遣使求援于大理段氏总管。段功率兵拒红巾，败之于关滩江，杀获千级，已而红巾复振，收合余衄再战，杀段氏骁将铁万户，乘胜屯古田寺，段功用火攻，红巾军乱，死者十七八，又追忆至回镫关，大败之。红军既退，梁王德段功保境存家之恩，为奏授云南平章政事，并以女阿禚妻之。于五华山盛宴段功，席间命乐工奏乐，阿禚翩翩起舞，歌《金指环》：

> 将星挺生扶宝阙，宝阙金枝接玉叶，灵辉彻南北东西，皓皓中天光映月。玉文金印大如斗，犹唐贵主结配偶，父王永寿同碧鸡，豪杰长作擎天手。

《金指环》：曲谱名，依曲调填词，进行配乐歌唱。将星：古人认为帝王将相与天上星宿相应，将星即象征大将的星宿。《隋书·天文志》："大将星摇，兵起，大将出。"此喻指段功。挺生：本指挺拔生长，引申作杰出。《后汉书·西域传论》："灵圣之所降集，贤懿之所挺生。"唐杜甫《秋日荆南述怀》诗："昔承推奖分，愧匪挺生才。"扶：扶持卫护。宝阙：宫殿的美称。唐李山甫《蜀中寓怀》诗："春装宝阙重重树，日照仙州万万楼。"借指梁王宫，引申作梁王统治政权。金枝玉叶：比喻皇族子孙以及出身高贵的人。《敦煌曲子词》："当今圣寿比南山，金枝玉叶尽相连。"隐指阿褴公主。灵辉：指日月的光辉。南北东西：四方，引申为梁王统属的地方。皓皓：光明貌。汉扬雄《法言·渊骞》:“明星浩浩，华藻之力也与？”中天月：皓月当空。玉文：文字的美称。梁元帝《荆州长沙寺阿育王像碑》:“金版玉文，淳精所以播策。”金印：旧时帝王或高级官员的印玺。清黄遵宪《琉球歌》:“尚有丹书珠殿挂，空将金印紫泥封。”斗：古代的酒器。《史记·项羽本纪》:“玉斗一双，欲与亚父。”犹唐贵主结配偶：指唐僖宗中和三年（公元883年），唐以安化公主下嫁隆舜，南诏派布燮杨奇肱前往迎亲。永寿：长寿。晋潘岳《秋菊赋》:“既延期以永寿，亦蠲疾而弭疴。”同碧鸡：像碧鸡山长期存世。豪杰：豪迈杰出，指才能出众的人。《管子·七发》:“收天下之豪杰，有天下之俊雄。”擎天手：托得住天的手，比喻力量巨大的人。明朱鼎《玉镜台记》:“吾曹纵有擎天手，恐大厦终非一木支。”此指愿段功撑持梁王统治。

由此可见阿禚的文学才华及歌舞造诣，借助《乐府》，铺陈其事，直言父王招赘段功，襄助王室之意，也表达了自己对英才爱慕之情。于是段功不仅出任云南平章政事，而且入赘成为梁王府中之乘龙快婿，久居中庆，乐不思归。

段功本系有妇之夫，结发夫人高氏原住大理，见丈夫在梁府“温柔乡”里，不思桑梓故里，乃为《长短句》一阕寄功云：

> 风卷残云，九霄冉冉逐，龙池无偶，水云一片绿。寂寞倚屏帏，春雨纷纷促。蜀锦半床间，鸳鸯独自宿。珊瑚枕冷，泪滴针穿目。好难禁，将军一去无度，身与影立，影与身独。盼归来，只恐乐极生悲，冤鬼哭。

残云：零散稀疏似云。唐孟浩然《寄卢征君》诗：“洛川方罢雪，嵩嶂有残云。”九霄：九天，指天空。冉冉逐：指事物随时间推移发生变化。龙池：本指龙宅、龙宫，引申为贵人官员居处。此指段氏总管府第。无偶：夫妻不住在一起，指高氏夫人独守空房。水云一片绿：府第中的自然景观仍然依旧。屏帏：亦作屏帷，指内室、卧室。春雨纷纷促：春雨不停地下，下得很紧迫。蜀锦半床间：四川锦缎缝制的被子摆在床上。珊瑚枕：用珊瑚珠装饰的枕头。针穿目：用针扎目，比喻疼痛无比。好难禁：难以忍受。无度：无定着，没有限度，没有底数。乐极生悲：欢乐到了极点，转而发生悲伤的事。冤鬼哭：死得冤枉的人的魂灵哭泣。

长短句既写丈夫另有新欢，“一去无度”后的自身孤寂，也写担心丈夫恐遭不测的忧心忡忡。“好难禁”的独处只有望龙池而生悲，倚屏帏而流泪。全词道出了莫可名状的心曲。

段功接信，于至正二十四年（公元1364年）还大理，至洱海金鸡庙，夫人遣使来报生子（即段宝），急回家中，见到襁褓中的婴儿，亲昵地抱着孩子唱起歌来：

> 去时野火通山赤，凯歌旋奏梁王驿。自东抵此又阳春，时物变迁今复昔。归来芳草绿茸茸，无数桃花绕生意。杜鹃声里日如年，好归矣。

野火：山野之火，此指因战事而引起的大火（此指红巾军入滇引起的战火）。凯歌：胜利之歌。清戴名世《程之藩传》：“一日统兵杀贼，凯歌旋。”此指段功追杀明玉珍至回镫关，大败红巾军奏凯而还。阳春：温暖的春天。唐酒津布衣“阳春时节天气和，万物芳盛人如何”。此二句指冬去春来，万物复苏，生意盎然，时间事物与日俱进，而风景依旧。茸茸：柔细浓密貌。元马彦良《一枝花 · 春雨》曲：“润夭桃灼灼红，洗芳草茸茸翠。”绕生意：回旋缠结着无限生机。杜鹃：子规，春末夏初，昼夜啼叫，其声哀切。元王实甫《西厢记》：“绿杨影里听杜鹃，一声声不如归去。”好归矣：早该回去了。

段功升任云南平章政事，入赘王府，迎娶阿禚，又适发妻高氏弄璋生子，可谓踌躇满志，即兴而歌，喜悦溢于言表。但人在大理，情系鸭池，想到燕尔新婚的阿禚，又魂不守舍，如坐针毡，度日如年，乃借为梁王祝寿，备办乳扇弓鱼，日夜兼程赶回中庆。

段平章回到省垣，王后斛律金、左臣彻里的斤妒功谗搆云：“平章此来，气焰甚大，有吞金马咽碧鸡之心，愿大王早图之。”梁王深信不疑，乃与阿禚谋，欲以孔雀胆毒功。是夜，阿禚于灯下私泄之，愿与西归，平章不信。可谓“雀胆阳收全父命，兰缸挑尽劝夫归”，公主亦无能为力。七月梁王邀功至东寺“演梵”，经通济桥，绊段功马逸，梁王乘机令番将格杀之。阿禚闻讯赶来，痛不欲生，以锦被裹功尸，入殓，遣人扶榇送回大理，公主作诗挽之，功丧既行，阿禚遂不食以死殉焉。诗云：

> 吾家住在雁门深，一片闲云到滇海，心悬明月照青天，青天不语已三载。苹花历乱苍山秋，误我一生踏里彩。吐噜吐噜段阿奴，施宗施秀同奴歹。云片波粼不见人，押不芦花颜色改，肉屏独坐细思量，西山铁立风潇洒。

雁门：指雁门关，在山西代县西雁门山上。深：险要、深远。唐杜甫《病马》诗："乘尔亦已久，天寒关塞深。"萧滌非注："深，深远也，险也。"此指阿禚公主出生在距雁门关深远险要的漠北。闲云：本指悠然飘浮的白云。唐李白《赠周处士》诗："闲云随舒卷，安识身有无。"比喻无拘无束，潇洒自如。此指阿禚随意自如地来到了云南。心悬明月：本指心境像当空皓月那样清辉澈汉，光照大地，喻指内心开阔愉悦。青天：晴天，喻指清明美好的世界。青天不语已三载：平静恬适地度过了三个年头。苹花：指四月菜开的小白花。明李时珍《本草纲目·草》“苹，四月菜也。”历乱：纷乱。唐卢照邻《芳树》诗：“风扫花历乱，日度影参差。”此指四月菜的小白花片纷乱飘落，频添苍山凄凉的秋天景色，暗指格杀段功的伦常祸变。误我：意即“误身”，贻误自身。唐杜甫《赠韦左丞》诗：“纨绔不饿死，儒冠多误身。”此指贻误于我，危害于我。踏：踩，践踏。里彩：蒙古语锦被，此指贻误了我的青春年华。吐噜：可惜的意思。段阿奴：阿禚对段功的爱称。施宗施秀：白族青年将领。《南诏野史》载：段功攻明玉珍时，又得“子宗子秀兵至，功遂从梁王进兵吕合，败红巾军于关滩”。同书又载：段功被梁王杀害后，“阿禚闻之，恸曰：‘昨灯下，吾犹言云南施宗施秀二人胭花殒命，奈何不信，今果遇害矣’”。可知施氏兄弟二人和段功一样，系被梁王施美人计害死。歹：坏，喻死。云片：云雾。宋张抡词：“云片飞飞，花枝朵朵，光阴且向闲中过。”波粼：明净的水波。方经《三峡之秋》：“江水平静了一下，接着便闪动起银色的波粼。”此句指西山飘动着朵朵白云，滇池闪动着银色水波，风景依旧，而人却与世长辞。押不芦花：起死回生之药。此句指起死回生之药也不起作用。肉屏：骆驼。铁立：松树。潇洒：凄清孤寂。宋苏舜钦《湘公院冬日有怀》："禅房潇洒皆依旧，世路岖崎有万殊。"此两句指依傍着骆驼无语独坐，西山松涛过处，频添无限孤寂凄清。

阿禚是一个才貌出众的蒙古少女，段功则是六诏驰名的英雄，两人结为夫妇，互敬互爱，为当时云南各族人民所称道。但因段功对梁王政权存有幻想，希望以自己对元室的忠诚求得把匝剌瓦尔密的信任，改善蒙、汉、白各族之间的关系。他的这种主观愿望，由于元朝统治者的种族偏见和所奉行的民族压迫政策，不仅无法实现，反而因此遭到梁王的疑忌，被杀害于昆明的通济桥下，造成了"孔雀胆"的历史悲剧。正像前人诗中所写的："我望西山铁立时，北风吹就断肠诗，苦绪幽情谁更见，愁云千里压滇池。"

段功家丞杨智，字渊海，于至正十九年（公元1359年）梁王开科取士时应考登贤书，后授员外郎，佐段功运筹帷幄。段平章有宠于梁王，渊海遂知其不终，屡谏不听，出语人曰："吾主与我无生还日矣。"人曰："主自恃宠，于君何预？”渊海曰：“岂有食人之禄而不同其难者？”未几，功果为梁王所害，渊海题诗于壁，于是日仰药死。诗云：

半纸功名百战身，不堪今日总红尘。
死生自古皆由命，祸福于今岂怨人。
蝴蝶梦残滇海月，杜鹃啼破点苍春。
哀怜永诀云南土，絮酒休教洒泪频。

半纸功名：凭借片纸文章科考中举获取了功名，此借用金元好问《杂著》诗“半纸虚名百战身，转头高冢卧麒麟”。百战：经历多次战斗。不堪：不忍心，不甘心。总红尘：佛教、道教称人世为红尘，此指终结了人世间事，喻死去。颔联两句指死生祸福，人事变故皆系天命，非人为所能变更，无须怨天尤人。蝴蝶梦残：指庄周梦蝶，随之物化，即变化而死，不忍斥言其死。《文选·回车驾言迈》：“人生非金石，岂能长寿考，奄忽随物化，荣名以为宝。”杜鹃啼破：子规昼夜不停地啼叫哀鸣。永诀：永别，指死别。宋叶适《祭赵知宗文》：“茕然一邑，于此永诀。”絮酒：俗用棉絮醮酒祭奠死人。

杨渊海为段氏总管一家丞，深受段平章知遇，段功被格杀，既不能声张义旗，为主报仇，更不敢声讨梁王，吊民伐罪，说明由于历史的局限，仅只题诗于壁，仰药殉主，充分暴露了封建知识分子逆来顺受的软弱性，悲乎！

段功原配夫人高氏，曾生有一儿一女，长女名叫僧奴，又名羌奴或羌娜；儿子名叫段宝，后为大理第十代总管。当段功遇害时，僧奴才十二岁，一直把父亲的冤仇铭记心上，并亲手制了锦旗一面，上绣“替父报仇”四个字，当其年至笈笄，许配给建昌阿黎氏之子阿荣时，又曾写下了：

珊瑚勾我出香闺，满目潸然泪湿衣。
冰鉴银台前长大，金枝玉叶下芳菲。
乌飞兔走频来往，桂馥兰馨岂暂移。
惆怅同胞未忍别，应知含恨点苍低。

珊瑚：此指珊瑚鸟，亦作山胡或称山呼。宋苏轼《黄州得山胡》诗注：“山湖，善鸣，出黔中。”宋黄庭坚《青玉案》词:“山胡声转，子规言语，正是愁人处。”勾：招引、引动。宋王禹偁《和仲咸》诗:“使君安置后，勾我往来频。”香闺：指青年女子的内室。宋柳永《临江仙引》词:“香闺别来无信息，云愁雨恨难忘。”潸然：流泪貌。《汉书·中山靖王刘胜传》:“纷掠逢罹，潸然出涕。”冰鉴银台：镜子及银质的烛台，指豪华生活用具。此句写成长在优裕舒适的环境里。金枝玉叶：出身高贵的人。芳菲：本指香花芳草的园林，比喻段代总管府第。鸟飞兔走：鸟兽集散。频来往：来去往往如此。桂馥兰馨：兰宫桂殿，喻指华丽的居处。岂暂移：哪能随意改变。惆怅：失望而伤感。同胞：此指同母所生的姊弟。含恨：心怀仇恨。前蜀韦庄《望远行》:“欲别无言倚画屏，含恨暗伤情。”点苍低：本指苍山云气低沉，引申为仇恨在心，思绪沉重压抑。

僧奴出生在大理望族名门，成长于段氏总管世家，深受父亲段功坚贞刚毅影响，又得母亲高夫人文化素养熏陶，独具才华。但父遭罹难，家庭变故，族恨家仇，历历在目，铭刻于心。当其于归建昌阿黎氏时，乃以诗及刺绣文旗与其弟段宝曰:“我自束发，闻母称父冤恨，非男子不能报，此旗所以识也。今归夫家，收合东兵，飞檄西洱，汝急应兵会鄯阐。”读其诗，凄婉哀怨，视其言，果敢坚毅，英姿飒爽，颇具巾帼之概。

梁王格杀段功，两家因此失和，年年构兵。段宝嗣立，经鹤庆知事杨昇调解，双方自洱海金鸡庙分界，南属梁王，北属段氏，暂时弭兵，百姓稍事安宁。未几，明玉珍复侵鄯阐，梁王遣叔铁木的罕借兵大理，段宝答书云：“杀虎子而还喂其虎母，分狙栗而自诈其狙公，假途灭虢，献璧吞虞，金印玉书，乃为钓鱼之香饵，绣闺淑女，自设掩雉之网罗。况平章既亡，兄弟罄绝，今止一婺一奴，奴可再赘华黎氏，婺又可配阿禚妃，如此事诺，我必借大兵；如其不可，待金马山换作点苍山，昆明池改作西洱河时，兵来矣。”答书后又附一诗云：

烽火狼烟信不符，骊山一举任枝梧。
平章枉挂红罗帐，员外空题粉壁图。
凤去岐山祥兆隐，麟戕大野瑞光无。
自从界限鸿沟后，成败兴亡不属吾。

狙栗：猴子吃的板栗。狙公：古代善养猕猴的人。假途灭虢：虢为春秋时诸侯国，今山西平陆及河南三门峡一带。《左传·僖公五年》载：晋国向虞国借路去灭虢，晋灭虢后，在归途中又灭了虞国。后指以向对方借路为名，而行消灭的计策为“假途灭虢”。献璧吞虞：虞为姬姓，周古公亶父之子虞仲之后代封国，在今山西平陆北。公元前655年，晋国以重币向其假途灭虢，晋军归，将其袭击攻灭。金印玉书：朝廷颁赐的印信诏书。掩雉：捕捉野鸡。罄绝：全部灭绝死亡。獒：本指猛犬，体大善斗，此引喻段宝。待金马山换作点苍山：指等昆明变成了大理，喻梁王政权成了段氏的统治。兵来矣：便可出兵援救。烽火狼烟：指“狼烽”，古时边防燃狼粪以报警的烽火。《资治通鉴：后汉高祖天福十二年》胡三省注引陆佃《埤雅》：“古之烽火用狼粪，取具烟直而聚，雄风吹之不斜。”骊山一举：指周幽王烽火戏诸侯的故事。《史记·周本纪》：“申侯怒，与缯、西夷犬戎攻幽王，幽王举烽火兵莫至，遂杀幽王于骊山下。”颔联二句：指段功入赘阿禚，被梁王格杀于通济桥下，亦指家丞杨智闻段功死，题《绝命诗》于壁仰药殉主。凤去岐山：传说凤鸣岐山，西周兴盛，反之，凤去则致衰亡。麟戕大野：大野指广阔的原野。宋苏辙《上枢密韩太尉书》："无高山大野可登览以自广。"即麒麟被杀害于旷野。此联二句喻梁王格杀段功，将致统治即衰。界限：指梁段构隙，争战不已，经杨昇调解，以金鸡庙为界。鸿沟：古运河名，在河南省，楚汉相争时曾划鸿沟为界。明沈采《千金记》："楚汉争锋不得宁，鸿沟画界各相吞。"此指梁段势力明显的界限。成败兴亡不属吾：喻梁王政权的兴盛衰亡与我段氏无关。

段宝的《答书》及所附《七律》，引古论今，连嘲带讽，言语辛辣，但义正词严。愤懑之志溢于言表，刚毅之心昭然可见，具段氏世代总管之遗风，传承白族固有不屈不挠之精神。

元末"梁段之争"乃云南历史上重大事件，均见诸史册。明朝建立，经过兰（玉）傅（友德）、沐（英）定滇，为彰显前代历史人物，先后在大理苍山应乐峰下、崇圣寺旁修建了段功墓，于省垣城南巫家坝营建了阿姑庙，让世人凭吊，追思缅怀。洪武十七年（公元1384年）都督冯坚至云南巡视军务，经段平章墓，挽诗云：

田横五百剑孤身，转眼关山半委尘。
白阙王楼召客记，南滇彩笔说诗人。
点苍夜黑云遮月，金马天寒鸟怨春。
共惜平章迷绣幕，至今应乐水声频。

此诗于元明鼎革，抚今追昔，于“梁段之争”作了一定评骘，扼腕墓道，发其志士之悲。

晚清，呈贡秦光铭谒阿姑庙，题联云：

祸变起伦常，夫也何辜？
父也何仇？泣尽千行血泪；
奇冤含肺腑，羌兮休怨，
宝兮休怒，怜此一片贞心。

联句把阿禚在祸变之后，对丈夫的万分哀怜，对父亲的无比怨恨，对儿女的乞求谅解，如泣如诉地披露于楹联之上，字字看来都是血，声声何尝不为泪，完全道出了蒙古女子的心曲。

姚安由云龙游阿姑庙，见到这副对联，曾填有《柳稍青》一阕云：

> 芳草晴沙，阿姑旧庙，杨柳参差，风景不殊，山河已异，飞燕谁家，香魂杳杳天涯。诉幽恨，空闻暮鸦，凭吊凄然，半轮明月，一树茶花。

作者从“旧庙”的自然景观着笔，抚今追昔，深感风景不殊，但“山河已异”，对元末云南“梁段之争”所导致的“孔雀胆”历史悲剧寄以惋惜。在凭吊“香魂杳杳”之余，面对“半轮明月，一树茶花”的氛围，频添无限凄凉清冷的思绪。

抗日战争期间，郭沫若在重庆创作新编历史剧，嘱托白族记者杨亚宁代为搜集“梁段之争”有关史料，写成了话剧《孔雀胆》。当此剧在昆明大光明电影院上演时，郭老写诗赠杨云：“亚宁至诚最可感，助我写成《孔雀胆》，资料珍藏在玉函，传之百世足观览。”成为文坛佳话。

后　记

我研习流略之学多历年所，在云南省图书馆整理古籍过程中，通过辨章学术，考镜源流，类分古书，部次目录及撰写书录解题，曾接触了不少明清诗人“别集”和云南地方志中的艺文志。为了弘扬滇学，展现滇云诗坛成就，便将平白明易、通俗易懂、咏地方风物、记郡邑时事的《竹枝词》集中笔录出来，进行征笺注、赏析，作为《滇海联吟诗笺》陆续在《云南文史》上发表。这当中有清代张履程、张九钺、管棆、叶观国、牛焘、黄炳堃、吴应枚、龙文、张翼夔、柯树勋等人的诗作，展现了云南的风土民情。对于《竹枝词》，朱自清在《中国歌谣》中引《词律》说：“《竹枝》之音，起于巴蜀唐人所作，皆言蜀中风景，后人因效其体，于各地为之，从而形成一种咏风土之体。”本书中收录的诸家所作《竹枝词》，正是这种体裁的诗篇。有关云南《竹枝词》的产生、发展、蕴涵、创作特点及艺术价值，已在卷端《前言》中论及，不再赘述。要说明的是，在诠释、赏析这些《竹枝词》的每一首诗时，力求援引有据，评介有法，言简意赅，论述平实，具有可读性。

我之所以做此古籍整理工作，是想将这些散见通俗诗篇，编缀成集，使之既不致散佚，又可引起读者的兴趣。古人说："诗可以兴，可以观，可以群，可以怨。"读点诗，可敦厚人的心地，陶冶人的性情，提高人的素养。

《滇海联吟诗笺》先后刊发了二十七篇，很想裒辑成帙，但由于自身清贫无力付梓，面对零什散篇，感慨系之，不无"叹精力之已衰，惧韦编之莫就"的想法。此次承编辑部的关照扶掖，继《嫏嬛著稿》之后，列入"云南文史书系"的一种出版，以公同好，算是了却了一大心愿，感激之至，言无所容，将永志不忘。

李孝友